Mercedes Rosende

Ursula fängt Feuer

Mercedes Rosende

Ursula fängt Feuer

Kriminalroman

Aus dem Spanischen
von Peter Kultzen

Unionsverlag

Die Originalausgabe erschien 2023 bei Editorial Planeta, Montevideo.
Deutsche Erstausgabe

Im Internet
Aktuelle Informationen, Dokumente und Materialien
zu Mercedes Rosende und diesem Buch
www.unionsverlag.com

Originaltitel: Nunca saldrás de aquí

Neptunstrasse 20, CH-8032 Zürich
Telefon +41 44 283 20 00
mail@unionsverlag.ch

Umschlagmotiv: Gesicht – GeorgePeters (istockphoto);
Motel – Daniel Gregoire (unsplash)
Umschlaggestaltung: Peter Löffelholz
Lektorat: Nina Hübner
Satz: Fotosatz Amann, Memmingen
Druck und Bindung: Pustet, Regensburg
www.unionsverlag.com/produktsicherheit
ISBN 978-3-293-00626-3

Der Unionsverlag wird vom Bundesamt für Kultur mit einem
Verlagsförderungs-Strukturbeitrag für die Jahre 2021–2025 unterstützt.

Auch als E-Book erhältlich

Das, sollst Du wissen, wünsch ich mir,
erbärmlich, wie ich bin:
All Deine grausame Routine, Deine Übergriffe,
die Unschuld, die an Deinem Neid erstickte,
die Tränen, die bei anderen Du wecktest,
Dein billiger Mut im Angesicht der Schwachen,
sie haben sich Deinem Schicksal eingebrannt
wie auf dem Rücken eines Kalbs ein Mal.
Da kommst Du nie raus, das hier ist für immer.
Immer – Dir an den Hals sich ketten
soll dieses Wort,
wie eine schwarze Ader,
prall gefüllt mit Gift.

JUAN MANUEL VILLALBA

Ursula

Und wieder passiert es.

Die Adrenalinschlange beißt sie in den Hals. Ursula lässt hastig den Haupteingang des Friedhofs von Buceo hinter sich, überquert die Straße, betritt den Markt und taucht zwischen den Blumenständen unter, deren Besitzer gerade mit dem Abbau beginnen. Während sie die übrig gebliebene Ware zu ihren Lieferwagen schleppen, weicht Ursula Eimern voller Margeriten, Chrysanthemen und dekorativer Zweige aus, stolpert über lose Fliesen und echte oder eingebildete Steine und zertritt welke Nelken, die auf dem Boden liegen, statt Gräber zu verschönern.

Was bringt eine fast fünfzig Jahre alte übergewichtige und völlig untrainierte Frau dazu, sich zu später Stunde auf einem Blumenmarkt gegenüber einem Friedhof herumzutreiben? Um das herauszufinden, müssen wir den Film ein kleines Stück zurückspulen.

Vor nicht einmal zehn Minuten hat Ursula ihre Schwester Luz am Familiengrab sich selbst überlassen und ist schnellen Schrittes auf dem von starren Zypressen gesäumten Weg zwischen anderen Gräbern, Kreuzen und Engeln davongegangen. Zwischen all den Denkmälern zur Erinnerung an die Toten lächelte sie irgendwann in sich hinein und stieß einen Seufzer aus, als hätte sie sich soeben von einer schweren Last befreit. Allmählich wurde es dunkel, und Friedhofsangestellte hasteten umher, um trödelnde Besucher darauf hinzuweisen, dass in wenigen Minuten die Tore geschlossen würden. Woraufhin sich die Leute folgsam auf den Weg zu den Ausgängen machten, schließlich hat außer Darstellern von Horrorfilmen niemand einen Grund, geschweige denn Lust, die Nacht auf einem Friedhof zu verbringen.

Auch ihre Schwester würde nach einem Blick auf die Uhr und die davoneilenden Menschen den Rückzug antreten, hat sich Ursula gesagt, schließlich ist Luz ganz bestimmt nicht der Typ Mensch, der, warum auch immer, an einem Ort versackt, erst recht nicht auf einem Friedhof. Bei diesem Gedanken hat Ursula erneut lächeln müssen, gleichermaßen verschwörerisch und liebevoll.

Den eisigen Wind, der kurz darauf, vom Meer her kommend, unter ihre Kleider schlüpfte, hat sie genauso wenig wahrgenommen wie die Feuchtigkeit und den Geruch nach verfaultem Fisch und anderen toten Dingen. Dafür hat sie bei der Ankunft am Haupttor einen Augenblick innegehalten und sich klargemacht, dass es nicht leicht sein wird, Kommissarin Leonilda Lima abzuschütteln. Die hat sie nicht nur gezwungen, auf den Friedhof zu kommen, sondern auch, das Grab ihrer Familie – der Familie López – zu öffnen, weil sie der Ansicht war, dass dort die Beute aus dem Überfall auf den Geldtransporter versteckt sein müsse. Arme Kommissarin, hat Ursula sich gesagt, fest überzeugt von ihrem Irrglauben und immer noch so befangen in ihren provinziellen Vorstellungen von Recht und Ordnung, die kein Mensch mehr ernst nimmt, was nur dazu führen wird, dass sich Leonildas aufgestaute Enttäuschung in der Zukunft in noch größeren Groll verwandeln wird. Aber der Ausflug nach Buceo, der Gang durch die Totenstadt, das Öffnen des rostigen Schlosses und des quietschenden Tors, all das war vergebliche Liebesmüh, denn was sie in dem Grab vorfanden, war nichts als Tod und Verlassenheit, Zerfall und Vergessen – das unausweichliche Schicksal einer jeden Familie.

Als Ursula anschließend der davongehenden Leonilda Lima hinterhersah, hatte sie das sichere Gefühl, dass diese nicht so schnell von ihrer Beute ablassen würde, sie vielmehr – in Erwartung eines Haftbefehls, der niemals eintreffen wird – weiterhin überwachen würde, wohin sie auch ginge. Arme Kommissarin, hat sie daraufhin noch einmal zu sich gesagt, wie kann man nur so einfältig sein und hartnäckig daran glauben, dass sich in einer Welt voll Willkür und Niedertracht so etwas wie Gerechtigkeit herstellen lässt?

Wenig später stand sie unter dem Torbogen des Ausgangs und überlegte unsicher, welche Richtung sie einschlagen solle. Hatte sie etwa Angst? Kopfschüttelnd sagte sie sich, dass sie zunächst unbedingt herausfinden müsse, wo Leonilda auf Spähposten gegangen war, um dementsprechend ihre Flucht zu organisieren. Denn gerade jetzt konnte sie es sich am allerwenigsten leisten, von ihr überwacht zu werden.

Sie sah nach links und rechts, ließ den Blick die Friedhofsmauer entlangwandern, dann über den Blumenmarkt gegenüber schweifen. Die nächsten bewohnten Gebäude waren mindestens einhundertfünfzig Meter entfernt. Das Fenster der Bar an der Ecke zog ihre Aufmerksamkeit auf sich. Von dort, wo sie stand, konnte Ursula unmöglich ins Innere sehen, aber eine andere Möglichkeit gab es eigentlich nicht – wo sonst hätte die Kommissarin ihr auflauern sollen? Kein schlechter Platz, sagte sie sich, allerdings ein bisschen weit entfernt, was ihr genug Zeit verschaffen würde, um die Avenida Rivera zu überqueren und im Gedränge zwischen den Blumenständen unterzutauchen. Und genau das brauchte sie jetzt: ausreichend Gedränge, um sich ungesehen fortbewegen zu können. Fünf Uhr am Nachmittag wiederum war genau der richtige Zeitpunkt, wenn man es auf größere Menschenansammlungen abgesehen hatte. Um diese Uhrzeit strömen nicht nur zahlreiche Besucher aus dem Friedhofstor; ebenso entsteigen den Bussen Massen von heimkehrenden Arbeitern, die nichts Eiligeres zu tun haben, als nach Hause zu kommen, den Fernseher einzuschalten, die Tüten mit Fast Food auszupacken und ihre Haustiere und Kinder – in dieser Reihenfolge – damit abzuspeisen und anschließend ihre Plastikblumen zu versorgen.

Eine Garantie, dass es ihr tatsächlich gelingen würde, die Kommissarin auf diese Weise auszutricksen, gab es natürlich nicht.

Aber, wie schon gesagt, die Adrenalinschlange hat Ursula in den Hals gebissen, weshalb sie den Torbogen hinter sich lässt und hastig die Straße überquert, zwischen Autos und Bussen hindurch, um anschließend im Gewirr der Blumenstände unterzutauchen, deren Besitzer gerade mit dem Abbau beginnen. Dabei tritt sie auf verwelkte Nelken und weicht Eimern voller Margeriten aus, die kein Grab mehr schmücken werden. Irgendwann bleibt sie stehen und wirft einen Blick über die Schulter: Wie erwartet, kommt dort hinten Leonilda angerannt; sie ist aber noch mehr als einhundert Meter entfernt. Woraufhin auch Ursula einen Zahn zulegt. Woher nimmt sie bloß die Kraft dafür, übergewichtig, wie sie nun einmal ist, so sehr, dass sie schon nach den ersten Stufen auf der Treppe ihres Wohnhauses ins Schwitzen kommt? Völlig unklar, die Adrenalin-These taugt als Erklärung jedenfalls gar nicht schlecht.

Oder drückt sie immer aufs Gas, wenn es danach aussieht, dass sie gegen eine Wand fahren könnte?

Im Schutz der Menge überquert Ursula rasant den Platz vor dem Blumenmarkt und steuert auf eine Gruppe von Häusern mit Sozialwohnungen zu, wo es ebenfalls von Menschen wimmelt – mit ihren Kindern beschäftigte Mütter und Väter und müde Büroheimkehrer.

Sie stellt sich hinter einen Baum, den die Stadtverwaltung

vor mehr als fünfzig Jahren eigens für sie dort angepflanzt hat, und beobachtet, inzwischen deutlich entspannter, wie die Kommissarin ratlos zwischen den Blumenständen umherirrt und dabei den Blick immer wieder um nichts weniger ratlos in die Ferne schweifen lässt.

Nach einer Weile gibt Ursula ihren Posten auf und steuert gemächlich die offen stehende Eingangstür eines der bescheidenen Wohnblöcke an. Im Inneren lässt sie sich auf der Treppe nieder und späht von dort nach draußen, entschlossen, so lange zu warten wie nötig.

Sie holt eine Tafel Schokolade aus der Handtasche und beißt Stück um Stück davon ab. Dazu trinkt sie immer wieder aus einer kleinen Wasserflasche, die sie ebenfalls dabeihat. Mehrere Bewohner des Hauses gehen an ihr vorbei und würdigen sie keines Blicks. Sie schleppen Einkaufsbeutel voller Colaflaschen und Chipstüten, die sie gleich an ihre Sprösslinge weiterreichen werden, um sie dazu zu bringen, stumm vor dem Fernseher sitzen zu bleiben, während sie selbst sich unterhalten, diskutieren und streiten und den billigen Wein in sich reinkippen, der beim Vergessen hilft. Sie sehen müde aus und erschöpft von ihren Scheißjobs und der Perspektivlosigkeit.

Schon bald, sagt sich Ursula wütend, aber kein bisschen resigniert, werden erst aus einer Wohnung, dann aus der nächsten und schließlich von überallher Cumbias und Reggaeton und Plena und die Stimmen der Teilnehmer von Quiz-, Koch- und Survivalshows zu hören sein – die reinste Hölle. Auf der kalten Treppenstufe sitzend, verschlingt Ursula das letzte Stück Schokolade und denkt mit wachsendem Hass, dass diese Leonilda Lima schuld daran ist, dass sie an einem derart scheußlichen Ort Zuflucht suchen muss, wo die grauenvolle Musik immer lauter und der Geruch nach Eintöpfen aller Art immer unerträglicher wird.

Vor dem Haus halten mehrere Busse hintereinander, die Fahrgäste drängen hinaus.

»Jetzt«, sagt sich Ursula.

Hastig verlässt sie das Haus und mischt sich unter die müden verschwitzten Körper. Es ist ein Wunder, dass sie nicht über eine der von Baumwurzeln angehobenen Bodenplatten stolpert, und so gelangt sie zu einem freien Taxi, steigt ein, beugt sich zum Fahrer vor und nennt ihm eine Adresse im Stadtzentrum.

Das Auto fährt los.

Ursula wendet den Kopf und sieht durch die Heckscheibe, dass die Kommissarin auf sie beziehungsweise das Taxi zurennt, das dummerweise vor einer roten Ampel halten muss. Ihr Herz schlägt wie wild, sie sagt sich, dass Leonilda schon in wenigen Sekunden beim Auto ankommen und die Tür aufreißen wird. Schwitzend und mit zitternden Händen wirft Ursula einen Blick zur immer noch roten Ampel, dann wendet sie sich wieder um und sieht die Kommissarin immer näher kommen. Sie kann bereits ihr von der Anstrengung verzerrtes Gesicht und die Schweißtropfen auf ihrer Stirn erkennen. Bereit, aus dem Wagen zu springen und davonzulaufen, wohin auch immer, greift Ursula nach dem Türgriff. Sie drückt ihn hinunter, die Tür öffnet sich einen Spaltbreit, kalte Luft dringt herein, doch als sich Ursula gerade hinausstürzen will, wird die Ampel grün und zeigt an, dass es leider zu spät ist für die arme Kommissarin Leonilda Lima. Die Partie ist abgepfiffen.

»Fahren Sie los!«, schreit Ursula, und das Taxi rast mit Vollgas davon.

Durch die Heckscheibe beobachtet sie, wie Leonilda um Luft ringend stehen bleibt und mit den Armen fuchtelt. Ihre Gesichtszüge sind da allerdings schon nicht mehr zu erkennen. Erfolglos versucht die Kommissarin, ihrerseits ein Taxi anzuhalten. Hat Ursula etwa Angst gehabt, und sei es nur für einen kurzen Augenblick? Sie macht es sich auf der Rückbank bequem. Zu sich nach Hause kann sie nicht, das ist ihr klar, der Eingang wird bestimmt überwacht. Sie wird sich für diese Nacht ein Hotel suchen.

Seufzend lehnt sie sich zurück. Luz muss bereits auf dem Weg zum Versteck sein, im Gepäck das Geld aus dem Überfall auf den Transporter. Ihre Schwester wird sich um alles Nötige kümmern.

Sie hat dafür jetzt keine Zeit, sie muss zwei Besuche absolvieren.

Und dann ihre Flucht organisieren.

Fagúndez

Es ist Sonntag, und es ist Winter. Wir sind in der Polizeidirektion von Montevideo, die auch das sogenannte Zentralgefängnis beherbergt, ein Gebäude mit zweitausendfünfhundert Quadratmetern Grundfläche und der »Luxusknast« innerhalb des labyrinthischen, stets kurz vor dem Zusammenbruch stehenden uruguayischen Strafvollzugssystems. Beim Öffnen einer beliebigen Zellentür böte sich uns hier der Anblick aufgeplatzter Matratzen, über den Boden verstreuter schmutziger Kleidungsstücke, gegen sämtliche Sicherheitsvorschriften verstoßender improvisierter Wasserkocher wie auch unverzichtbarer Thermoskannen samt Matebechern und Saugröhrchen, wie sie ausnahmslos jeder Einwohner Uruguays in allen Lebenslagen mit sich herumschleppt.

Wäre es auf den Gängen und in den Zellen nicht so entsetzlich kalt, könnte man glatt den Eindruck haben, sich im schlimmsten Gefängnis der grausamsten Diktatur Mittelamerikas zu befinden.

Aber begeben wir uns lieber ins Erdgeschoss, wo es weder Dreck noch Zellen noch Häftlinge gibt, stattdessen aufgeräumte Büros und Beamte in Uniform; und in den Büros wie auch an den Empfangstresen kümmern sich saubere, freundliche Leute um die Besucher.

Angesichts dessen, was sich gleich vor seinen Augen abspielen wird, könnte Polizeikommissar Fagúndez allerdings auch an Edmond Dantès und das Château d'If denken, als er plötzlich die Häftlinge durch den Flur spazieren sicht, aber weit gefehlt, denn den Namen Alexandre Dumas hat Polizeikommissar Fagúndez nie gehört. Sein fassungsloses Staunen beim Anblick der vier sich nähernden Gestalten, die offensichtlich vorhaben, das Gebäude durch den Haupteingang zu verlassen – ohne dass die anwesenden Polizeibeamten auch nur einen Finger rühren –, wird vielmehr an einem bloßen nervösen Lachen zu bemerken sein, wohingegen er nicht die geringste Neigung zeigen wird, sich auf die Suche nach historischen Parallelen oder literarischen Bezügen zu machen. Die vier Ausbrecher werden mit schnellen, aber keineswegs hastigen Schritten an den Polizisten vorbeigehen – die den Blick zur Decke richten oder ihren Mobiltelefonen zuwenden – und schließlich auf die Calle Yí hinaustreten, wo rein zufällig, oder aber, weil jemand es bestellt hat, genau in diesem Augenblick ein Taxi vorfahren wird.

Die vier werden einsteigen und verschwinden.

Eigentlich hatte Fagúndez, der erst gestern seine neue Stelle im Archiv des Zentralgefängnisses angetreten hat – zuvor war er auf einer einfachen Bezirkswache tätig –, von seinem Vorgesetzten strikte Anweisung erhalten, bis zum Mittagessen sein Büro im Keller nicht zu verlassen. Trotzdem befindet er sich in diesem Augenblick hier im Flur, also genau dort, wo er nicht hätte sein dürfen. Wie gelähmt steht er da, mit einem Ordner in der Hand, und bringt keinen Laut hervor, von dem unangebrachten Lacher einmal abgesehen, den er nicht hat unterdrücken können. Irgendwelche Reaktionen hat er damit allerdings nicht ausgelöst, bei niemandem in seiner Umgebung. Dafür hat er das Gefühl, sich – wie einst Lots Frau – in eine Salzsäule verwandelt zu haben, weil er etwas Verbotenes gesehen hat. Überflüssig zu sagen, dass er immer noch nicht wirklich begriffen hat, dass es sich bei den vier Männern, die soeben an ihm vorbeigekommen sind, tatsächlich um flüchtende Häftlinge gehandelt hat und dass er selbstverständlich keine Ahnung hat, wer dieser Lot sein soll.

Beim Verschwinden der vier Männer wurde keinerlei Alarm ausgelöst, und es sah offensichtlich auch niemand die Notwendigkeit, durch Rufe oder anderweitig darauf aufmerksam zu machen. Der Einzige, der sich gewundert hat, ist Polizeikommissar Fagúndez. Und auf der Calle Yí kehrt gleich darauf die gewohnte sonntägliche Stille wieder ein, als wäre nicht das Geringste passiert. Wie es aussieht, wird bis zum Ende dieses Tages im Zentralgefängnis auch nichts mehr passieren.

Der Kommissar steht immer noch ratlos mit dem Ordner in der Hand da und fragt sich, ob es sich bei dem Geschehen womöglich um eine Verwechslung oder einen Irrtum, eine Halluzination oder pure Einbildung gehandelt hat. Den Gesichtern oder dem Verhalten seiner Kollegen lässt sich keine Antwort entnehmen, in irgendeiner Weise beunruhigt oder erschrocken wirken sie jedenfalls nicht. Was ihn nur noch mehr verwirrt. Mit je einem Becher Kaffee in der Linken und der Rechten kommt Nancy an ihm vorbei. Allerdings meidet sie seinen Blick und entfernt sich mit zusammengekniffenen Lippen und stark gerunzelter Stirn durch ebenden Gang, aus dem nicht einmal eine Minute zuvor die vier Häftlinge gekommen sind. Auf dem einzigen Stuhl der Wachstube sitzt Dorrego, mit Kopfhörern. Bestimmt hört er Musik, denn sein Körper bewegt sich sachte hin und her. Miguel oder Armando wiederum – Fagúndez hat sich die Namen seiner neuen Kollegen noch nicht eingeprägt – geht hinter dem alten Eichenholztresen auf und ab und macht sich an irgendwelchen Papieren zu schaffen. Er schichtet sie zu immer neuen Haufen aufeinander und sieht dabei hoch konzentriert aus.

Den Ordner an die Brust gepresst, wagt Fagúndez, der weiterhin stumm dasteht, es nicht, das bedeutsame, wie verabredete Schweigen zu unterbrechen. Wann hat er den Ordner aus dem Regal in seinem Kellerbüro genommen und sich auf den Weg nach oben gemacht, um etwas zu fragen? Es ist gerade einmal eine Minute her, aber in einer Minute kann so viel passieren … Seufzend schließt er die Augen, drückt den Ordner noch fester an sich, lehnt sich an die Wand und fängt an, heftig ein- und auszuatmen, bis sein Blut schließlich sein Hirn mit so viel Sauerstoff versorgt, dass ihm klar wird, dass er der einzige Polizeibeamte im Zentralgefängnis ist, der nicht wusste, was passieren würde.

Vanessa

Guten Tag, Pedro. Ist Post für mich gekommen?«

»Guten Tag, Señora Vanessa. Wie geht es Ihnen? Alles gut?«

»Ja, danke.«

»Das Wetter bei uns in Barra kann ganz schön wechselhaft sein, aber jetzt bekommen wir wohl erst mal ein paar Sonnentage. Und ja, der Briefträger war da und hat etwas für Sie abgegeben, ich wollte es Ihnen gerade bringen, hier, bitte schön.«

»Danke.«

»Brauchen Sie noch irgendwas, für die Hütte?«

»Nein, danke, alles in Ordnung.«

»Falls doch, Sie wissen ja, wo Sie mich finden.«

»Ja, natürlich.«

»Immer gern, Señora Vanessa.«

Was für ein nerviger Typ! Geht es nicht mit ein bisschen weniger Gequatsche? Es gibt wirklich nichts Peinlicheres als Leute, die sich bei einem einschmeicheln oder einen verführen wollen, obwohl einem offensichtlich nicht im Geringsten der Sinn danach steht. Diesen Pedro kann sie nicht ausstehen. Ob es daran liegt, dass er so verklemmt ist, oder sich dermaßen unterwürfig bei ihr anzubiedern versucht, oder einfach an dem nicht zu kaschierenden Haarausfall, kann sie nicht sagen. Glücklich ist er jedenfalls nicht, das merkt man an der Art, wie sein Adamsapfel ständig hüpft.

Sie geht in der angenehm frischen Luft durch den Garten zu ihrer Hütte und setzt sich an den Plastiktisch davor. Öffnet den Umschlag, den Pedro ihr gerade ausgehändigt hat, und entnimmt ihm etwa zwanzig großformatige Fotos. Sie lächelt zufrieden, so viel Material bekommt sie nicht alle Tage.

Das erste Foto legt sie nach kurzem Ansehen zur Seite. Mit den nächsten Bildern hält sie sich kaum auf, erst dem achten widmet sie wieder einen genaueren Blick, legt es dann ebenfalls zur Seite. Beim letzten angekommen, fängt sie noch einmal von vorn an. Diesmal geht sie langsamer vor, nimmt jedes einzelne Foto sorgfältig in Augenschein, konzentriert sich auf Einzelheiten wie den Haaransatz, die Form der Augenbrauen, die Beine. Worauf es jedoch vor allem ankommt, das weiß sie genau, ist ein harmonisch-ausgeglichener Gesamteindruck, der sich gleich beim ersten Hinsehen vermitteln muss. Und Schönheit macht alles natürlich sowieso viel leichter – der Haaransatz und die Form der Augenbrauen oder Beine spielen dann keine Rolle mehr. Derartige Fotos landen wie automatisch auf dem Stapel der Bilder, die in die engere Auswahl kommen.

Als sie fertig ist, macht sie eine Pause, schenkt sich den ersten Campari ein, betrachtet das Meer und sagt sich, dass Adriana und sie wirklich ein gutes Team bilden. Von Anfang an sind sie bei ihrem Geschäft so vorgegangen: Keine E-Mails mit angehängten Fotodateien, überhaupt keinerlei Spuren im Netz, schließlich sind die kaum zu löschen. Und die Speicherkarten der Kameras, diese brandgefährlichen kleinen physischen Entitäten, werden nach erfolgreichem Geschäftsabschluss sofort vernichtet.

Die Fotoshootings veranstaltet Adriana in Räumlichkeiten, die sie über eine Plattform mit Geschäftssitz in Indonesien oder Irland anmietet. Bevor sie ihre Models dorthin bringt, zieht sie nicht nur sämtliche Vorhänge zu und lässt die Rollos herunter, sondern entfernt oder verdeckt auch alles, was dem Interieur einen irgendwie persönlichen, wiedererkennbaren Anstrich verleihen könnte.

Die fertigen Bilder druckt sie später mit einem Drucker ohne Internetverbindung aus und verschickt sie per Post, ohne Absender und an ein Postfach oder das Hotel, in dem Vanessa sich jeweils befindet. Nach genauer Durchsicht wählt diese nie mehr als drei oder vier der zehn oder zwölf oder, wie dieses Mal, sogar zwanzig ihr zugesandten Fotos aus und leitet sie, wiederum per Post und mit erfundenem Absender, an eine Reihe von Adressen weiter, die sie in einem besonderen Verzeichnis aufgelistet hat. Die meisten sind Büros oder Firmenniederlassungen, Privatadressen gibt es dagegen so gut wie nie.

Und dann wartet sie auf die Antworten der Empfänger.

Dieses Mal hat sie vier Fotos ausgesucht. Adriana hat großartige Arbeit geleistet, die Porträtierten wirken entspannt, unverstellt, völlig natürlich. In diesem Geschäft gibt es nichts Schlimmeres als Künstlichkeit. Grell geschminkte Gesichter, knallrote, zu Kussmündern verzogene Lippen, gespielt sinnliche oder offen herausfordernde Posen – bei ihrer Kundschaft, das weiß sie genau, verfängt derlei nicht. Adriana besorgt auch die Kleidung für die Shootings. Weiche Stoffe in zum jeweiligen Teint passenden Pastelltönen – Himmelblau und Wassergrün für die eher Dunkelhäutigen, Fliederfarben oder Altrosa für die Hellhäutigen; manchmal zusätzlich ein bisschen was in Beige, damit es an eine Daguerreotypie erinnert. Die zu Porträtierenden platziert sie, zurückhaltend beleuchtet und nur mit einem Hauch Rouge auf den Wangen, auf mit dunkelblauem, bordeauxrotem oder schwarzem Samt bezogenen Sofas, stellt ihnen Kekse und Erfrischungsgetränke hin, dazu etwas zum Lesen oder Spielen. Beim Ablichten lässt sie sich Zeit, ihr Gegenüber soll vergessen, dass da jemand ist, der sie, hinter der Lampe stehend, beobachtet und fotografiert.

Nach anfänglicher Schüchternheit zeigen ihre Modelle schon bald Anzeichen von Langeweile, weil es keinen Fernseher gibt und sie auch keine Mobiltelefone mitbringen dürfen. Sie sehen sich in dem unbekannten Raum um, und ihr Blick trifft auf schmucklose Wände und ödes Mobiliar, nichts, was in irgendeiner Weise fesselnd wirken könnte. Sie ergreifen eins der bereitliegenden Bücher, blättern darin, knabbern an einem Keks, strecken die Arme nach einer Puppe aus, machen es sich schließlich auf dem Sofa bequem und vergessen darüber Adriana. Im Lauf der Zeit nimmt ihre Anspannung sichtlich ab, die Miene hellt sich auf, manchmal stellen sie sogar die Füße auf die Armlehne und lassen eine Hand seitlich hinabbaumeln.

Adriana benutzt kein Blitzlicht und gibt kaum Anweisungen, manchmal tritt sie heran und legt ein Stück von einem Oberschenkel frei oder knöpft eine Bluse auf, aber nur an der Stelle, wo im nächsten Jahr eine Brust erscheinen wird, sie schiebt den Stoff ein wenig zur Seite, damit die kleine Warze sichtbar wird, die trotz des geringen Alters ihrer Besitzerin anzuschwellen beginnt. Manchmal schlafen ihre weiblichen Gäste auch ein oder sind einfach nur abgelenkt, jedenfalls öffnen sie dabei wie von selbst die Beine und stellen ihre Genitalien zur Schau, präsentieren eine noch in der Entwicklung begriffene Vulva beziehungsweise etwas, das an eine entzückende Sparbüchse aus Fleisch erinnert. Solche Bilder sind Gold wert, das ist Vanessa und Adriana klar, und ein solches Goldstück hat sie heute erhalten.

Adriana ist eben durch und durch Künstlerin, nicht einfach nur Fotografin.

Vanessa hat sie auf der Hochzeit einer Freundin aus Montevideo kennengelernt, auf einem ganz in Weiß geschmückten, von sattgrünem Rasen umgebenen Landgut – all der Tüll und die Blumen und das Laub bildeten einen wunderschönen Kontrast –, eins dieser Feste, wo es viel zu viel zu trinken gibt, bis die Gäste der Reihe nach umkippen, die Frauen mit vollgekotzten Pailletten, die Männer mit Schweißringen unter den Achseln ihrer Alpakajacken, wo sich alle, mit ihren Kränzen aus Plastikblumen um den Hals, von ihrer schlechtesten Seite zeigen, um eine gekünstelte, wenig dauerhafte Heiterkeit zu erzeugen, von der am nächsten Morgen nichts als Kopfschmerzen übrig sind.

Entscheidend war dabei, wie immer, der Zufall: Ein paar Tage nach dem Fest schickte die Braut ihr mehrere Dateien mit Hochzeitsfotos, die Vanessa zunächst wenig interessierten und die sie gedankenlos öffnete, nur um sich gleich darauf im Klaren zu sein, dass das genau die Art zu fotografieren war, die sie für ihr geplantes Geschäft brauchte.

Sie stellt das Campariglas auf die Seite, ordnet die vier Fotos zu einem Quadrat an und betrachtet sie aufmerksam. Die beiden oberen sind einfach nur schön, da gibt es weiter nichts zu sagen; und die beiden unteren überzeugen auf den ersten Blick zumindest in Bezug auf den Haaransatz oder die Form der Augenbrauen oder die Beine. Wichtig ist, dass für alle Geschmäcker etwas dabei ist. Schönheit und die ersten Anzeichen der Pubertät sind immer viel wert; eine perfekte Nase, ein eleganter Hals oder ein unschuldiges Grübchen am Kinn können manchmal jedoch wesentlich einträglicher sein als ein sich gerade erst herausbildendes Paar Schamlippen. Eben etwas für alle Geschmäcker, ohne dabei aber so weit zu gehen wie manche Konkurrenten, schließlich ist Vanessa eine Frau mit festen moralischen Grundsätzen – für homosexuelle Gelüste hat sie jedenfalls nichts im Angebot.

Sie lächelt erneut. Morgen wird sie zur Post gehen und die Sendungen abschicken.

Die meisten Adressen in ihrem Notizbuch befinden sich in Montevideo, Punta del Este, São Paulo und Buenos Aires. Die dazugehörigen Kunden zahlen sehr gut, ihnen kommt es nicht auf den Preis an, sondern auf die Qualität.

Allmählich wird es dunkel und damit auch kalt. Aber der Nachmittag war wunderbar. Vanessa geht in die Hütte, holt ein Köfferchen mit Zahlenschloss hervor, stellt die nötige Kombination ein und entnimmt dem Inneren zwei kleine Hefte, in die sie verschiedene Dinge einträgt. Ihre Lebensversicherung, sagt sie sich. Das erste Heft enthält Angaben über ihre aktuellen wie auch ehemaligen Kunden, darunter Personen des öffentlichen Lebens. Für den Fall der Fälle, sollte es einmal brenzlig werden, sind sie Gold wert. Im zweiten Heft verzeichnet sie alles, was die Models betrifft. Sie beginnt mit den Eintragungen zu den neuen Kandidatinnen. Nach einer Weile merkt sie, dass sie hungrig ist. Der Tag ist wie im Flug vergangen. Sie legt das erste Heft und den Umschlag mit den Fotos in das Köfferchen und schließt es wieder ab. Im zweiten Heft muss sie später noch weiterschreiben. Bis dahin verstaut sie es sorgfältig auf dem Boden ihres großen Reisekoffers.

Sie wirft einen Blick durchs Fenster auf die Terrasse im Licht der letzten Sonnenstrahlen. Gleich wird sie zum Abendessen gehen, nicht mehr an ihre Arbeit denken, noch ein Glas trinken und aufs ruhig daliegende dunkle Meer hinaussehen. Ein guter Frühling erwartet sie.

Ursula

Ich hoffe, Sie haben nichts dagegen, wenn ich mich zu Ihnen setze.«

»Entschuldigung, sprechen Sie mit mir?«

»Ja.«

»Tut mir leid, ich glaube, ich kenne Sie nicht.«

»Sie sind doch Inspektor Clemen. Hat man mir jedenfalls gesagt.«

»Das stimmt, der bin ich.«

»Ich kenne Sie leider auch nicht. Darf ich mich vorstellen: Ursula López.«

»Aha.«

»Mein Name scheint Ihnen nichts zu sagen.«

»Ehrlich gesagt, nein.«

»Macht nichts, ist bloß eine Frage der Zeit, irgendwann fällt der Groschen.«

»Ich fürchte, ich weiß nicht, worauf Sie …«

»Also, das, worüber ich mit Ihnen zu sprechen habe, lässt sich schlecht im Stehen erledigen, erst recht nicht in so einer schäbigen Bar.«

»Ich weiß wirklich nicht, was Sie von mir wollen, Sie treffen mich jedenfalls in einem äußerst ungünstigen Moment an. Ich muss heute Abend noch mal zurück in die Arbeit und habe keine Zeit für irgendwelche Unterhaltungen. Und Sie müssen bestimmt auch langsam nach Hause.«

»Den Abwasch erledigen, meinen Sie, was?«

»Das habe ich nicht gesagt. Aber Feministinnen wie Sie …«

»Langes Stehen tut mir einfach nicht gut, wegen meiner Halswirbelsäule, verstehen Sie? Außerdem habe ich Arthrose. Wenn ich da nicht aufpasse, habe ich die ganze Nacht Schmerzen …«

»Und was hat das mit mir zu tun?«

»Ich glaube, für Sie ist es auch nicht gut, wenn ich die ganze Zeit neben Ihnen stehe und ein Gesicht ziehe.«

»Also, wie gesagt, ich habe im Augenblick nicht die geringste Zeit für …«

»Ich sage jetzt einfach mal zwei Wörter, damit Sie kapieren, worum es geht. Das erste Wort lautet *Antinucci*, das zweite *Überfall*.«

»Dann sind Sie also die Frau, die …«

»Genau, endlich begreifen Sie.«

»Setzen Sie sich doch, Señora …«

»López. Ursula López.«

»Señora López.«

»So ist es viel besser, danke. Sie wissen ja gar nicht, wie mich diese verdammte Wirbelsäule quält.«

»Schon gut, jetzt weiß ich ja, wer Sie sind.«

»Wurde aber auch Zeit. Ich dachte schon, ich muss Ihnen die ganze Geschichte von dem Überfall auf den Geldtransporter haarklein erzählen.«

»Mich würde mehr interessieren, wie Sie es geschafft haben, mit der Beute abzuhauen.«

»Dazu kommen wir noch, alles zu seiner Zeit.«

»Ich bin ganz Ohr.«

»Wie ich sehe, wollten Sie sich gerade über einen Kaffee und zwei Croissants hermachen. Gute Idee, das bestelle ich auch.«

»Nur zu, machen Sie es sich bequem … Möchten Sie außerdem noch etwas?«

»Bequem? Na ja … Dass es hier besonders gemütlich wäre,

kann man jedenfalls nicht behaupten. Dazu läuft der Fernseher, und auch sonst gibt es jede Menge Lärm. Und dieser grünlich schimmernde Bildschirm. Stört Sie das nicht?«

»Nicht im Geringsten.«

»Und der Klogestank?«

»Was für ein Klogestank?«

»Na gut, wie Sie wollen. Kommen wir zum Geschäftlichen.«

»Ich höre.«

»Ich bin hier, weil ich Ihre Hilfe brauche.«

»Verstehe ich richtig? Sie überfallen einen Geldtransport, und dann kommen Sie und bitten die Polizei um Hilfe?«

»Falsch: Ich habe keinen Geldtransport überfallen. Das ausführende Organ war El Roto, und der Kopf dahinter Doktor Antinucci. Das wissen Sie ja selbst, das brauche ich Ihnen nicht zu erklären, Clemen.«

»Na gut, Sie haben den Überfall nicht durchgeführt, stimmt. Aber Sie haben das Durcheinander ausgenutzt, sind in den anderen Transporter gestiegen und mit der Beute verschwunden.«

»Was soll ich sagen? So ist es auch wieder nicht abgelaufen, jedenfalls nicht einfach nur so. Als ich den Schauplatz betrat, war das ein einziges Tohuwabohu.«

»Ein was?«

»Ein Wahnsinnschaos, ein totales Durcheinander. Die Kriminellen hatten den Geldtransporter in die Luft gejagt, alles war voller Blut und Leichen. Das können Sie sich nicht vorstellen, wie in einem Kriegsfilm. Und der eine Kriminelle, dieser Ricardo Prieto, besser bekannt als El Roto, hat auf alles geschossen, was sich bewegt hat. Nebenbei bemerkt, dieser gefährliche Mörder hätte in diesem Augenblick nirgendwo anders sein dürfen als im Gefängnis. Können Sie mir erklären, wieso Prieto frei auf der Straße herumlief?«

»Mich fragen Sie das?«

»Natürlich Sie. Stehen Sie etwa nicht für Gesetz und Ordnung? Wen soll ich denn sonst fragen?«

»Ich glaube …«

»Ich weiß genau, dass der Kerl wegen Mord im Gefängnis saß. Der wurde sicher nicht von einem Moment auf den anderen freigelassen. Wieso lief er dann am helllichten Tag auf der Straße herum?«

»Als der Überfall stattfand, war El Roto gerade erst entwischt, auf dem Weg ins Gericht, wo er eine Aussage hätte machen sollen. Haben Sie das nicht mitbekommen? Alle Medien haben darüber berichtet.«

»Ich lese weder Zeitung, noch sehe ich fern. Dass das uruguayische Strafvollzugssystem sich in einem desaströsen Zustand befindet, weiß ich aber auch so. Wir anständigen Bürger sind hilflos der Willkür von Kriminellen ausgeliefert. Was für ein Parfüm verwenden Sie?«

»Ich?«

»Natürlich Sie. Wer sonst?«

»Sie stellen vielleicht Fragen. Parfüm kauft mir meine Frau, es befindet sich in einem roten Flakon, mehr kann ich dazu nicht sagen.«

»Verbene, Ananas, Zitrone.«

»Wie bitte?«

»Nichts, nichts, kümmern Sie sich nicht um mich.«

»Also gut, zurück zum Thema. Kannten Sie Prieto?«

»Gott fragt nicht, sondern vergibt.«

»Bleiben Sie mir weg mit Ihren Weisheiten, und sagen Sie lieber, wie es sein kann, dass jemand wie Sie einen Typen wie diesen Roto kennt, aber nicht nur das, Sie wissen außerdem, dass er wegen Mordes zu einer langen Haftstrafe verurteilt war. Obwohl Sie behaupten, weder Zeitung zu lesen noch fernzusehen.«

»Sprechen wir lieber über das, was mich hergeführt hat, Señor Clemen, das ist besser für Sie, und für mich auch.«

»Ich weiß nicht, wovon Sie reden. Dass das, was für Sie gut ist, auch für mich gut sein soll, höre ich jedenfalls zum ersten Mal.«

»Wie gesagt, ich betrat den Schauplatz erst, nachdem dieser Prieto alle um sich herum niedergeschossen und das Geld in einen Lieferwagen verfrachtet hatte. Wollen Sie wissen, weshalb ich mein Versteck verlassen habe? Von dort aus hatte ich bis dahin alles beobachtet.«

»Halt, nicht so schnell. Jetzt müsste ich als Polizist Sie eigentlich erst mal fragen, was Sie in diesem Moment an diesem Ort zu suchen hatten.«

»Um ehrlich zu sein – ich war nur Germán zuliebe dort. Wie soll ich es sagen, damit es nicht kitschig klingt? Er war völlig verängstigt, er ist ein schwacher, depressiver Mensch. Er war zur Teilnahme an dem Überfall gezwungen worden und hatte mich um moralischen Beistand gebeten.«

»Verstehe ich richtig? Sie waren zu seiner Beruhigung dort, während er einen Geldtransporter überfiel?«

»Sparen Sie sich Ihre zynischen Bemerkungen, Inspektor Clemen. Die Sache hat mehrere Menschen das Leben gekostet.«

»Entschuldigung. Erzählen Sie weiter.«

»Ich habe also von Weitem zugesehen. Ich stand hinter einem Laster, in ungefähr einhundert Metern Entfernung.«

»Das heißt, Sie und Ihr Partner hatten alles genau geplant.«

»Da täuschen Sie sich, wir hatten überhaupt nichts geplant.«

»Dafür, dass Sie improvisiert haben, haben Sie es jedenfalls gar nicht schlecht hingekriegt.«

»Auf Ihren Sarkasmus gehe ich auch diesmal nicht ein.«

»Danke, sehr großzügig von Ihnen.«

»Ich stand, wie gesagt, hinter einem Laster, aber irgendwann ist die Sache komplett aus dem Ruder gelaufen.«

»Das Tohuwabohu?«

»Sagen wir einfach, es wurde völlig chaotisch, so verstehen Sie es vielleicht eher. Und da sah ich mich zum Eingreifen gezwungen. Aber geplant hatte ich nichts, glauben Sie mir. Ich hatte bloß einen .38er Revolver eingesteckt, für alle Fälle, in meiner Handtasche.«

»Gehen Sie immer bewaffnet aus dem Haus?«

»Man weiß ja nie, Inspektor, die Welt ist voller Gefahren …«

»Aha. Und inwiefern wurde es chaotisch?«

»Diese Granate oder Rakete oder was auch immer war bereits explodiert, und der halb zerstörte Geldtransporter stand da und brannte vor sich hin. Prieto hatte mehrere Menschen erschossen und zog sich eine Line Koks nach der anderen rein. Die Geldsäcke hatten er und Germán schon in den Lieferwagen geschleppt. Aber dann hat El Roto plötzlich auf Germán angelegt. Offensichtlich wollte er ihn erschießen.«

»Das haben Sie aus der Ferne sofort erkannt, ja?«

»Ist doch klar. Der Überfall war zu Ende, das Geld befand sich im Lieferwagen. Wozu hätte El Roto Germán da noch brauchen sollen?«

»Sagen Sie es mir.«

»Für nichts. Das ist Germán spätestens in dem Moment auch klar geworden. So wie mir klar wurde, dass mein Freund sterben würde, wenn ich El Roto nicht aufhielt.«

»Und das haben Sie getan, ohne zu zögern.«

»Natürlich. Was hätte ich sonst machen sollen?«

»Mit anderen Worten: Sie haben ihn niedergeschossen.«

»Das war Notwehr.«

»Selbstverständlich. Und dann?«

»Kaum lag El Roto auf der Straße, hat uns jemand mit einem

Granatwerfer unter Beschuss genommen. Von wo aus, ist mir bis heute nicht klar, aber um uns herum schlugen jede Menge Geschosse ein.«

»Noch so ein Tohuwabohu, sozusagen.«

»Genau. Aber das war echtes Kriegsgerät, so was bekommt man nicht im normalen Waffenhandel, da bin ich mir sicher. Sind Sie dieser Sache bei Ihren Ermittlungen nachgegangen?«

»Ich werde mir Ihren Vorschlag notieren.«

»Germán ist daraufhin nichts Besseres eingefallen, als ohnmächtig zu werden. Können Sie sich das vorstellen? Ich musste ihn also eigenhändig zu dem einzigen Auto schleppen, das noch von keinem Geschoss getroffen worden war.«

»Der Toyota-Kleinlaster mit den Geldsäcken.«

»Der Toyota-Kleinlaster mit den Geldsäcken.«

»Und dann sind Sie abgehauen.«

»Zuallererst wollte ich uns mal außer Reichweite von diesem Granatwerfer bringen …«

»Woher wussten Sie, dass es sich um einen Granatwerfer handelt?«

»Ich lese keine Zeitungen, aber ins Kino gehe ich schon. Was hätten Sie denn gemacht, Inspektor? Wären Sie dageblieben? Ich musste uns das Leben retten.«

»Und die Geldsäcke, die sich zufälligerweise im Laderaum befanden …«

»Hätte ich sie etwa zum Fenster rauswerfen sollen? Sehen Sie es doch mal so: Wenn ich das Geld nicht mitgenommen hätte, wäre es an Ort und Stelle verbrannt. Oder jemand anders hätte es sich unter den Nagel gerissen. Die Leute aus den umliegenden Häusern, zum Beispiel. Die hatten schon die ersten halb verkohlten Scheine durch die Luft fliegen sehen. Die warteten doch bloß darauf, sich die Taschen vollzustopfen.«

»Sie sind ja wirklich eine umsichtige Person.«

»Nebenbei bemerkt: Vor Ihren Leuten musste ich mich auch in Sicherheit bringen, Clemen. Die haben sich mir hartnäckig an die Fersen gehängt, Herr Inspektor.«

»Besonders erfolgreich waren die allerdings nicht. Wenn ich mich recht erinnere, haben Sie sie mühelos ausgetrickst. Und die Geldsäcke vor unserer Nase verschwinden lassen. Nicht schlecht ...«

»Ganz so einfach war es nicht, glauben Sie mir.«

»Wie auch immer. Aber warum erscheinen Sie auf einmal hier und erzählen mir das alles?«

»Ich werde es Ihnen sagen: Ich bin gekommen, weil ich Sie bitten möchte, mir zwei Leute vom Hals zu schaffen, die allmählich lästig werden. Doktor Antinucci und Kommissarin Lima.«

»Und warum sollte ich Ihnen helfen?«

»Weil ich weiß, dass Sie an der Planung und Durchführung des Überfalls beteiligt waren. Später haben Sie die Presse belogen und gesagt, das ganze Geld sei verbrannt. Wahrscheinlich haben Sie gehofft, die Kohle noch irgendwie zurückzubekommen. Außerdem haben Sie behauptet, irgendwelche überlebenden Täter oder Zeugen gebe es nicht. Aber was war mit El Roto? Und Germán? Und mit dem Typen, der abgehauen ist, bevor es richtig losging? Von mir selbst einmal abgesehen ...«

»Sie lesen also doch Zeitung, Ursula.«

»Bloß ab und zu, gerade so viel wie unbedingt nötig. Das Leben ist kurz, und ich will mir nicht auch noch die letzte Freude daran nehmen lassen.«

»Und wieso sind Sie sich so sicher, dass ich an der Sache beteiligt war? Ich nehme an, Sie haben Beweise.«

»Ohne Beteiligung der entsprechenden Stellen hätte sich eine derart aufwendige Operation nicht durchführen lassen. Ich weiß, dass Sie tief in die Sache verstrickt sind, Inspektor

Clemen. Die bloßen Tatsachen genügen, um Ihre Mittäterschaft zu belegen.«

»Und jetzt? Ich verstehe immer noch nicht, warum ich der Person helfen sollte, die mir mein Geld geklaut hat.«

»Schauen Sie, der offiziellen Version nach sind die Täter umgekommen, und das Geld ist verbrannt. Aber was, wenn plötzlich dieser Germán auftaucht und etwas ganz anderes erzählt? Und dazu ein zufällig vor Ort gewesener Zeuge, sprich: meine Wenigkeit?«

»Haben Sie keine Angst, mir zu drohen, Señora López?«

»Doch, habe ich, und ich habe mir die Sache gut überlegt, bevor ich hergekommen bin. Zu meiner Sicherheit habe ich alles schriftlich festgehalten, meine eigene Aussage und die von Germán. Kopien davon befinden sich in den Händen von Personen meines Vertrauens, im Fall der Fälle werden sie an die Presse und die zuständigen offiziellen Stellen weitergeleitet. Verstehen Sie, Clemen? Sie können mir die Fingernägel ausreißen und mich in Stücke schneiden. Aber ungestraft kommen Sie nicht davon.«

»Sie halten sich wohl für besonders schlau.«

»Ich schätze, Ihre Vorgesetzten – bis hoch zum Innenminister – sind von den Ereignissen rund um den Überfall einigermaßen alarmiert und fragen sich, ob Ihre Geschichte so stimmt. Eine andere Version der Ereignisse könnte die Öffentlichkeit durchaus interessieren und am Ruf des ein oder andern kratzen.«

»Wenn ich richtig verstehe, soll ich also für Ihre Sicherheit garantieren, obwohl Sie mich um mein ganzes Geld gebracht haben.«

»Genau.«

»Sie überschätzen mich, so viel Einfluss hat ein gewöhnlicher Polizeichef nicht.«

»Wie gesagt, sollte mir etwas zustoßen, fliegen all Ihre

Lügen auf. Und jetzt schaffen Sie mir die Kommissarin und Antinucci vom Hals, verstanden? Wo bleibt eigentlich der Kellner? Hallo! Ja, Sie meine ich. Bringen Sie mir zwei Schinken-Käse-Croissants und eine Cremeschnitte. Oder nein, packen Sie mir das Ganze ein, zum Mitnehmen. Und am besten gleich drei Croissants. Also, passen Sie gut auf mich auf, Inspektor, in Ihrem Interesse, und natürlich auch in meinem. Sehen Sie? Was für mich gut ist, ist eben doch auch gut für Sie.«

»Und das Geld, Ursula?«

»Ich hüte Ihr Geheimnis und sorge dafür, dass Sie ohne Strafe davonkommen.«

»Aber die Kohle?«

»Die Kohle gehört mir.«

Leonilda

Sie überquert die schöne Plaza Matriz, wirft im Vorbeigehen einen Blick auf den Marmorbrunnen mit den vier Putti und vier Faunen und biegt bei der Kathedrale eilig rechts in die Calle Sarandí. Dass sie ihr einfach so entwischt ist, kann sie immer noch nicht fassen. Verflixte Ampel – warum musste die genau dann auf Grün springen, als sie fast bei dem Taxi angekommen war? Vor dem Eingang eines Hauses an der Ecke Calle Treinta y Tres bleibt sie stehen.

»Guten Tag? Wohnen Sie hier? Ich bin auf der Suche nach einer Frau aus diesem Haus, ich glaube, sie lebt im obersten Stock. Sie heißt Ursula López. Kennen Sie sie?«

»Guten Abend, würde ich eher sagen.« Die schon ältere Frau mustert Kommissarin Lima von Kopf bis Fuß, lässt ihre Einkaufstüte von einer Hand zur anderen wandern, wendet dann den Blick ab und betrachtet in aller Ruhe die gegenüberliegende Straßenseite, um ihr müdes Gesicht mit den halb geschlossenen Augen zuletzt wieder ihr zuzuwenden. »Ja, natürlich kenne ich die, wie auch nicht? Falls Sie bei ihr vorbeischauen wollen, also, die ist gerade nicht da, sehen Sie selbst, ihr Briefkasten ist bis oben hin voll.«

Diese Information wäre nicht nötig gewesen, der Kommissarin ist klar, dass Ursula zuallerletzt hierher zurückgekehrt wäre, nachdem sie ihr vor gerade einmal einer Stunde in Buceo vor dem Friedhof knapp entwischt ist. Aber warum ist sie überhaupt hinter ihr her? Über einen Haftbefehl gegen sie verfügt sie nicht, und es wird wohl auch keiner mehr erlassen werden, seit die Untersuchungen zu dem Überfall auf den Geldtransporter eingestellt worden sind. Sie steht bloß deshalb hier vor Ursulas Haus und unterhält sich mit einer ihrer Nachbarinnen, weil ihr nichts Besseres einfällt, weil sie nicht weiß, wo sie sonst suchen sollte, und weil sie die Verfolgung trotz allem nicht aufgeben will.

»Haben Sie eine Ahnung, wo sie sein könnte? Fährt sie in den Ferien regelmäßig an einen bestimmten Ort? Hat sie vielleicht ein Haus auf dem Land? Oder am Meer?«

»So gut kenne ich sie nicht. Eigentlich kenne ich sie so gut wie gar nicht, und das, wo wir schon so lange Nachbarinnen sind. Guten Tag, guten Abend, sehr viel mehr haben wir noch nie miteinander geredet. Ich gehöre aber auch nicht zu den Leuten, die die Nase ständig in das Leben von anderen stecken. Aber wo Sie schon mal nach ihr fragen, also, ich hätte nichts dagegen, wenn sie für immer verschwindet. Das wäre für alle im Haus eine echte Erleichterung. Die Frau ist nämlich verrückt, wissen Sie?«

»Warum sagen Sie das?«

Die Alte beugt sich vor und setzt die Tüte auf dem Boden ab. »Eigentlich sind wir doch alle ein bisschen verrückt, finden Sie nicht?«

»Kann schon sein.«

Auf einmal starrt die Frau sie mit aufgerissenen Augen an. »Sie sind Polizistin, stimmts? Und Sie sind wahrscheinlich wegen der Anzeigen hier, oder?«

Bei der Wahl zwischen einer Lüge und einer Auslassung entscheidet sich Leonilda für Letzteres. »Ja, ich bin Polizistin. Möchten Sie meine Dienstmarke sehen? Bitte schön. Kommissarin Leonilda Lima.«

»Danke, nicht nötig, das sieht man Ihnen schon von Weitem an. Was glauben Sie, warum ich mich hier mit Ihnen unterhalte, um die Uhrzeit? Wenn ich nicht wüsste, dass Sie

Polizistin sind, hätte ich Ihnen schon längst die Tür vor der Nase zugemacht. Bei dem ganzen Gesindel, das sich hier im Viertel rumtreibt …«

Leonilda blinzelt aufgeregt, sie kann sich einfach nicht daran gewöhnen, dass man ihr auf den Kopf zusagt, was sie nun einmal ist. Wie ist es nur im Lauf ihrer bisher zehn Dienstjahre dazu gekommen? Vom vielen Training und der Disziplin ist sie schlank und muskulös, aber das ist inzwischen nichts Besonderes mehr, die Fitnessstudios sind voll von solchen Leuten, und die Straßen auch. Es muss noch an etwas anderem liegen, sagt sie sich verunsichert, aber woran bloß? Und wer hätte sich das früher träumen lassen, als sie noch einfach »die Tochter von Jussara« war, damals, in Rivera. Später, nachdem sie nach Montevideo gezogen waren, ging sie dann auf die Polizeischule, und …

Sie verscheucht die Gedanken an die alten Geschichten. Die Frau vor ihr ist verstummt, betritt aber trotzdem nicht ihr Wohnhaus, sie drückt die Tür ein Stück auf, zieht sie wieder zu. Warum steht sie immer noch da? Ist sie bloß neugierig, oder sehnt sie sich nach ein wenig Unterhaltung, und sei es mit einer Polizistin?

»Ist es nicht ein bisschen spät für ein Verhör? Sehen Sie doch, es wird gleich dunkel.«

»Das ist kein Verhör, verstehen Sie? Ich möchte mich nur ein bisschen mit Ihnen unterhalten, ganz zwanglos. Davon abgesehen ist die Polizei vierundzwanzig Stunden im Dienst. Diese Ursula ist also verrückt, haben Sie gesagt?«

Die Frau atmet tief durch, vielleicht ist es auch ein Seufzer, betrachtet lange die Fingernägel ihrer rechten Hand und sagt schließlich: »Verrückt ist noch milde ausgedrückt. Diese Frau ist gefährlich.«

»Gefährlich? Inwiefern?«

Die Frau denkt nach, lässt sich Zeit mit der Antwort, als

sie dann aber zu sprechen anfängt, purzeln die Worte nur so aus ihr heraus.

»Ich sags ehrlich: Ich habe Angst vor ihr. Sie, als gute Polizistin, die Sie offensichtlich sind, werden jetzt natürlich fragen: Angst, warum? Ich sags Ihnen: Ich habe Angst vor dieser Frau, weil sie etwas Bedrohliches hat, man merkt, dass sie jederzeit gewalttätig werden kann. Wirklich, ich werde nervös, wenn ich sie bloß auftauchen sehe.«

»Aber haben Sie denn schon mal Probleme mit ihr gehabt, hier im Haus, oder im Viertel?«

»Na ja, echte Probleme eigentlich nicht. Niemand will mit Ursula Probleme haben.«

»Das heißt?«

»Die ist nicht ganz richtig im Kopf, verstehen Sie? Die kennt keine Grenzen. Uns Nachbarn wirft sie immer wieder vor, wir würden Lärm machen, aber außer ihr hört den niemand. Oder sie schreibt Briefe, in denen sie uns auffordert, in der Wohnung nicht mit Schuhen rumzulaufen, weil das so viel Krach macht. Oder sie ruft die Polizei, weil im Haus angeblich irgendwelche lauten Partys stattfinden. Deshalb hat man Sie wahrscheinlich hergeschickt, Señora …«

»Lima. Kommissarin Leonilda Lima.«

»Ich heiße Mabel, ich wohne im vierten Stock.«

»Sie hatten gerade von Anzeigen gesprochen, Señora Mabel.«

»Ja, sie sagt, sie hört Geräusche, und wir würden ständig feiern. Dabei wohnt hier bloß eine Handvoll alte Leute, bis auf das Pärchen unten, das vor Kurzem eingezogen ist. Der einzige Lärm, den es hier gibt, sind ab und zu ein paar Tangos, im Radio, oder die Acht-Uhr-Nachrichten im Fernsehen, oder eine Quizshow. Klar, wenn jemand halb taub ist, dreht er sein Gerät manchmal ein bisschen auf, aber so schlimm ist das auch wieder nicht.«

»Aber was ist so bedrohlich oder gefährlich an Ursula? Dass sie sich über den Lärm beschwert?«

»Nein, das allein ist es nicht. Es ist irgendwas an ihrer Haltung, ihrem Ausdruck, ich weiß nicht, ob Sie mich verstehen. Wenn ich sie so sehe, habe ich das Gefühl, diese Frau ist zu allem fähig. Und es ist nicht nur so, dass sie behauptet, Geräusche zu hören, sie spricht auch mit ihrem verstorbenen Vater, wir haben alle schon gehört, wie sie laut mit ihm streitend die Treppe runtergegangen ist. Wer mit Toten spricht, kann doch nicht richtig im Kopf sein, meinen Sie nicht?«

»Dazu kann ich nichts sagen, ich bin Polizistin, keine Psychologin.«

»Na gut, vergessen Sies, vielleicht bilde ich mir das alles ja auch nur ein.«

»Aber Sie kennen sie schon lange, haben Sie gesagt, ja?«

»Ich bin vor über zwanzig Jahren in dieses Haus gezogen, damals hat die Familie López hier schon gelebt, der Vater mit den beiden Töchtern. Die Mutter ist früh gestorben, wann genau, weiß ich allerdings nicht. Regelmäßig hat eine Tante bei ihnen vorbeigesehen, die Schwester der Mutter, aber hier gewohnt hat sie nicht. Sie hieß Irene, und soweit ich weiß, hatte sie mit dem alten López ein Verhältnis. Wissen Sie was? Sie ist angeblich ermordet worden.«

Sie räuspert sich. Für jemanden, der seine Nase nicht gerne in das Leben anderer steckt, ist Mabel erstaunlich gut informiert.

»Ursulas Schwester hat einen Millionär geheiratet, eine wichtige Persönlichkeit. Die Hochzeitsfotos waren in allen Zeitungen. Danach ist der Vater gestorben, aber Ursula ist in der Wohnung geblieben, allein. Ist doch komisch, oder? So eine schöne Frau, aber geheiratet hat sie nie.«

»Komisch, weil sie nicht geheiratet hat?«

»Das wollte ich nicht sagen. Sie wissen schon, was ich meine.«

Leonilda versteht sie nur zu gut, sie hat in ihrem Leben schon viele Mabels kennengelernt. »Irgendwelche Liebhaber oder Freunde hat sie nicht?«

»Keine Ahnung, ich spioniere den Leuten schließlich nicht nach. Ursula dagegen …«

»Was denn?«

»Sie beobachtet gern andere Menschen, späht ihre Nachbarn aus … Verstehen Sie?«

Als spräche sie mit sich selbst, erwidert Leonilda: »Davon wusste ich allerdings nichts.«

»Angeblich hat sie ein spezielles Gerät dafür, ein Teleskop, oder wie man das nennt. Und damit späht sie die Nachbarn gegenüber aus, auf der anderen Straßenseite.«

»Aha.«

»Und seit das Pärchen eingezogen ist …«

»Was denn?«

»Bei denen stellt sie sich vor die Tür, um sie zu belauschen, wenn sie … Na ja, Sie verstehen schon.«

»Nein, ich verstehe nicht.«

»Sie hört zu, wenn sie Sex haben. Ich wohne unter ihnen, und ich kann Ihnen sagen, die haben ganz schön oft Sex. Das sind junge Leute, die wollen ihren Spaß haben. Und manchmal vergessen sie offenbar, die Wohnungstür richtig zuzumachen. Oder es ist ihnen egal. Vielleicht machen sie es auch absichtlich. Ursula stellt sich jedenfalls bei ihnen vor die Tür und lauscht. Oder sie sieht ihnen zu, keine Ahnung. Sie müssten sie mal sehen, sie kniet sich hin und späht durchs Schlüsselloch oder den Türschlitz, was weiß ich. Ich mag gar nicht daran denken, aber ich glaube, sie … stimuliert sich. Was sagen Sie dazu?«

»Dazu sage ich gar nichts, Mabel. Aber fassen wir noch mal

zusammen: Ursula beschwert sich über störende Geräusche, spricht mit ihrem toten Vater und sieht gerne anderen Leuten beim Sex zu. Und anders als ihre Schwester hat sie seltsamerweise keinen Millionär geheiratet.«

»Richtig, Sie haben mich genau verstanden.«

Ja, Leonilda hat verstanden, und ihr ist klar, dass dieses Gespräch nirgendwohin führt. Diese Mabel ist nur eine typische Mabel, wie sie schon so viele getroffen hat. Sie will sich bei ihr für die Informationen bedanken, überlegt es sich dann aber anders, dreht sich um und geht fort, ohne sich zu verabschieden. Sie hat genug von all den Mabels dieser Welt.

Rocco

Das Taxi mit den vier Fahrgästen fährt durch die Calle Yí bis zur Avenida 18 de Julio, biegt dort links ab und gleich darauf rechts in die Calle Aquiles Lanza. Auf dieser geht es durch die kompakte, gleichgültige Masse des fast nachtschlafenden Montevideo weiter in Richtung Río de la Plata. Dass um diese Zeit im Zentrum so wenig los ist, erlaubt es dem Fahrer, ordentlich aufs Gaspedal zu drücken, was an einem normalen Arbeitstag um fünf undenkbar wäre. Vielleicht hat Rocco ja auch deshalb genau diesen Termin für die Flucht gewählt, die aber natürlich noch durch jede Menge anderer Absprachen und Entscheidungen möglich wurde, auf die im Augenblick allerdings nicht eingegangen werden soll.

Sie fahren also durch nahezu leere Straßen. Im Inneren des Autos herrscht undurchdringliches Schweigen, das nur von Atemzügen, Räuspern und gelegentlichem Geflüster von Ruben und Leonardo unterbrochen wird. Rocco lässt die zwei Jahre Revue passieren, die er in dem stinkenden Drecksloch zugebracht hat – zwei kostbare Jahre seines Lebens, bis es ihm endlich gelungen ist, diesen Ausbruch ins Werk zu setzen.

Bei dem Gedanken an die fünfzigtausend Euro, die ihn die Sache gekostet hat, muss er lächeln. Mehr war nicht nötig, um am helllichten Tag ungehindert durch den Haupteingang hinausspazieren, in ein Taxi steigen und verschwinden zu können. Und sein Lächeln wird noch breiter, als er sich die Lügengeschichte ausmalt, die der Inspektor morgen der Presse auftischen wird. Clemen wird das Loch in der Wand von

Zelle 24 präsentieren, die durchgesägten Eisenstäbe des Fenstergitters, die aufgefundenen Seile und Gurte, mit deren Hilfe sie, vier leicht übergewichtige und kein bisschen trainierte Männer, kletternd, hängend und springend die reinsten artistischen Wundertaten vollbracht haben sollen, um über alle möglichen Dächer und Mauern aus dem Gefängnis zu entkommen.

Dass sich der Inspektor tatsächlich eine derart absurde Inszenierung hat einfallen lassen, um seiner Ausbruchsstory Glaubwürdigkeit zu verleihen, ist ihm geradezu peinlich. Damit macht Clemen sich selbst und seine Institution zum Gespött der Polizeikollegen aus aller Welt.

Er zündet sich eine Zigarette an, ohne dass es einem seiner Mitreisenden einfallen würde, ihn darauf hinzuweisen, dass das Rauchen in öffentlichen Verkehrsmitteln verboten ist.

Er muss erneut lächeln, als die Erinnerung an das Gesicht des jungen Polizisten in ihm aufsteigt, der bei ihrem Auftauchen erstarrte und sie, einen Aktenordner umklammernd, mit weit aufgerissenem Mund ansah. Der hat bestimmt nicht einen Cent von den fünfzigtausend Euro abbekommen.

Den ganzen Tag über hat Rocco bloß ein paar Tassen Pfefferminztee zu sich genommen, aber jetzt, wo die Nervosität allmählich nachlässt und ihnen tatsächlich keiner zu folgen scheint und draußen die Calle Aquiles Lanza immer schneller an ihnen vorbeigleitet, verspürt er auf einmal einen Mordshunger. Nichts wünscht er sich in diesem Augenblick mehr als eine Pizza Peperoncini vom Russen.

Er schließt die Augen und sagt sich, dass er viel Zeit gehabt hat, um sich einen Plan zurechtzulegen. Zuallererst muss er seine drei Begleiter loswerden, schon in wenigen Stunden werden sie nur noch eine Last für ihn darstellen. Clemen mitzuteilen, wo sie sich befinden, wird nicht weiter schwierig sein, der soll sich dann um sie kümmern. Er selbst wird morgen in eine Stadt in der Nähe fahren, um ein paar Dinge zu erledigen, und am Abend wieder nach Montevideo zurückreisen. Danach wird er endgültig verschwinden, nach Brasilien. Schade, in Uruguay hat es ihm gut gefallen – vor der Verhaftung –, das Leben in Punta del Este, das Ambiente, seine Beziehungen, die neue Familie, die er gegründet hatte ... Obwohl er manchmal Lust verspürte, nach Mailand oder wenigstens Kalabrien zurückzukehren, war er ziemlich zufrieden mit seinem Leben in dem schönen kleinen Land. Wirklich schade, aber Brasilien bietet nun mal mehr Möglichkeiten.

Als er die Augen wieder aufschlägt, befindet er sich in einem Auto, das mit hoher Geschwindigkeit durch eine Stadt fährt. Die Straßen jenseits der Fensterscheibe kennt er nicht. Wo ist er? Wer sind diese Leute? Das da draußen ist auf jeden Fall nicht Africo, aber auch nicht Mailand. Bei dem Auto handelt es sich um ein Taxi, er sitzt mit zwei weiteren Männern auf der Rückbank, vorn, neben dem Fahrer, sitzt noch einer. Mit wachsendem Unbehagen betrachtet er die Unbekannten, die neben ihm miteinander tuscheln. Es beunruhigt ihn, dass er nicht weiß, was los ist, wo sie sich befinden, wer diese Leute sind. Was macht er mit vier Unbekannten in einem Auto? Wohin sind sie unterwegs? Verstohlen tastet er seine Taschen ab, auf der Suche nach einer Waffe, die jedoch nicht auftaucht, obwohl er genau weiß, dass er nie unbewaffnet aus dem Haus geht.

Plötzlich spürt er etwas Rechteckiges, Hartes, holt es heraus – ein kleines Moleskine-Notizbuch mit rotem Einband. Noch bevor er es öffnen kann, durchfährt es ihn wie ein Blitz, die Erinnerung an die letzten Tage im Gefängnis, die Absprachen mit Clemen, die Flucht durch den Haupteingang und dann dieses Taxi. Als er die ersten Aussetzer hatte, mit plötzlichen Gedächtnislücken, gab Doktor Gómez ihm den Rat, regelmäßig genau aufzuschreiben, in welcher Situation er sich jeweils befand. Und das macht er seitdem. Jetzt sagt er sich, dass der Auslöser diesmal der mit dem Ausbruch verbundene Stress gewesen sein muss. Erleichtert stellt er fest, dass sein Gedächtnis wieder funktioniert und er erneut in der Gegenwart angekommen ist. Er steckt das Notizbuch ein, er braucht es in diesem Augenblick nicht aufzuschlagen. Dann lässt er sich entspannt in die Lehne zurücksinken.

Er kennt den Namen der Stadt, die vor seinen Augen vorbeizieht, er ist lang und wohlklingend: Montevideo. Sie erreichen die Uferpromenade, das Taxi biegt nach links ab und fährt Richtung Osten, am Parque Rodó vorbei, dann blinkt der Fahrer, um in die Avenida Sarmiento einzubiegen.

»Nein, fahren Sie am Ufer weiter, bis Punta Carretas. An den Canteras vorbei, dann auf den Bulevar Artigas, und dort später rechts in die Calle Solano García.«

Der Fahrer macht achselzuckend, was Rocco sagt. Er wird nicht dafür bezahlt, über die bessere Route zu diskutieren.

An diesem Küstenabschnitt zeigt die Stadt ihr schönstes Gesicht, eine endlose Folge weißer Sandstrände, mehr als zehn Kilometer lang, von der Playa Ramírez bis zur Brücke über den Arroyo Carrasco. Rocco betrachtet die von Scheinwerfern beleuchtete Küste, weiter gehts am Parque Rodó vorbei, mit seinem Riesenrad, den Karussellen und Lichterketten. Zur Rechten glitzert der Fluss beziehungsweise das Meer silbern in der Nacht. Als sie in den Bulevar Artigas einbiegen, lächelt Rocco angesichts der Prachtbauten, vielleicht, weil er weiß, dass sie gleich am Ziel sind. Als Nächstes biegt das Taxi in die Calle Solano García und hält wenig später an.

»Soll ich Sie hier absetzen, Maestro?«

Wie bei einem Pawlowschen Reflex läuft Rocco beim bloßen Anblick des Schildes *Eatalian Style Pizza e Pasta* das Wasser im Mund zusammen. Der Russe erwartet ihn bestimmt schon mit einer Pizza Peperoncini und danach noch einer mit

Anchovis und Mozzarella, sagt er sich und reibt sich genüsslich den Bauch. Sie steigen aus, das Taxi rast davon. Rocco klopft an der rot gestrichenen Tür. Mit einem Lächeln, so breit wie die Tore eines Supermarkts, öffnet Sergej. Rasch treten sie ein, die Begrüßungen sparen sie sich vorerst. Drinnen fallen sich der Kalabrier und der Russe in die Arme, klopfen sich gegenseitig auf den Rücken. Anschließend gibt Rocco Irina drei Küsse. Die anderen Männer stehen wartend daneben. Die muss er schleunigst loswerden, sagt sich Rocco, er will keine Zeugen seines Verschwindens. Er muss so bald wie möglich mit Clemen sprechen.

Triumphale Stimmung macht sich breit. Für die Übergabe der Handys und des Gelds und der Papiere ist später noch Zeit genug, jetzt ist erst mal Essen angesagt. Ein köstlicher Duft dringt aus der Küche des Eatalian Style, das – wie es sich gehört, wenn ein hochrangiges Mitglied der 'Ndrangheta zu Besuch kommt – heute für alle anderen Gäste geschlossen bleibt.

Ursula

Vor ein paar Minuten habe ich das Gespräch mit Inspektor Clemen von meiner Aufgabenliste gestrichen. Es fand in einer muffigen, düsteren Bar statt, wo es allerdings gefüllte Croissants gibt, die gar nicht schlecht schmecken. Trotz mehrerer angespannter Momente ist es uns gelungen, gewisse Dinge klarzustellen, zumindest die wichtigsten. Jetzt erwartet mich eine weitere Aufgabe, im Krankenhaus. Ich muss diesem Ricardo Prieto, alias El Roto, gegenübertreten.

Wie einfach es doch ist, sich in der Dritten – oder Vierten – Welt, in der ich lebe, über die Regeln hinwegzusetzen. Mit welcher Leichtigkeit kann man an den Empfangstresen eines Krankenhauses treten, sich bei der stets gelangweilten oder übernächtigten und unweigerlich auf einen Bildschirm starrenden Rezeptionistin als Mitarbeiterin der Firma »Patientenservice Hinz« vorstellen und behaupten, man komme, um die Nacht über Herrn Kunz als Betreuerin zur Seite zu stehen. (Natürlich nicht Herrn Ricardo Prieto, das versteht sich von selbst.) Die Frau wird murmelnd oder mit einer bloßen Handbewegung ihre Zustimmung zu erkennen geben. Anschließend braucht man sich bloß noch in das um diese Uhrzeit menschenleere Labyrinth aus Fluren und Aufzügen zu stürzen, bis man auf eine Krankenschwester trifft, die einem erklärt, wo sich die Abteilung für erkrankte Häftlinge befindet. Dritter Gang rechts, wird sie antworten, zweite Tür links, dann mit dem Aufzug in den fünften Stock von Block B, dort links und weiter bis nach ganz hinten. Man kann sich den Luxus leisten, unterwegs falsch abzubiegen, sich zu verirren und trostlose, breite Gänge entlangzuwandern, ohne von irgendjemandem aufgehalten und gefragt zu werden, wohin man denn wolle, bis schließlich wie durch Zufall doch der genannte Gang vor einem auftaucht, an dessen Ende ein Mann in Uniform vor einer Tür Wache hält.

Anders als ich mir in einem Anfall von grundlosem Optimismus ausgemalt hatte, schläft der Polizist zu dieser Stunde leider nicht, was mich zwingt, zu improvisieren. Ich steuere also zunächst das Schwesternzimmer an, das sich wenige Meter entfernt vor mir auftut. Es ist leer, ich kann folglich ungehindert eintreten und mich auf die Suche nach einem Kittel machen. Wie zu erwarten, hängt eine größere Anzahl davon an einem Kleiderständer. Dank der Neigung von uns Uruguayern, uns mit Fetten und Kohlehydraten vollzustopfen, brauche ich nicht lange, um einen zu finden, der groß genug ist, um meinen fülligen Körper hinreichend zu bedecken. Ob ich auch eine Haube aufsetzen sollte? Nicht, wenn ich als Ärztin auftreten will – genauer gesagt, als Gastroenterologin –, was mir klüger erscheint, denn welches menschliche Wesen würde es wagen, sich mit einer Gastroenterologin anzulegen? Kein Laie jedenfalls, und erst recht nicht ein Polizist, den man dazu verdonnert hat, zu so später Stunde im Krankenhaus einen Häftling zu bewachen.

Nachdem ich meine Verkleidung angelegt habe, frage ich mich, ob ich mir, der größeren Glaubwürdigkeit halber, zusätzlich ein Stethoskop umhängen sollte. Ich kann aber nirgendwo eins entdecken und sage mir, dass der auf sein Handy starrende Polizist dieses Detail wohl kaum vermissen wird. Dafür schnappe ich mir noch rasch ein Klemmbrett und einen Kugelschreiber, was meine Erscheinung eines im Dienst der Gesundheit tätigen Menschen wirkungsvoll unterstreicht. Und um mir endgültig den typischen Ärzte-Look zu verpassen, schiebe ich die Lesebrille bis ganz nach vorn auf die Nasenspitze.

»Guten Abend, Herr Wachtmeister.«

Das mit dem »Herr Wachtmeister« soll respektvoll klingen, in Wirklichkeit ist jedoch auf den ersten Blick zu erkennen, dass dieser Mann keineswegs die höhere Polizeischule absolviert hat. Wenn überhaupt, hat er ein paar Jahre die Schule bei sich im Viertel besucht, irgendwo am Stadtrand. Ja, die gnadenlose Logik der kapitalistischen Gesellschaft lässt mich in seinem Gesicht lesen wie in einem offenen Buch: Auf die Entbehrungen während seiner Kindheit verweisen die vorzeitigen Falten, auf die stundenlangen Fahrten von seinem elenden Vorort zur Arbeit die dunklen Augenringe. Ja, so leid es mir für ihn und sein beschissenes Leben tut, aber noch bevor dieser Mann auch nur den Mund aufmacht, ist mir klar, dass ich leichtes Spiel mit ihm haben werde.

»Guten Abend.«

»Ich komme wegen Herrn Ricardo Prieto, ich bin die zuständige Gastroenterologin.«

»Zu Prieto wollen Sie?«

Ich rücke die Brille zurecht und richte den Blick auf das Klemmbrett, tue so, als würde ich etwas darauf suchen. »Prieto, genau. Habe ich das nicht gerade gesagt?«

»Doch, aber mir hat niemand Bescheid gegeben.«

Mit einem Achselzucken sehe ich ihn schweigend über die Brillenränder hinweg an und lasse so mehrere Sekunden verstreichen. »Wissen Sie, Herr Wachtmeister, die Werte, die sich bei der letzten Untersuchung von Herrn Prieto gezeigt haben, sind nicht gerade gut, im Gegenteil. Wir haben eine ziemlich bedrohliche Situation, ich muss ihn unbedingt noch einmal untersuchen, vielleicht wird auch eine erneute Blutentnahme nötig sein. Ich weiß nicht, ob Sie mich verstehen. Es ist äu-ßerst drin-gend!«

»Aber niemand hat mir …«

»Das ist nicht mein Problem, wie Sie bestimmt begreifen werden. Rufen Sie doch Ihren Vorgesetzten an. Sagen Sie, dass hier unverzügliches Handeln erforderlich ist. Wir können nicht länger warten, die Lage ist, wie gesagt, sehr ernst.«

»Inwiefern ernst? Ich verstehe nicht …«

»Es geht um Leben oder Tod, Herr Wachtmeister.«

»Ich weiß nicht, ob ich um die Zeit anrufen kann. Es ist schon spät …«

»Für die Gesundheit ist es nie zu spät.«

»Wie war noch mal Ihr Name?«

»Den habe ich Ihnen noch gar nicht gesagt.«

Der Mann blinzelt verdattert. Ich nutze die Gelegenheit, um zum Gegenangriff überzugehen. »Übernehmen Sie die Verantwortung, wenn dem Patienten etwas passiert? Bitte schön, dann bringe ich Ihnen gleich ein entsprechendes Formular, und das unterschreiben Sie mir, höchstpersönlich.«

»Was soll dem Patienten denn passieren, Frau Doktor?«

»Wie gesagt, die Sache könnte einen irreparablen Ausgang nehmen.«

»Machen Sie mir keine Angst …«

Da verkündet ein Piepen, dass auf seinem Handy eine WhatsApp-Nachricht eingegangen ist. Der Blick des Manns wandert von meinem Gesicht zum grünlich schimmernden Bildschirm des Geräts und ist von dort nicht mehr fortzubekommen. Wie hypnotisiert fängt er an, über eine Antwort auf das, was da steht, nachzudenken, das ist mir sofort klar. Er möchte jetzt bloß noch, dass ich verschwinde. Ich kann seinem Gesicht sogar ablesen, wie die Nachricht lautet: *Ich liebe dich auch.* Oder: *Ich vermisse dich so.* Oder: *Alles gut hier so weit.* Und zuletzt: *Küsschen.* Ich sehe ihn an und weiß, dass ich für ihn fast schon nicht mehr existiere und er erst wieder zur Ruhe kommen wird, wenn er das erste Wort geschrieben hat.

Während er sich jetzt ans Tippen macht, murmelt er: »Gehen Sie ruhig rein. Ich gebe nachher Bescheid.«

Ich hole tief Luft und lege die Hand auf den Griff der Tür von Rotos Zimmer.

Jetzt beginnt der schwierige Teil.

Rocco

Zu der zweihundertsechzehn Seiten umfassenden Akte mit der Aufschrift *Rocco Morabito* gehört auch ein neunseitiges »Vorläufiges psychologisches Gutachten«, dessen Autor oder Autoren jedoch an keiner Stelle genannt werden. Ebenso fehlt eine genauere Charakterisierung der untersuchten Person, wie auch über die Qualifikation beziehungsweise Ausbildung der mit der Untersuchung Beauftragten oder über die von diesen angewandten wissenschaftlichen Methoden nicht das Geringste mitgeteilt wird.

Die Abteilung für Verhaltensanalyse ist etwas Neues bei der uruguayischen Nationalpolizei. Nach dem Vorbild des FBI oder Scotland Yards soll sie auf der Grundlage psychologischer Gutachten Aussagen über das mögliche künftige Verhalten von Verbrechern treffen. Im vorliegenden Fall beschränkte man sich seitens der neuen Abteilung jedoch darauf, zwei bereits vorliegende Gutachten auszuwerten und der Akte des Gefangenen hinzuzufügen. Das eine Gutachten beschäftigte sich mit wiederholt aufgetretenen Verwirrtheitszuständen und der Frage, ob darin die Vorstufe eines partiellen oder totalen Gedächtnisverlustes wie auch einer sich anbahnenden Alzheimer-Erkrankung des Patienten zu erkennen sein könne. Das andere untersuchte Fälle aggressiven Verhaltens gegen das Wachpersonal wie auch gegen Mithäftlinge, die womöglich im Fortschreiten der genannten Krankheitssymptome gründeten.

Angesichts des Fehlens jeglicher Angaben zur beruflichen –

sei es psychologischen, sei es psychiatrischen – Qualifikation der Sachverständigen wurde das Gutachten von dem mit der Untersuchung der Umstände des Gefängnisausbruchs besagten Morabitos betrauten Staatsanwalt verworfen.

Ursula

Jetzt beginnt der schwierige Teil, sagt sie sich.

Sie geht noch nicht hinein. Ihre Hand liegt auf dem Türgriff, die Augen hat sie geschlossen. Bilder von dem Überfall auf den Geldtransporter steigen in ihr auf. Eine Straße mit grauen Häusern in der Vorstadt von Montevideo. Hier leben Angehörige der Unterschicht in Gebäuden aus unverputzten Betonsteinen, mit kleinen Vorgärten voller Schrott und Müll und dem einen oder anderen halb erblühten Jasminstrauch.

Am Straßenrand parken zwei Lieferwagen, ein Toyota und ein Nissan, es ist der Moment, kurz bevor es losgeht, die Nerven sind zum Zerreißen gespannt.

Sie hat das Ganze damals aus etwa einhundert Metern Entfernung beobachtet. Jetzt sieht sie sich selbst, wie sie hinter dem Lastwagen versteckt dasteht und, das Fernglas ihres Vaters an die Augen gepresst, auf Germáns Zeichen wartet. Wieder ist da das sich nähernde Geräusch eines sehr starken Motors, und es folgen Verwirrung und Fassungslosigkeit, als sie plötzlich das Gesicht von diesem Ricardo *El Roto* Prieto erkennt, also des Mannes, der – wegen ihr – für die Ermordung von Tante Irene im Gefängnis gelandet ist. War der nicht zu zehn oder sogar zwanzig Jahren Haft verurteilt worden? Wieso lief er dann in diesem Augenblick frei auf der Straße herum und war offensichtlich an dem bevorstehenden Überfall beteiligt? So wichtig war das allerdings jetzt auch wieder nicht, denn Ursula erschnupperte bereits den Geruch der Geldscheine, diese aphrodisierende Mischung aus Papier, Druckerschwärze und menschlichem Schweiß. Wenn sich erst einmal all dieses Geld auf ihrem Konto befände, würde sie abnehmen, sich eine Villa in Carrasco kaufen, mit Pool, Hausmädchen und Gärtner, ihr altes Auto gegen eine schicke Limousine eintauschen und am Strand eines fernen grünen Meeres ausgiebig Urlaub machen.

Auf einmal sprang El Roto in den Nissan; im selben Moment war ein Pfeifen zu hören, das, wie sie später erfahren sollte, vom Geschoss eines Granatwerfers stammte. Beim Aufschlag gab es eine grauenvolle Explosion, der Geldtransporter stand sofort in Flammen, gleich danach stieg eine Rauchsäule in den Himmel. Anschließend war mehrere Sekunden lang bloß das Knistern der Flammen und aus der Ferne das Rauschen des Verkehrs auf der Hauptstraße zu hören. Auf einem Balkon erschien ein alter Mann im Pyjama und fing an zu schreien und mit den Armen herumzufuchteln. Woraufhin Ricardo aus dem Nissan stieg, die Pistole zog, auf den Alten anlegte und ein ganzes Magazin auf ihn abfeuerte. Geräuschlos sackte der Alte in sich zusammen und verschwand hinter dem Balkonmäuerchen.

Aus dem brennenden Geldtransporter waren Stimmen zu vernehmen, die Leute, zu denen sie gehörten, waren offenbar verletzt und baten verzweifelt, dass man nicht auf sie schießen möge. Ricardo, der, wie sie jetzt sehen konnte, zusätzlich zur .38er Smith & Wesson in der anderen Hand eine halbautomatische Calico-Maschinenpistole trug, ging zur Fahrerkabine und ballerte drauflos. Eine Salve, dann noch eine. Mit seltsam dumpfem Geräusch durchschlugen die Kugeln die Tür – als träfen sie auf eine Daunendecke, wie Ursula sich jetzt sagt. Bereits die erste Salve genügte, um das Metall zu zerfetzen, den Fahrer zu zerlegen und das Gesicht des Beifahrers in Brei zu verwandeln. Im hinteren Teil des Transporters waren noch zwei Wachleute, die El Roto wenige Sekunden später ebenfalls erschießen sollte. Ursula beobachtete auch das durch ihr Fernglas, hörte die Schreie, roch das Pulver, die Angst, das Blut, dachte an die Gefahr und das Geld und Germán, in dieser oder einer anderen Reihenfolge, biss die Zähne zusammen und wartete, wie immer, auf ihre Gelegenheit.

Irgendwann schob sie die Hand in die Manteltasche und befühlte ihre .38er Spezial. Das von dem Granatentreffer ausgelöste Feuer erlosch allmählich. Germán und El Roto schleppten hastig die Geldsäcke von dem verkohlten Transporter zu dem Toyota.

Später sollte Ursula erfahren, dass es sich um die Einnahmen eines Kasinos handelte, viele Millionen, in Scheinen.

Immer noch an der Tür von Rotos Krankenhauszimmer stehend, erinnert sich Ursula an den Moment, in dem sie beschloss, einzugreifen. Sie sieht wieder vor sich, wie der Mann, der jetzt hinter dieser Tür in einem Bett liegt, den Lauf seiner Waffe auf eine Stelle zwischen Germáns Augen setzte. Sie weiß noch, dass sie wütend den Kopf schüttelte – nein, sie durfte nicht zulassen, dass man ihrem Freund so etwas antat.

Sie zog die .38er Spezial aus der Tasche, legte hastig die hundert Meter bis zum Ort des Geschehens zurück. Roto blickte auf und sah, wie sie näher kam. Ursula ist sich sicher, dass er sie sofort erkannte, dass er begriff, dass sie die Frau war, deretwegen er im Gefängnis gelandet war, für ein Verbrechen, das er nicht begangen hatte. Sie stellte sich hinter Germán, Ricardo Prieto gegenüber, der wie versteinert dastand und sie mit aufgerissenen Augen ungläubig anstarrte, woraufhin sie, ohne ihm Zeit zu lassen, die Verblüffung abzuschütteln und zu reagieren, abdrückte.

Taumelnd wich der Mann ein paar Schritte zurück, die Waffe fiel ihm aus der Hand, er stolperte und sah Ursula erneut an. Wie bei einer Sonnenfinsternis verdunkelte sich auf einmal der Himmel. Ricardo, der sich jetzt beide Hände auf den Bauch presste, schaffte es, den Kopf so weit erhoben zu halten, dass er den Revolver in den Blick nehmen konnte, mit dem Ursula gerade auf ihn geschossen hatte. Ja, er hatte sie erkannt. Dann krümmte er sich zusammen und fiel rücklings zu Boden.

Und wieder schlugen ringsherum Geschosse ein.

Die Überlebenschancen nach einem Bauchschuss sind nicht besonders groß, sagte sie sich damals. Doch das war ein Irrtum, und jetzt ist sie hier, um ihren Fehler zu korrigieren.

Bevor sie nun endlich Rotos Zimmer betritt, steigt noch eine letzte Erinnerung in ihr auf: der zitternde Germán, der sich kaum auf den Beinen halten kann. Die explodierenden Geschosse um sie herum. Das näher kommende Sirenengeheul. Und sie selbst, die kurz entschlossen Germán zu dem Toyota schleift, ihn hineinhievt und, mitsamt der Beute aus dem Überfall im Laderaum, die Flucht ergreift.

Und da spürt sie den nächsten heftigen Adrenalinstoß, ihr Herz schlägt schneller, die Blutgefäße ziehen sich zusammen, die Atemwege dehnen sich aus. Eine körperliche Reaktion, die zum Kampf oder zur Flucht antreiben soll. Doch Ursula denkt nicht daran, zu fliehen, wohin auch immer.

Sie drückt auf die Türklinke und geht hinein.

Roto schläft tief. Er schnarcht. Speichel läuft ihm aus dem offen stehenden Mund. Er lächelt wie der Joker in *Batman*.

Auch Ursula lächelt jetzt, streift sich die Latexhandschuhe über, holt eine Spritze hervor und nähert sich dem Mann, dessen Schnarchen plötzlich lauter wird.

Diesmal wird es keinen Irrtum geben.

Ursula sticht in den Arm, langsam leert sich die Spritze. Als sie fertig ist, legt sie sie auf ein Tablett und betrachtet den schlafenden Ricardo Prieto. Im selben Moment schlägt der die Augen auf.

Leonilda

Wieder befinden wir uns in der Polizeidirektion von Montevideo, ebendort, wo der arme, fassungslose Kommissar Fagúndez Zeuge von Roccos Ausbruch wurde, was ihm im Anschluss einen Nervenzusammenbruch bescherte. Begeben wir uns jetzt aber in den dritten Stock, in einen langen, von trüben Neonlampen kaum erhellten Flur, mit bedrückend niedriger Decke, Türen zu beiden Seiten, abgewetztem Boden und immer wieder überstrichenen und dennoch stets schmutzig feuchten Wänden.

Bleiben wir stehen.

Die letzte Tür rechts weist einen trostlos graugrünen Anstrich auf.

Gehen wir hinein.

Ein kleines, bescheidenes Büro, kaum größer als eine Umkleidekammer oder ein geräumiger Wandschrank. Erhellt wird es durch ein Fenster mit Blick auf rußgeschwärzte Mauern und Dächer. Wie das Büro eines hohen Polizeibeamten sieht es nicht aus, eher wie das von jemandem, der innerhalb der Institution wenig zu sagen hat. Und genau so ist es auch.

Viel zu entdecken gibt es hier nicht, nur wenige Gegenstände, an denen der Blick haften bleibt. Verfügte die Einrichtung über so etwas wie Stil, könnte man diesen als spartanisch bezeichnen.

An der Nordwand hängt ein unsägliches Bild des uruguayischen Nationalhelden José Gervasio Artigas, der mit verschränkten Armen in die Ferne starrt, wo sich ihm ein grandioses Panorama zu präsentieren scheint. Wer auch nur ein bisschen was von Körpersprache versteht, würde sagen, dass seine Haltung Missfallen, ja Empörung ausdrückt, den Wunsch, die eigene Autorität geltend zu machen. Aber allzu weit sollte man sich nicht aus dem Fenster lehnen, wenn es darum geht, abweichende Meinungen über die Heiligengestalten der Geschichte Lateinamerikas kundzutun.

Haben wir schon gesagt, dass es in diesem Augenblick auf der Polizeidirektion ungewöhnlich laut zugeht, ja, dass ein geradezu unerhörter Lärm herrscht? Lassen wir die Analyse der akustischen Verhältnisse jedoch vorläufig beiseite und setzen die Beschreibung dessen fort, was es hier zu sehen gibt.

In dem Regal rechts neben dem Heldenporträt befinden sich zahlreiche Papierstapel und Aktenordner, ein Pappkarton voller Heftklammern, Radiergummis und Spitzern sowie ein Glas, das ursprünglich Frischkäse enthielt, jetzt aber mit frischem Wasser und gelben Blumen gefüllt ist und vor einer Gipsfigur der Maria Knotenlöserin und einem Heiligenbild des Judas Thaddäus steht.

Auf dem Schreibtisch ein Telefonapparat, zwei blaue Ordner, Kugelschreiber und andere Stifte in einer umgewidmeten Bierdose, außerdem ein billiges neues Handy. Zwei Hände und die dazugehörigen Finger spielen mit dem Handy, die Hände und Finger gehören Kommissarin Leonilda Lima. Sie ist weder jung noch alt und sieht insgesamt ziemlich gewöhnlich und unauffällig aus, bis auf ihr Haar, ein dichter krauser Schopf, der vor über zweihundert Jahren mit einem afrikanischen Gen nach Uruguay gelangt ist und prallvoll mit Leben erscheint. Obwohl dieses Haar nie die gewünschte Form annehmen will und Leonilda ein wenig schielt, ist sie, mit ihren dunklen, gelb gesprenkelten Augen, die glänzen wie die Augen einer Katze, auf ihre Weise durchaus eine ansehnliche Frau. Darüber hinaus fehlt es ihr auf den ersten Blick an nichts, sie hat einen normalen muskulösen Körper, ist weder groß noch klein, könnte also tatsächlich als schöne Frau oder fast schöne Frau bezeichnet werden, gäbe es da nicht all die anderen ästhetischen Konzepte, die unseren Geschmack bestimmen.

In ihre Gedanken versunken, hört die Kommissarin die Geräusche nicht, die von draußen hereindringen – zuerst ein Flüstern, dann immer lauter werdende Stimmen. Leonilda bekommt davon nichts mit, sie spielt, wie gesagt, mit ihrem Handy und grübelt wie so oft über die vielen Schwierigkeiten, mit denen sie es in ihrem Leben und ihrer Berufskarriere zu tun gehabt hat – als hätte sie ständig barfuß über ein Nadelkissen laufen müssen, eine spiegelglatte Eiswand erklimmen, einen gnadenlosen Bombenhagel überstehen. Und ebenfalls wie so oft kommt sie zu dem Schluss, dass sie es satthat, dass sie es müde ist, gegen so viel Widerstand anzukämpfen, nur um am Ende so gut wie nichts dafür zu erhalten.

Denn wie wir alle will auch Kommissarin Leonilda Lima ihr kleines bisschen Glück und Erfolg und Freude am Leben und hat doch stattdessen in der letzten Zeit Niederlage um Niederlage einstecken müssen.

Besonders beim Gedanken an ihren jüngsten Rückschlag, die gescheiterte Aufklärung des Überfalls auf den Geldtransport, kommt sie sich wie ein weiblicher Sisyphos vor. Ihr Vorgesetzter, Inspektor Clemen, hat ihr den Fall entzogen, unter Umständen, die einer ehrlichen, anständigen, kurzum typischen Steinbock-Frau wie ihr einigermaßen seltsam, um nicht zu sagen widersprüchlich beziehungsweise fragwürdig vorkommen müssen. Clemens Anweisung war unmissverständlich: Sie habe die Ermittlungen umgehend einzustellen, insbesondere was diese geheimnisvolle Ursula López und den exzentrischen Anwalt Doktor Antinucci betreffe. Anders ausgedrückt: Sie solle ihre »Scheißnase« (Zitat Inspektor Clemen) nicht mehr in diese Angelegenheit stecken, also weder der

Frage nach dem Drahtzieher noch nach den Beteiligten, noch nach den verwendeten Waffen wie auch nach dem Verbleib des nicht verbrannten Teils der Beute – immer noch eine Riesensumme – weiter nachgehen.

Alle Fragen, die zum vorschriftsmäßigen Vorgehen bei einer polizeilichen Untersuchung gehören, hatte sie also ab sofort zu unterlassen.

Die Begründung, die Clemen ihr dafür nannte, war zwar rein technisch gesehen akzeptabel und letztlich wohl auch gesetzeskonform, dennoch glaubt Leonilda nach langem Hin-und-her-Überlegen, Gründe für die Annahme zu haben, dass man ihr den Fall bloß deshalb entzogen hat, damit sie ihn nicht aufklärt. Aber warum? Wozu? Das versteht sie nicht, und umso mehr drängt es sie, es herauszufinden. Offiziell ist der Fall inzwischen jedenfalls abgeschlossen.

Nein, über Beweise verfügt sie nicht, alles sind bloße Vermutungen, und eigentlich will sie auch gar nicht schlecht über ihre Kollegen und Vorgesetzten denken.

Sie ist nervös, in der Nacht zuvor hat sie kaum geschlafen, und sie kann sich nicht konzentrieren, die erzwungene Einstellung der Untersuchungen hinterlässt bei ihr das bedrückende Gefühl einer nicht erledigten Pflicht wie auch offenkundiger Ungerechtigkeit.

Jetzt erregen die Geräusche von draußen doch ihre Aufmerksamkeit. Sie horcht auf. Schnelle Schritte, Rufe, Klopfen – was ist da los? Woher die ungewohnte Unruhe?

Sie steht auf und will hinausgehen, um es herauszufinden, aber schon im nächsten Augenblick überlegt sie es sich anders und legt stattdessen die drei Schritte bis zu der großen Tafel an der Wand hinter ihrem Schreibtisch zurück. Die Aufregung und den Lärm draußen hat sie sofort wieder vergessen.

Die Tafel ist keins dieser makellos weißen, glänzenden Rechtecke, auf die man mit farbigen Markern schreibt, und erst recht kein interaktives *Whiteboard* wie in den Kriminalfilmen, die in der Ersten Welt spielen. Im vorliegenden Fall handelt es sich vielmehr um ein riesiges, aufrecht stehendes, schwarz angestrichenes Ungetüm mit dicken Füßen und einem breiten Ablagebrett für klassische Kreide. Leonilda nimmt die Hülle ab, die die Tafel bedeckt, und geht die drei soeben absolvierten Schritte wieder zurück. Obwohl die Tafel seit mindestens einem halben Jahrhundert im Einsatz und immer wieder schwarz übermalt worden ist, erfüllt sie in jeder Hinsicht ihre darstellerische Aufgabe und hilft der Kommissarin, die Fälle, an denen sie gerade arbeitet, zu veranschaulichen.

Diesmal hat sie die Fläche in vier große, durch dicke weiße Kreidestriche voneinander abgegrenzte Rechtecke aufgeteilt. Die Quadranten sind durchnummeriert, und jeder ist mit einer eigenen Überschrift versehen, darunter jeweils verschiedenfarbige Anmerkungen und mit Reißnägeln befestigte Fotos. Kennen Sie diese Krimiserien, in denen der Ermittler grübelnd vor einer Tafel steht, ein Foto anbringt und daneben einen Pfeil oder ein Fragezeichen zeichnet, bis sich seine Miene plötzlich aufhellt und er, von einer Eingebung erfüllt, ausruft: »Heureka!« Warum sollte das bei Leonilda nicht genauso funktionieren?

Vom Haupteingang dringt ein Quietschen herauf, da tritt jemand wie verrückt auf die Bremse, aber dieses Geräusch ist hier im Stadtzentrum nichts Ungewöhnliches, auch nicht in der Umgebung des Gebäudes, das sich die Polizeidirektion von Montevideo und das Zentralgefängnis teilen, weshalb unsere Kommissarin es nicht beachtet, oder es vielmehr sofort verdrängt.

Nun wollen wir mal sehen, was die einzelnen Quadranten alles enthalten.

Quadrant 1:
Überschrift: *Es gibt zwei Ursula López*
Dazu Fotos von zwei Frauengesichtern – Ausweisfotos, genauer gesagt – in Frontal- und Profilansicht; darunter jeweils die Angaben zur Person sowie die Adresse. Es gibt eine Ursula 1 (weiße Kreide) und eine Ursula 2 (rosa Kreide).

Quadrant 2:
Überschrift: *Mord an Ursula López 1*
Die dazugehörigen Fotos zeigen einen Park, ein mit gelbem Absperrband eingezäuntes Wiesenstück, die Leiche einer Frau in einem roten Mantel. Von dem Mantel gibt es auch Detailaufnahmen: ein Einschussloch am Rücken, eine Vergrößerung der verkohlten Stoffränder – das Schwarz bildet einen auffälligen Kontrast zum Rot des Mantels.

Quadrant 3:
Überschrift: *Mord an Irene Salgado (Tante von Ursula López 2)*
Hier sind zwei Fotos angepinnt. Das eine ist ein Porträt von Ricardo Prieto, alias El Roto. Es entstammt einer Strafakte, daneben der Vermerk: »Verlobter von Irenes Hausangestellter, im vorliegenden Fall schuldig gesprochen« (blaue Kreide). Das andere zeigt eine der beiden Frauen aus Quadrant 1; der danebenstehende Vermerk lautet: »Ursula López 2, Irenes Nichte« (rosa Kreide).

Quadrant 4:
Überschrift: *Überfall auf den Geldtransport (unter Beteiligung von Ursula López 2)*
Die Fotos zeigen eine Vorstadtstraße in Montevideo, die Überbleibsel eines Geldtransporters, Glas- und Metallsplitter, verschmorte Plastik- und Papierreste, zerbeulte Blech-

teile, Schaumgummipolster, Stofffetzen, frische Blutflecken auf dem Asphalt, verkohlte Leichen, durch die Explosion abgetrennte Körperteile. Auf Detailaufnahmen sind auch halb zerfetzte rußgeschwärzte Geldscheine zu sehen. Unter einem weiteren Foto die Notiz (grüne Kreide): »Doktor Antinucci?« Außerdem hängt hier ein Bild der Frau, die schon in Quadrant 1 und 3 vorkam – Ursula López 2 (rosa Kreide) –, und noch eins von Ricardo Prieto, El Roto (blaue Kreide).

Der Name Ursula López zwei erscheint also in Quadrant 1, 3 und 4, und es macht auf den ersten Blick ganz den Eindruck, als tauchte diese Person stets dort auf, wo etwas los ist. An dieser Stelle müssen wir jedoch einen kleinen Einschub machen und klarstellen, dass die Kommissarin nicht an Zufälle glaubt, sondern an kosmische oder himmlische Zusammenhänge, an ein Spiel von Ursachen und Wirkungen, das die Elemente unseres Daseins miteinander in Verbindung bringt, sodass sie eine lange Kette bilden, deren Glieder allesamt eine Bedeutung für sich und zugleich eine Bedeutung in Bezug auf die jeweils vorausgehenden wie auch nachfolgenden Glieder besitzen. Ja, eine schöne und rätselhaft unzugängliche Theorie, die uns wie alle schönen und rätselhaft unzugänglichen Theorien im Zweifelsfall keine andere Erklärung anzubieten hat als die, dass es eine geheimnisvolle Ordnung gibt, die sich unserem Verständnis freilich entzieht. Aber Vorsicht, verurteilen wir Leonildas Anschauungen nicht, schließlich sind sie nicht schlimmer als andere inner- und außerhalb Uruguays beliebte und verbreitete Glaubensvorstellungen und Dogmen.

Und jetzt zurück in Leonildas Büro.

Die Kommissarin versucht, ihre esoterischen Ansichten vorläufig beiseitezulassen und sich auf die Wirklichkeit zu konzentrieren, das heißt in diesem Fall auf eine Spalte am rechten Tafelrand, wo sie alle Daten zusammenträgt, die sie für besonders wichtig und aussagekräftig hält, um sich auf diese, höchst anschauliche Weise eine bessere Gesamtübersicht zu verschaffen.

Aber was ist da draußen eigentlich los, warum lässt man sie nicht ungestört ihrer Arbeit nachgehen? War für heute eine Brandschutzübung angekündigt oder ein Erdbeben-Probealarm, und sie hat es nicht mitgekriegt?

Sie hört Lärm, Geschrei, lautes Getrampel schwerer Stiefel.

Schließlich schüttelt sie den Kopf und holt ein bedrucktes Blatt Papier hervor, das sie ganz unten an die Tafel pinnt.

Überfall auf den Geldtransporter
Wer hat das Ganze organisiert?

Einsatz von Kriegsgerät
Woher stammten die Waffen? Wer hat sie beschafft? Wer hat sie abgefeuert? Antinucci?

Mit Ursula 2 vom Tatort geflüchteter Krimineller
Wer war das?

Verschwundenes Geld
Wo ist es? Wer hat es? Der geflüchtete Kriminelle, Ursula 2, Antinucci?

Sie wirft einen Blick auf ihr Werk und seufzt. Sie ist sich so gut wie sicher, dass Antinucci den Überfall organisiert und die Granaten abgefeuert hat und dass Ursula 2 Doktor Antinucci die Beute weggeschnappt hat. Und obwohl sie es nicht einmal zu denken wagt, ist sie zunehmend überzeugt, dass Inspektor Clemen eine entscheidende Rolle bei dem Unternehmen gespielt hat. Nein, über Beweise verfügt sie nicht, und sie wird vielleicht auch nie über welche verfügen. Alles, was unsere weibliche Version eines Davids bei ihrem Kampf gegen Goliath aufzubieten hat, ist schier unendlicher Arbeitseifer und die alte Tafel, die wie ein Sinnbild der ihr auferlegten Beschränkungen wirkt. Doch wird all das wohl kaum genügen, um tatsächlich eine Antwort auf ihre Fragen zu erlangen, geschweige denn eine offizielle Bestätigung dafür.

Sie seufzt noch einmal und streift die Hülle über die Tafel. Morgen ist ein anderer Tag.

Jetzt sind auf dem Gang Schritte zu hören, es klopft heftig, die Tür wird förmlich malträtiert.

»Kommen Sie rein. Was ist denn los?«

Völlig außer Atem betritt Polizeikommissar Ramón Díaz Leonildas Büro. »Haben Sie schon gehört? Rocco Morabito und noch drei andere Häftlinge sind ausgebrochen.«

»Was heißt ausgebrochen? Sind sie aus ihren Zellen entkommen?«

»Aus dem Gebäude, aus dem Gefängnis! Sie sind weg!«

»Wann denn? Gerade eben?«

»Nein, gestern, wahrscheinlich nachts. Genaueres weiß man noch nicht. Heute beim Morgenappell wurde festgestellt, dass sie fehlen.«

»Wann, sagen Sie?«

»Erst vorhin … Vor einer Weile.«

»Das gibts doch nicht. Und wer ist dafür verantwortlich?«

»Für die Bewachung von Morabito war die republikanische Garde zuständig.«

»Und jetzt?«

»Ich sags doch, keiner weiß, wo sie sich inzwischen befinden.«

»Das darf doch nicht wahr sein, Díaz. Das ist eine Schande für unsere Institution. Eine echte Katastrophe. Aber danke, dass Sie mir Bescheid gegeben haben.«

Als der Kollege das Zimmer verlassen hat, räumt Leonilda nachdenklich die Kreide weg und zupft die Hülle zurecht. Dass ein Mafiaboss einfach so aus einem Hochsicherheitsgefängnis entkommt, ist ausgeschlossen, das ist ihr klar. Aber sie will immer noch nicht schlecht über ihre Vorgesetzten und Kollegen denken, über die Institution, der sie angehört. Sie will das, was sie mit den anderen verbindet, nicht endgültig aufgeben. Angesichts der Vielzahl an Indizien und offenkundigen Tatsachen, die alle in dieselbe Richtung weisen, wird sie diese Haltung aber wohl nicht mehr allzu lange aufrechterhalten können. Sie ist schließlich nicht blind.

Ursula

Der Bussitz ist alles andere als bequem. Ich rutsche hin und her, versuche, die richtige Position einzunehmen, versinke aber nur immer tiefer in dem durchgesessenen Polster, bis ich die Metallfedern spüre. Ich sehe mich nach einem anderen Platz um, aber es ist alles besetzt, ich muss warten, bis jemand aussteigt, und wer weiß, ob der dann frei werdende Sitz nicht genauso unbequem ist.

Gäbe es Gerechtigkeit auf dieser Welt, müsste ich so etwas nicht durchmachen, erst recht nicht nach dem, was ich gerade mit diesem Verbrecher erlebt habe, mit El Roto. Wie hat er es bloß geschafft, aufzuwachen, bevor ich mit der Arbeit fertig war? Welcher Gott hat sich den Scherz erlaubt, dafür zu sorgen, dass er mich auf einmal mit weit aufgerissenen Augen angestarrt und dann versucht hat, sich im Bett aufzurichten? Und die Grimasse, die er dabei gemacht hat! Er hat den Mund verzogen, als wollte er laut losschreien. Mir war die ganze Zeit klar, dass meine Angst größer war als die tatsächliche Gefahr – durch das schnell wirkende Somnium und dazu das Schlafmittel, das ihm die Krankenschwestern bereits verabreicht hatten, war von seiner Kraft nicht mehr viel übrig. Genug, um ein Pferd einzuschläfern, sagte ich mir. Im Krankenhaus wissen sie selbst, dass sie derartige Kriminelle ordentlich sedieren müssen, wer weiß, was die sonst alles anstellen. Trotzdem hat Roto mir einen Riesenschreck eingejagt, als ich auf einmal seine hasserfüllten Augen, den offen stehenden Mund voller Sabber, die gebleckten Zähne und die zitternd in meine

Richtung ausgestreckten Arme vor mir sah. Ich bin zurückgewichen, und er hat sich die Schläuche aus dem Arm gerissen, ist wie in Zeitlupe aus dem Bett gestiegen und ganz langsam auf mich zugegangen. Irgendwann habe ich die Wand im Rücken gespürt und seine eiskalten Fingerspitzen an meinem Hals, und da hätte ich selbst fast laut losgeschrien. Aber im selben Augenblick hat er sich einmal um die eigene Achse gedreht, wie bei einem Tanz, und ist dann wie eine Aufziehpuppe, deren Mechanismus abgelaufen ist, in sich zusammengesackt. Ihn zum Bett zurückzuschleifen, war kein Problem; nicht ganz so leicht war es, ihn wieder ins Bett zu hieven und in die Ausgangsposition zurückzubringen. Adiós, Ricardo Prieto, habe ich zu ihm gesagt, auf Nimmerwiedersehen, Roto.

Es gelingt mir einfach nicht, es mir auf diesem Sitz bequem zu machen. Obwohl ich die letzte Nacht im Hotel verbracht und dort in einem guten Bett geschlafen habe, bin ich hundemüde.

Wie bin ich bloß auf die Idee gekommen, mir ein derart unterirdisches Transportmittel auszusuchen? Auf ins gelobte Land, einfach so? Und ich bin noch ganz am Anfang – von Montevideo nach Chuy sind es ungefähr dreihundertdreißig Kilometer, mich erwarten über fünf Stunden Quälerei auf diesem Folterstuhl.

Ich verlasse Montevideo, ohne ihm eine Träne nachzuweinen. Ich empfinde nichts für diesen Ort, von dem ich fliehen muss, und die wenigen Freunde werde ich nicht vermissen, die Männer, die geglaubt haben, sie würden mich lieben – die Frau, die ich wirklich bin, haben sie nie kennengelernt. Vermissen werde ich nur meine Schwester Luz. Luz ist meine Heimat, ihretwegen würde ich nach Montevideo zurückkehren. Aber ich muss weg, wenigstens eine Zeit lang. Ein Weilchen irgendwo untertauchen, das reicht – dann komme ich zurück und hole mir meine Millionen. Und ein anderes Leben beginnt.

Wie automatisch will ich nach meinem Handy greifen, ich durchwühle meine Handtasche, bis mir einfällt, dass ich es nach dem Verlassen der Bar, wo die Unterhaltung mit Clemen stattfand, in einem Gully entsorgt habe. Bloß keine dermaßen einfach aufspürbare Technologie verwenden, so leicht will und darf ich es Kommissarin Lima und Doktor Antinucci nicht machen. Und Clemen auch nicht – ihm traue ich genauso wenig.

Da berührt meine Hand die .38er, und das Metall beruhigt mich auf seine ganz eigene, kühle Art.

Vergeblich versuche ich einzuschlafen. Ich sehe mich um, betrachte die Gesichter der Mitreisenden, die ebenfalls einzuschlafen versuchen oder es tatsächlich geschafft haben, Musik hören oder chatten, und sage mir, dass bei Lichte besehen niemand einen übermäßig normalen Eindruck macht. Die anderen werden bei meinem Anblick vermutlich dasselbe denken – eine verschwitzte, dicke Frau, die unruhig auf ihrem Sitz herumrutscht. Ja, allmählich wird mir heiß, und unter meinen Achseln, in den Speckfalten am Bauch und den sonstigen Vertiefungen und Löchern meines Körpers breitet sich Feuchtigkeit aus, verdampft und steigt mir in die Nase. Mein eigener Geruch sorgt dafür, dass ich mich noch unbehaglicher fühle.

Kein Mensch sagt ein Wort. Dafür sind alle möglichen anderen Geräusche zu hören, wenn der Bus beschleunigt oder bremst, Stimmen von draußen, an den Haltestellen, gedämpfte Musik, die unter den Kopfhörern hervordringt, Geflüster und Gekicher, eine diffuse Mischung. Immer schneller zieht die Stadt jenseits des Fensters vorbei, wie von Blitzen erhellt, scheinen für Momente Bruchstücke der Straße oder irgendwelcher Häuser am Straßenrand auf und verschwinden wieder, wie in einem Kaleidoskop. Ich schließe die Augen und falle tatsächlich in eine Art Dämmer. Die Dunkelheit und das Schaukeln des Fahrzeugs wirken einschläfernd, und noch bevor wir auf der Überlandstraße sind, schlafe ich ein.

Ich träume von einer leeren Flugzeughalle. Germán und ich sitzen dort auf dem Boden, man hat uns entführt, das ist mir klar. Unser Entführer ist ein böser Mensch, der aber aus irgendeinem Grund attraktiv wirkt. Der Schauplatz könnte einem Tarantino-Film entnommen sein. Im Unterschied zu Germán hat man mich beziehungsweise meine Hände gefesselt, an ein Rohr, der Knoten ist aber so locker, dass ich ihn mühelos aufziehen könnte. Der böse Mann sitzt an einem Schreibtisch, das Möbelstück wie auch er selbst wirken allerdings im Vergleich zu der riesigen Halle winzig. Er sieht Blätter durch, die er einem großen Umschlag entnimmt. Vielleicht handelt es sich auch um Fotos. Ab und zu blickt er auf und sieht zu uns hinüber. Man könnte ihn für einen ganz normalen Büroangestellten halten, wäre da nicht das Maschinengewehr, das neben ihm an einem ergonomischen Stuhl lehnt. Irgendwann legt er die Blätter beiseite und schnappt sich die Waffe, deponiert sie auf dem Schreibtisch, streicht zärtlich über den Lauf, legt auf uns an, und dann fängt Germán an zu stöhnen und zu flehen. Ich mache mir keine Sorgen, und Angst habe ich auch nicht, ich spüre, dass unser Gangster etwas kindlich Verspieltes hat, seine durchtriebene Seite entgeht mir dabei jedoch nicht. Außerdem glaube ich – bin mir dessen allerdings nicht ganz sicher –, dass ich ihm gefalle und dass er sich als Bösewicht in Szene setzt, um seinerseits mir zu gefallen und mich zu verführen. Germán wirkt wie immer völlig überfordert. Er wischt sich mit einem Taschentuch über die Stirn, seine Hände und Oberlippe zittern. Ich versuche vergeblich, mich daran zu erinnern, wie es zu der Entführung gekommen ist. Klar ist nur eins: Das Geld von dem Überfall liegt wohlverwahrt auf einer Schweizer Bank oder in irgendeinem Steuerparadies, was bei mir wiederum für die nötige Ruhe und Gelassenheit sorgt. Der Anblick des Mannes mit dem Maschinengewehr erregt mich sexuell, warum auch immer. So locker der Knoten um meine Handgelenke auch ist, ich denke nicht daran, ihn zu lösen und diesen köstlichen Moment dadurch zu beenden, die Gänsehaut, die ich spüre, soll unbedingt anhalten. Germán schluchzt. Der Mann am Schreibtisch und ich, wir sehen uns an, und da weiß ich ganz sicher, dass er mich begehrt, und ein Schauder überläuft mich.

Aber auf einmal läuft irgendwas in meinem Traum schief.

Ich schnuppere, rieche die frische Wandfarbe und den ebenso frischen Beton, aber plötzlich ist da noch ein anderer Geruch, klebrig süß, und legt sich über den Rest. Verflucht, ich will nichts anderes riechen als die Farbe und meine Pheromone, aber das Parfüm drängt sich immer stärker in den Vordergrund, dringt mir immer tiefer in die Nase, mit seinen Karamell- und Vanille-Noten, und vertreibt mich schließlich aus dem geträumten Paradies. Genau die Art von Duft, die ich verabscheue, und er befördert mich gewaltsam zurück in die Wirklichkeit meines vergammelten Sitzes in einem klapprigen Bus auf dem Weg nach Chuy.

Wütend öffne ich die Augen.

Und nehme Witterung auf wie ein Hund. Der Geruch kommt von vorn, stelle ich fest, von einer Frau, die eingestiegen ist, während ich träumte, ich säße in einem Hangar und würde von jemandem begehrt. Sie verstaut ihr Gepäck und setzt sich, keine zwei Meter entfernt. Der Geruch ist unerträglich, auch dass ich die Nase in der Armbeuge verberge, hilft nicht, der süßliche Duft dringt trotzdem durch.

Der Bus ist inzwischen so gut wie leer, die meisten Mitreisenden sind unterwegs ausgestiegen, ich suche mir also einen Platz ganz hinten, auch wenn sich bei dem die Lehne nicht zurückstellen lässt und man auf dem Sitz fast bis auf den Boden einsinkt. Ich versuche, wieder einzuschlafen und an den Ort zurückzukehren, wo man mich gefesselt hat, aber auch begehrt, so sehr, dass ich mich ganz lebendig gefühlt habe. Doch so fest ich die Augen auch zukneife und mich zusammenrolle, es gelingt nicht. Die verfluchte Frau mit ihrem verfluchten Gestank hat mich um mein Glück gebracht.

Irgendwann weicht die Wut der Erschöpfung, und ich verabschiede mich auch von diesem Traum.

Und öffne erneut die Augen. Draußen werden die Abstände, in denen irgendwo Licht aufscheint, immer größer. Ob die Leute in den kleinen Dörfern hier auf dem Land glücklich sind? Ob es in dieser Abgeschiedenheit auch Verbrechen gibt, wie in der Großstadt? Untreue, Inzest, Selbstmord, das alles kommt hier bestimmt auch vor – man braucht bloß die gleichgültige Miene zu betrachten, mit der die Menschen im gelblichen Schein der Laternen am Straßenrand stehen und den Bus an sich vorbeifahren lassen, um anschließend für immer aus meinem Blickfeld zu verschwinden. Oder ihre baufälligen Häuser und vernachlässigten Gärten. Als sie jung waren, werden sie noch Hoffnungen gehegt haben, dieser Ödnis zu entkommen – Hoffnungen, die sich während eines Ferienjobs bei McDonald's in Punta del Este oder nach der Abreise eines Liebhabers aus dem Ausland, der ihnen zum Andenken ein gebrauchtes T-Shirt hinterließ, in Luft auflösten.

Schließlich wandern meine Gedanken wie immer – warum auch immer – zu meinem viel zu dicken Bauch. Ich muss zehn Kilo abnehmen, oder besser fünfzehn, darf nur Salat und Suppe essen, und ich muss an dem Ort, zu dem ich unterwegs bin, so schnell wie möglich das Training in einem Fitnessstudio aufnehmen. Aber wohin bin ich eigentlich unterwegs? Die Dunkelheit draußen ruft unweigerlich die Erinnerung an mein völlig verdunkeltes Kinderzimmer hervor, in dem Papa mich regelmäßig zur Strafe einsperrte. Die gleiche Panik wie damals steigt in mir auf. Aber das will ich nicht, ich will jetzt nicht daran denken. Denn schon bald beginnt mein neues Leben.

Wir sind da.

In Chuy ist es eiskalt. Die kümmerliche Beleuchtung des Busbahnhofs verstärkt noch den Eindruck, in eine typische schäbige Kleinstadt gelangt zu sein, ein im Frühnebel verschwimmendes Kaff, das sich zu beiden Seiten der Grenze ausbreitet und immer noch so aussieht wie vor fünfzig Jahren.

Die übrigen Mitreisenden sind bald verschwunden. In der leeren Vorhalle komme ich mir vor wie in einem Zombiefilm, oder so, als wäre draußen gerade die Welt untergegangen. Langsam nähere ich mich dem Ausgang. Kalt ist mir trotz allem nicht, und eilig habe ich es auch nicht. Dennoch muss ich überlegen, wo ich den Rest der Nacht zubringen soll. Übermäßig viele Auswahlmöglichkeiten wird es kaum geben. Nach Aussage der triefäugigen Frau an einem der Ticketschalter befindet sich das nächstgelegene Hotel an der Hauptstraße, die zugleich die Grenze zwischen Uruguay und Brasilien markiert. Besonders weit ist es offenbar nicht bis dahin. Man sieht der Frau die dreißig Jahre Nachtarbeit an. Ich stelle mir vor, dass sie Cellulite hat und Krampfadern und viel zu viele Kohlehydrate zu sich nimmt, und dass ihre zwei oder auch drei Kinder Drogenprobleme haben, während sie sich von Kurzkredit zu Kurzkredit hangelt. Ich bedanke mich und mache mich auf den Weg ins Hotel.

Ob ich ein Taxi wolle, fragt sie noch schläfrig. Ihre schiefen Zähne sind vergilbt, der Atem riecht nach Zigaretten und frittierten Speisen.

»Nein danke«, antworte ich, »ich gehe lieber ein bisschen zu Fuß, an der frischen Luft.«

»Seien Sie vorsichtig«, fügt sie hinzu, »um die Uhrzeit sind jede Menge Gauner und Drogensüchtige unterwegs. Warum nehmen Sie nicht den Wagen, der vor dem Eingang wartet? Fahren Sie mit Valdemar, dem können Sie vertrauen.«

Als ich auf die Straße hinaustrete, steht dort tatsächlich ein Taxi. Durch die Scheibe sehe ich den schlafenden Valdemar. Der Bauch drückt gegen das Lenkrad, ein glänzender Speichelfaden läuft ihm übers Kinn und dann am Hals hinab. Ich marschiere los. Ab und zu kommt ein Auto vorbei und ergreift bei meinem Anblick panisch die Flucht.

Ein Schatten nähert sich mir. Nein, zwei Schatten.

Sie kommen von der gegenüberliegenden Straßenseite auf mich zu, Papa und Tante Irene. Kalter Schweiß rinnt mir die Wirbelsäule hinab. Die alten Ängste sind wieder da, auch hier, am Ende der Welt, lassen sie mir keine Ruhe. Meine Erinnerungen verfolgen mich, die halb zerrissenen verblichenen Fotos von Babys, die eines Tages alte Leute waren, die Sammlung japanischer Figürchen, Hochzeitseinladungen von Leuten, die sich schon vor Jahrzehnten wieder scheiden ließen oder starben, eine nilgrüne alte Chenille-Decke.

Ich überlege, ob ich die beiden um Entschuldigung bitten soll, weil ich ihnen die Gnade des Todes erwiesen habe. Nein, ich werde wortlos an ihnen vorbeigehen, ohne sie auch nur anzusehen, bis zur Hauptstraße einer gefährlichen und gewalttätigen Stadt, zwischen baufälligen Häusern mit eingeworfenen Fenstern hindurch, in denen es von Ratten und Kakerlaken wimmelt, durch Berge von Müll, die aus der Tiefe der Erde emporzuwachsen scheinen, umgeben von Gaunern und Drogensüchtigen und Frauen, die mitten im Winter in leichter Sommerkleidung daherkommen.

Ich werde dieses zahnlose Höllenmaul durchqueren, bis ich meine Zuflucht erreiche, wo ich vor der Vergangenheit, die unnachgiebig ihre Schlinge nach mir auswirft, geschützt bin.

Rocco

MAFIABOSS ROCCO MORABITO AUSGEBROCHEN
In der Nacht zum Montag gelang vier Häftlingen die Flucht aus dem in der Calle Yí im Zentrum von Montevideo gelegenen Zentralgefängnis. Die Polizei ist mit einem Großaufgebot im Einsatz. In Uruguay, Italien und zahlreichen anderen Ländern steht das Thema heute im Fokus der Berichterstattung.

Bei einem der flüchtigen Straftäter handelt es sich um den italienischen Staatsbürger Rocco Morabito, auch bekannt unter dem Namen »'U Tamunga«, der Kokainbaron von Mailand. Er gehört zu den Anführern der mächtigen kalabrischen Mafiaorganisation 'Ndrangheta und sollte in sein Heimatland ausgeliefert werden.

Morabito, einer der meistgesuchten Kriminellen Italiens, war seit zwei Jahren im Zentralgefängnis inhaftiert. Davor lebte er zehn Jahre lang mit brasilianischem Pass und unter dem falschen Namen Francesco Antonio Capeletto Souza in einer Luxusvilla in Punta del Este.

Die anderen drei Entflohenen warteten ebenfalls auf Auslieferung in ihre jeweiligen Heimatländer, einer aufgrund einer Anklage wegen Mordes, der andere wegen Urkundenfälschung, der Dritte wegen mehrfachen Betrugs.

Laut offizieller Mitteilung des uruguayischen Innenministeriums »gelangten die vier in Untersuchungshaft befindlichen Männer gegen Mitternacht durch ein Loch in der Wand auf das Gefängnisdach, von wo aus sie die Flucht erfolgreich fortsetzten«. Entdeckt wurde der Ausbruch erst beim morgendlichen Zählappell durch das Wachpersonal der Frühschicht.

Inoffiziellen Angaben zufolge müssen sich bei der Flucht filmreife Szenen abgespielt haben. Demzufolge sägten die Gefangenen nicht nur mehrere Eisenstäbe durch und öffneten ein Loch in der Zellenwand, sondern entkamen anschließend auch mithilfe von später aufgefundenen Seilen, Gurten und Kletterhaken in einer waghalsigen Aktion auf das Dach eines angrenzenden Gebäudes, wo sie durch eine Luke in eine im obersten Stock gelegene Wohnung eindrangen und anschließend über das Treppenhaus auf die Straße gelangten. Hier bestiegen die vier ein Taxi und fuhren mit unbekanntem Ziel davon.

Im Zuge der Verfolgung durch Polizeikräfte wurden die Calle San José und die Calle Quijano vollständig abgeriegelt und im gesamten Stadtgebiet wie auch an Ausfallstraßen, Flughäfen und Grenzübergängen Kontrollpunkte eingerichtet.

Vorläufig unbeantwortet bleibt die Frage, wie es einem international gesuchten Straftäter gelingen konnte, aus einer Hochsicherheitszelle zu entkommen. Über den bisherigen Verlauf der Suchaktion wie auch über mögliche Verantwortliche herrscht seitens der Polizei bislang striktes Stillschweigen.

(Aus der Tageszeitung *El Informante*)

Ursula

Nach der Nacht in einem halbwegs anständigen Hotelzimmer genehmige ich mir zum Frühstück einen guten Kaffee, mehrere Scheiben Toast, etwas Obst und ein Schälchen Joghurt, ganz wie es die heiligen Gebote des gesunden Lebens vorschreiben. Anschließend bezahle ich bar und erkundige mich bei der Rezeptionistin nach einem guten Hotel am Meer. Schmunzelnd belehrt mich die Frau, das Beste, was ich zu dieser Jahreszeit, außerhalb der Saison, finden könne, sei eine Hütte in einer Ferienanlage in Barra, auf der brasilianischen Seite, einfach, aber ziemlich gemütlich und mit wunderschönem Blick aufs Meer. Das hört sich gut an. Ich frage, wie man dorthin kommt. Sie schreibt mir die Telefonnummer eines Taxifahrers auf. »Der legt Sie bestimmt nicht rein«, fügt sie hinzu.

Direkt vor dem Hotel verläuft die Grenze, die in diesem Fall in einer durch einen begrünten Mittelstreifen geteilten Allee besteht – die eine Straßenseite gehört zu Uruguay, die andere zu Brasilien, mehr Grenze im eigentlichen Sinne ist hier nicht zu sehen, es gibt weder einen Fluss noch einen Gebirgspass, ja nicht einmal Schilder oder Grenzpfähle, die darauf hinweisen würden, dass man sich von einem Land in ein anderes begibt.

Bevor ich mich auf den Weg ans Meer mache, erledige ich rasch ein paar Einkäufe, nur das Allerwichtigste – ein wenig Winterkleidung, Hygieneartikel, eine Flasche Wasser, Kekse. Meine Überlebensausrüstung, sage ich mir belustigt angesichts meiner in der Tat einigermaßen ungewissen Zukunftsaussichten.

Auf der Straße herrscht das für diese Uhrzeit offenbar übliche bunte Treiben der Stadt Chuy, beziehungsweise Chuí, wie der Name ihrer brasilianischen Zwillingsschwester lautet – genau genommen könnte man auch von siamesischen Zwillingen sprechen, schließlich bilden die beiden ein untrennbares Ganzes. Wer zum ersten Mal hier ist, staunt jedenfalls über die Unmenge Menschen und Autos und das damit einhergehende Geschrei und Gehupe, von den vielen Gerüchen ganz zu schweigen. Auf beiden Seiten der Grenzstraße oder Straßengrenze findet ein lebhafter Handel statt. Es gibt Stände mit Kleidung, Speisen und Getränken, Elektrogeräten, Musik, Medikamenten, und dazwischen laufen überall Leute mit Tüten oder ganzen Kisten voll Parfüm, Öl, Whisky oder Kaffee herum.

Um die Parkmöglichkeiten gibt es heftige Streitereien in zwei Sprachen zwischen den Fahrern und wichtigtuerischen Aufsehern, die ihren Anteil dafür einfordern, dass sie die Autos mitten auf der Straße anhalten, um ihnen einen kostenpflichtigen Platz auf städtischem Grund zuzuweisen. Mit ihren rund fünfzehntausend Einwohnern bilden beide Städte zusammen eigentlich kaum mehr als ein großes Dorf, doch tagsüber tobt hier das Leben, überall drängen sich die angereisten Besucher inmitten von dichtem Verkehr, um steuerfreie Waren oder Produkte zu kaufen, die billiger sind als in ihren jeweiligen Heimatländern. Spätestens um sechs sind sie alle jedoch wieder verschwunden, und auf der doppelten Allee kehrt Ruhe ein. Dann sind die Straßen menschenleer, dafür aber voller Hunde und Berge von Müll und anderen Hinterlassenschaften.

An einem Straßenstand erstehe ich drei billige Handys. Eins bekommt eine uruguayische SIM-Karte, die anderen beiden brasilianische. Die SIM-Karten habe ich an einem anderen Stand erworben, wo niemand irgendwelche Ausweispapiere sehen wollte.

Auf dem Handy mit der uruguayischen SIM-Karte tippe ich Luz' Nummer ein, sie meldet sich, und wir unterhalten uns eine knappe Minute. Dabei diktiere ich ihr eine der brasilianischen Nummern und fordere sie auf, diesen Anruf gleich nach unserem Gespräch aus ihrem Speicher zu löschen. Ich frage, ob sie unten in dem Aufzugschacht bei mir zu Hause alles wohlverwahrt aufgefunden hat, und sie antwortet lachend, der Koffer sei zwar etwas eingestaubt, ansonsten aber unberührt gewesen, sie habe bereits alles Nötige für die Überweisung in die Wege geleitet, in wenigen Stunden werde das Geld sich auf einem ausländischen Konto befinden. Nach kurzem Schweigen berichtet sie, dass jemand in meiner Wohnung gewesen und sie gerade dabei sei, die dadurch hervorgerufene Unordnung zu beheben. Offensichtlich habe der Betreffende – ich bin mir ziemlich sicher, um wen es sich bei dieser Person handelt – das Gesuchte nicht gefunden, das sei schon an dem »wütenden Chaos« zu erkennen, das er hinterlassen habe.

»Das wütende Chaos« – an meiner Schwester ist wirklich eine Dichterin verloren gegangen, sage ich mir und muss unwillkürlich lachen. Das Lachen hört sich an wie ein Bellen, wie ich zu meinem Bedauern an dem irritierten Blick einer Frau erkenne. Sie sieht mich genau so an, wie ich Menschen ansehe, die ich für verrückt halte. Gleich nach unserem Telefonat nehme ich die SIM-Karte aus dem Handy und zerbeiße sie. Diese Methode kenne ich aus einer Krimiserie. Wenige Minuten später wird auch dieses Handy in einem Gully verschwinden.

Die anderen beiden Handys stecke ich in die Tasche.

Unschlüssig spaziere ich an mehreren Läden vorbei und gehe im Geist meine Einkaufsliste durch: eine Reisetasche, ein wenig Kleidung, ein Mantel, bequeme Schuhe. Ich habe keine Ahnung, wie Barra so ist, ich weiß nicht, ob es dort Restaurants oder Geschäfte gibt, weshalb ich mir für den Anfang auch einen kleinen Lebensmittelvorrat zulegen sollte.

Meine prosaischen Überlegungen öden mich an. Auch sonst: Ständig diese sorgenvolle Selbstbefragung – ob wohl genug Zucker im Haus ist, und frische Blusen, und die Stromrechnung ist noch nicht beglichen, und am Donnerstag ist der Termin beim Frauenarzt … Wie soll man das bloß aushalten? Vielleicht brauche ich genau deshalb gelegentlich meine aufwühlenden Abenteuer, immer nur dieses gleichförmige Dasein einer übergewichtigen, bald fünfzigjährigen Übersetzerin, das ist nichts für mich. Aber womöglich läuft es für uns alle nach der Lebensmitte unweigerlich auf eine Existenz als gehässige zimperliche Vetteln hinaus.

Ich betrete einen Duty-free-Shop und kaufe auf einen Schlag alles, was ich brauche. Ich bezahle bar, schließlich will ich keine Spuren hinterlassen, außerdem machen die Leute in den Krimis das auch immer so. Danach werde ich den famosen Taxifahrer anrufen, der mich angeblich nicht reinlegen wird, und mich von ihm zu meinem Ferienhäuschen in Barra bringen lassen. Bis dahin sind es etwa fünfzehn Kilometer, lieber denke ich nicht darüber nach, was das wohl kosten wird. Obwohl ich mir über derlei eigentlich keine Gedanken mehr zu machen bräuchte, ich bin jetzt schließlich eine reiche Frau, die im Restaurant bestellen kann, was immer sie will, ohne auch nur einen Blick auf die Preise am rechten Rand der Speisekarte zu werfen; die nach Lust und Laune in egal welchem Hotel absteigen kann – na und? Was kostet die Welt?

Sobald ich in Los Troncos ankomme – so heißt die Feriensiedlung –, werde ich das nächste Handy in Gang setzen und auf die Nachricht warten, die mir bestätigt, dass mein neues Leben tatsächlich begonnen hat.

Rocco

Er fährt im Abendlicht Richtung Osten und stellt fest, dass nur wenige Kilometer von Punta del Este entfernt auf den Dörfern das nackte Elend herrscht, auch die einsetzende Dämmerung, der aufsteigende Nebel und die Kälte können nicht darüber hinwegtäuschen.

Den Blick hat er auf die Straße vor sich gerichtet, seine Aufmerksamkeit gilt jedoch gleichermaßen dem Kilometerzähler wie auch dem, was im Radio gesagt wird. Die Nachrichten geben die offizielle Fluchtversion wieder und erzählen, dass Rocco vor fast zwei Jahren in Montevideo festgenommen und ins Gefängnis gesteckt wurde; geschildert wird, wie er dort lebte und wer ihn alles im Gefängnis besuchte, was er dort zu essen bekam und sogar, welche Restaurants das Essen lieferten. Alles, was der Geschichte zusätzlich Farbigkeit verleiht, ist willkommen. Das Ganze wirkt wie ein Zusammenschnitt von Informationen aus Wikipedia und allen möglichen Zeitungsberichten neueren wie älteren Datums, die ein ums andere Mal unhinterfragt wiederholt werden.

Kopfschüttelnd schaltet Rocco das Radio aus und klammert sich noch fester ans Lenkrad. Was wissen die Medien schon von seinem Leben, von der Zeit, die er im Gefängnis zubringen musste, von den Zeiten davor? Nur ihm ist klar, was es heißt, zwei volle Jahre seiner Freiheit beraubt zu werden, wenn man die fünfzig bereits hinter sich gelassen hat und spürt, dass der körperliche Verfall einsetzt und nicht mehr allzu viel vor einem liegt.

Nie wieder will er mit diesem Clemen und diesem stinkenden Drecksloch von Knast zu tun haben, in dem er so viel wertvolle Lebenszeit vergeudet hat. Bei dem Gedanken steigt eine böse Hitze in ihm auf, er knöpft sein Hemd noch weiter auf und lässt die Fensterscheibe hinunter, ein kleines Stück.

Clemen hat ihm versichert, dass er heil aus Montevideo rauskommen würde; weder auf der Küstenstraße noch auf der Ruta 9 – auf der er sich jetzt der brasilianischen Grenze nähert – habe er irgendwelche Schwierigkeiten zu befürchten. Aber wer weiß, ob man diesem Clemen trauen kann, vielleicht hat der das auch nur in der Hoffnung behauptet, zusätzlich zu den fünfzigtausend Euro, die bereits vor einer Woche auf seinem Bankkonto eingetrudelt sind, noch ein paar Scheine extra kassieren zu können.

Scheißbilliger Scheißbulle.

Für fünfzigtausend hat der ihn laufen lassen, wo gibts denn so was, nicht mal im Sudan oder auf Haiti lassen sich die Beamten für dermaßen lächerliche Summen bestechen.

Er lacht in sich hinein. Dann erinnert er sich jedoch an die Warnung des Inspektors vor Abweichungen von der abgesprochenen Route. In dem Fall könne er für nichts garantieren – dass irgendein frischgebackener Polizeischulabsolvent auf die Idee kommen könne, in ihm seine große Chance auf Ruhm und Aufstieg zu erblicken, lasse sich nun mal nicht ausschließen. Lügen, nichts als Lügen. Hätte er die erhoffte Zusatzsumme auf den Tisch gelegt, hätte der Inspektor ihm sicheres Geleit bis zum Saturn garantiert.

Bevor er die nächste Mautstelle ansteuert, setzt er die Sonnenbrille auf und zieht sich den Schal über Mund und Nase. So hält er gleich darauf vor der Schranke an. Aber das Fenster des Kassenhäuschens ist geschlossen – bestimmt, weil es so kalt ist –, und die Angestellte starrt selbstvergessen auf ihr Handydisplay. Sie ist weder schön noch sonst in irgendeiner

Weise attraktiv, von draußen gesehen wirkt sie wie ein Fisch in einem Aquarium oder ein kleines trauriges Raubtier, das sich ergeben in seine Gefangenschaft gefügt hat.

Hinter Rocco lässt jemand den Motor aufheulen. Er wirft einen Blick in den Rückspiegel und entdeckt einen nagelneuen blauen Peugeot. Am Steuer sitzt ein Glatzkopf, der unruhig nach allen Seiten Ausschau hält, mit der Faust aufs Lenkrad schlägt und dann erneut den Motor aufheulen lässt. Es gibt kaum etwas, das Rocco mehr verachtet. Er atmet tief durch, kneift die Augen zu und schluckt, um den Ärger zu bezwingen. Immerhin reagiert die Kassiererin auf den Lärm, blickt vom Handy auf und betrachtet die beiden wartenden Autos, aber nur um sich gleich darauf, offensichtlich unbeeindruckt, wieder ihrem Display zuzuwenden.

Der nervöse Glatzkopf drückt weiter aufs Gaspedal, jetzt aber zusätzlich auf die Hupe, als ob sein Verhalten nicht so schon unerträglich genug wäre.

Mit zusammengebissenen Zähnen stellt sich Rocco vor, wie er die Waffe unter seinem Sitz hervorholt, sich aus dem Fenster beugt und dem Kerl mit einem gezielten Schuss den Schädel zerballert. Oder noch besser: Er steigt aus, geht zu dem Peugeot, fordert den Glatzkopf auf, ebenfalls auszusteigen, woraufhin er ihm mit einem, zwei, zehn Machetenhieben die Birne zermatscht. Manchmal sehnt er sich nach den alten Zeiten zurück, als man sich nicht zu verstellen brauchte. Er schluckt noch einmal, keucht, versucht, sich zu beruhigen. Bloß nicht nachdenken, und erst recht nicht sich vom Zorn hinreißen lassen. Er lässt den Blick über die Umgebung schweifen, betrachtet die Landschaft, die anderen Kassenhäuschen, die ärmlichen Bruchbuden ein Stück weiter, am Straßenrand.

Da passiert es. Schlagartig entleert sich sein Hirn, als hätte ihn selbst eine Kugel oder ein Machetenhieb getroffen. Ein plötzlicher Blackout.

Ein Schauder überläuft ihn. Wo ist er? Wie ist er hierhergekommen? Was macht er hier? Verwirrt starrt er auf den Geldschein in seiner Hand. Was ist das für ein blaues Auto da hinter ihm? Und wieso ist er hier und nicht im Gefängnis? Wohin ist er unterwegs? Und wer ist die Frau da drüben in dem Kassenhäuschen – sie ist weder schön noch sonst in irgendeiner Weise attraktiv, dafür erinnert sie ihn an einen unglücklichen Fisch in einem viel zu kleinen Aquarium.

Erneut blitzt es in ihm auf, und dann ist ihm ebenso schlagartig alles wieder klar. Seine Atmung beruhigt sich. Er stellt den Rückspiegel ein, und dabei trifft sein Blick auf den des Mannes im Peugeot, der für einen Moment aufhört, Krach zu machen, und ihn seinerseits ansieht. Woraufhin Rocco sich den Schal noch ein Stückchen höher hinaufschiebt.

Die Frau im Aquarium öffnet schließlich lustlos das Fenster und nimmt Roccos Geld entgegen, ohne ihn auch nur eines Blicks zu würdigen – aus dem einen Augenwinkel zählt sie das Wechselgeld ab, aus dem anderen überwacht sie das hinter ihm wartende Auto, beziehungsweise die kleine Schlange, die sich mittlerweile vor ihrem – dem einzigen geöffneten – Schalter gebildet hat. Rocco glaubt zu hören, wie sie über ihre Chefs flucht, diese elenden Ausbeuter, die schon vorausgesehen hatten, dass an diesem Tag wenig los sein würde, weshalb sie sie ganz allein zur Schicht eingeteilt haben. So sind sie, diese Uruguayer, er hat sie in den vielen Jahren hier gut genug kennengelernt, um zu wissen, dass sie für sämtliche Übel ihre Nachbarn verantwortlich machen, oder ihren Chef, oder den Staat, oder die Politiker, aber keinesfalls sich selbst oder ihre falschen Entscheidungen.

Anders als im Sommer, wenn hier richtig viel Urlaubsverkehr ist, ist heute kein einziger Polizist zu sehen. Nur vereinzelte Autos und eine schlecht gelaunte Angestellte, die ihm missmutig sein Ticket hinhält, ohne ihn eines Blickes zu würdigen. So wird sie jedenfalls nicht bezeugen können, dass er hier vorbeigekommen ist, auch wenn die Polizei die Aufnahmen der Überwachungskameras durchsehen und ihn vielleicht trotz der Sonnenbrille und des Schals erkennen wird, mit denen der Russe ihm einen neuen Look verpassen wollte. Aber bis es so weit ist, hat er längst den Wagen gewechselt und befindet sich irgendwo im Grenzgebiet von Uruguay und Brasilien, einer riesigen, wüstenhaften, gesetzlosen Region.

Er fährt weiter und überholt mehrere Radfahrer, die wahrscheinlich für die nächste Vuelta del Uruguay trainieren. Ein Blick auf die Tankanzeige bestätigt ihm, dass er genug Benzin hat, um sein Ziel zu erreichen. Für alle Fälle hat der Russe ihm noch zwei große Kanister mitgegeben, die vor der Rückbank zugedeckt auf dem Boden liegen.

Sobald er die Grenze erreicht, wird für alles vorgesorgt sein, hat der Russe versichert, für die gesamte Strecke bis João Pessoa. Trotzdem erledigt Rocco die Dinge lieber auf seine Art und verlässt sich dabei, wie wir noch sehen werden, auf seinen Instinkt. Man weiß schließlich nie.

So oder so fährt er erst einmal in mäßigem Tempo dahin, bloß keine unnötige Aufmerksamkeit erregen. Wenig später überholt ihn ein nagelneuer blauer Peugeot, am Steuer ein Glatzkopf, der offenbar nichts Wichtigeres zu tun hat, als sich eine fette Strafe wegen Geschwindigkeitsüberschreitung einzuhandeln. Auto und Fahrer kommen ihm bekannt vor, woher, kann er jedoch nicht sagen, er spürt bloß ein vages Unbehagen, erst recht, als der andere beim Vorbeirasen den Motor aufheulen lässt. Verzweifelt runzelt Rocco die Stirn, beißt sich auf die Lippe, umklammert noch fester das Lenkrad und stellt sich auf einmal, warum auch immer, vor, er würde um sich schießen und mit einer Machete wilde Hiebe austeilen.

Er schaltet das Radio wieder ein, und die Journalisten rattern einmal mehr die offizielle Version seiner waghalsigen

Flucht über die Dächer und Mauern des Gefängnisses und sein anschließendes rätselhaftes Verschwinden herunter. Was heißt hier rätselhaft? Als hätte ihn jemand einfach so weggezaubert! Dass er seelenruhig durch den Hauptausgang spaziert ist, würde aber wohl auch kein Mensch glauben. Genauso wenig wie die Tatsache, dass Clemen persönlich angeordnet hat, die Zellenwand aufzubrechen und Seile und Kletterhaken bereitzulegen, um sie anschließend als Beweise für seine erfolgreiche Flucht präsentieren zu können. Manchmal ist die Wirklichkeit viel seltsamer als jede Fiktion, sagt er sich, schließlich hat sie es nicht nötig, glaubwürdig zu sein. Von wem hat er den Spruch noch mal? Von Salvatore Tripodi? In der letzten Zeit muss er ständig an ihn denken, Salvatore in seinem dunklen Zweireiher, mit dem dünnen Schnurrbart – wie hieß noch der amerikanische Schauspieler, von dem er den hatte? – und dem dicken, glatten, pomadisierten Haar. So trug er es seit seiner Kindheit und behielt das auch bis zuletzt bei. Bis zu dem Tag, an dem man ihn in einer großen Holzkiste auf den Friedhof trug.

Es sind kaum Autos unterwegs, und Rocco weiß, dass ihm alles in die Hände spielt: Die Gewerkschaften haben einen Generalstreik ausgerufen, und die uruguayische Nationalmannschaft spielt bei der Copa América gegen Chile. Welcher Polizist würde sich wegen eines entlaufenen Italieners die Partie entgehen lassen?

Er zündet sich eine Zigarette an, und gleich beim ersten Zug taucht Salvatores Bild wieder vor ihm auf. Voll Liebe und Bewunderung denkt er an ihn zurück. Er war ein ernster Mensch, der einen mit seiner Genauigkeit und Sorgfalt zur Verzweiflung bringen konnte und stets unerschütterlich an seinen Gewohnheiten festhielt. Wer es wagte, ihn bei der Siesta oder beim Abendessen zu stören, musste sehr gute Gründe haben, die Salvatore sich, ohne eine Miene zu verziehen, anhörte, um anschließend trotzdem seine geballte Wut an dem dreisten Unruhestifter auszulassen. Für seine Zeit und Umgebung – damals, in Catanzaro – war er überdurchschnittlich groß und kräftig, und Roccos Mutter sorgte dafür, dass er nicht vom Fleisch fiel, indem sie eigenhändig große Mengen *frittole* und *sozizza* zubereitete, die sie ihm in den riesigen weißen Schüsseln von Großmama Annetta auftischen ließ. Das war vielleicht ein Typ – so einen wie Salvatore Tripodi findet man heutzutage nicht mehr.

Rocco überholt einen Fiat Palio, einen Toyota Hilux und ein rotes Auto einer ihm unbekannten chinesischen Marke, und kurz vor dem Ziel lockt es ihn dann doch, das Gaspedal durchzudrücken, aber zuletzt hat er sich auch jetzt im Griff und hält sich weiterhin streng an die vorgeschriebene Höchstgeschwindigkeit. Was solls, ob er nun ein paar Minuten früher oder später in diesem Barra eintrifft, macht letztlich keinen Unterschied.

Und wenn er dann erledigt hat, was er nun mal erledigen muss, steht ihm noch eine lange Strecke bevor – bis nach João Pessoa sind es an die viertausendfünfhundert Kilometer.

Er wird immer müder und hungriger und durstiger, und er muss pinkeln. Zehn Kilometer vor der eigentlichen Kreuzung sagt er sich beim Anblick einer kleinen Straße, die von der Hauptstraße nach rechts abzweigt, dass die bestimmt zu dem Strand führt, den er von einer früheren Gelegenheit kennt, auch wenn er den Namen vergessen hat. Kurz entschlossen biegt er ab und macht sich auf den Weg zu einem Badeort, den er von derselben Gelegenheit kennt, dessen Namen er aber ebenso wenig erinnert. Hier sind überhaupt keine Autos oder Menschen mehr zu sehen, was an der Kälte oder dem Generalstreik oder dem Fußballspiel oder allem zusammen liegen muss.

Ursula

Es schüttet nur so, als ich aus dem Taxi steigen will. Ich versuche, die Entfernung bis zu dem kleinen Vordach über dem Eingang abzuschätzen, und laufe los. Auf den ungefähr zwanzig Metern trete ich mehrfach in schlammige Pfützen und auf rutschige Steine und bin mir, während ich hastig die Mantelknöpfe schließe und mir die Kapuze überziehe, der lächerlichen Erscheinung meines sich keuchend vorwärtsbewegenden übergewichtigen Körpers bewusst. Als ich vor der Tür stehe, lese ich:

Los Troncos
Rezeption
Ganzjährig geöffnet
Bürozeiten: 10–22 Uhr

Ich klopfe; es ist schon nach elf, und niemand reagiert. Aber jeder weiß ja, wie die Dinge hierzulande funktionieren, sage ich mir, um mir gleich darauf klarzumachen, dass »hierzulande« in diesem Fall bedeutet: »In Brasilien.« Was allerdings auf dasselbe, wenn nicht auf noch Schlimmeres hinausläuft, wie ich mir, oder wem auch immer, ebenfalls klarmache.

Wie ich als Nächstes feststelle, ist die Tür unverschlossen. Ich trete also ein. Eine Glocke läutet, und ich nähere mich der Rezeption. Dass sich zu meinen Füßen eine riesige Pfütze bilden wird, ist mir klar.

Der Mann hinter dem Tresen wendet den Blick nur zögerlich vom Bildschirm ab, während er den Kopfhörer abstreift, die Hände verschränkt und schließlich ins Leere lächelt. Weiterhin ohne mich direkt anzusehen, gibt er mir auf diese Weise dennoch höflich zu verstehen, dass er mein Erscheinen sehr wohl registriert hat.

Ich lasse ihn noch ein Weilchen seine stumme Botschaft aussenden, was bleibt mir anderes übrig. Sein Parfüm will offensichtlich etwas hermachen, es hat etwas von edlen Hölzern und Orient, ein Mix aus Schokoladen-, Pfeffer- und Vanillenoten mit einer Spur Patschuli, vielleicht *The Scent* von Hugo Boss, für meinen Geschmack allerdings viel zu aufgemotzt. Irgendwann nimmt er mich dann doch in den Blick und wechselt überstürzt in den Anwesenheits-Modus: »Guten Abend, Señora Vanessa. Entschuldigen Sie vielmals, ich hatte Sie nicht gleich erkannt. Was kann ich für Sie tun?«

»Señora Vanessa? Ich glaube, Sie verwechseln mich mit jemandem.«

Jetzt sieht der Mann mich tatsächlich aufmerksam an und sagt, wiederum erst nach einer Weile: »Oh, verzeihen Sie, ich habe Sie tatsächlich verwechselt.«

»Dachte ich mir doch …«

»Möchten Sie eine unserer Hütten mieten?«

»Ja, sehr gerne.«

»Für wie viele Personen?«

»Ich bin allein.«

Dem Kaffeegeruch folgend, entdecke ich eine Espressomaschine, die, anstelle eines Fernsehers, auf einem Fernsehtischchen steht. Die Wände sind weiß gestrichen, die Möbel dunkel und rustikal, man könnte sich also einbilden, sich auf einer gemütlichen Ranch irgendwo im Wilden Westen zu befinden, und dennoch macht das Ganze einen wenig gepflegten Eindruck. Staub liegt auf den Möbeln, die Ecken und die Decke wirken feucht, und die Fenster sind zweifellos schon seit Monaten nicht geputzt worden.

»Wie lange möchten Sie bleiben?«

»Ich weiß es noch nicht, sagen wir, eine Woche, vielleicht auch länger. Ich möchte mal so richtig ausspannen …«

»Einen Moment, bitte.«

Beim Sprechen wechselt er, wie so viele Bewohner dieser Grenzregion und offensichtlich, ohne sich dessen bewusst zu sein, des Öfteren vom Spanischen ins Brasilianische und umgekehrt, was unsere Kommunikation auf ihrem einfachen Niveau aber nicht behindert. Obwohl vor ihm ein Computer steht, blickt er jetzt nicht suchend auf dessen Bildschirm, sondern schlägt ein abgewetztes braunes Notizbuch auf, feuchtet einen Finger an und fängt an, darin zu blättern. Er ist ein Mann mittleren Alters, wie man so sagt, soll heißen, er präsentiert einen Bierbauch, den er sich im Verlauf vieler einsamer Stunden vor dem Fernseher zugelegt haben dürfte. Und man sieht ihm an, dass er schon als Kind davon geträumt hat, einmal ein großer Unternehmer zu werden, und nach Versuchen mit einer Videothek, einer Indoor-Fußballhalle und dem Anbau von Kulturheidelbeeren – in dieser Reihenfolge – nun sein Glück in der Hotellerie probiert, bis er auch diese Mittelklassenferienanlage endgültig herabgewirtschaftet haben wird. Auf bestem Wege dazu ist er, man braucht sich hier bloß umzusehen.

Die Stille wird nur vom Rauschen des nahen Meeres und meinem ungeduldigen Fingertrommeln auf der Theke unterbrochen. »Allzu groß dürfte die Nachfrage nach Ihren Hütten im Winter ja wohl nicht sein, oder?«

»Der Winter ist fast vorbei, Senhora, bald fängt der Frühling an. Und wir haben schon mehrere Reservierungen, doch, doch.«

»Na, so was. Im Moment wirkt hier alles aber ganz schön ruhig … Was kosten die Hütten denn pro Woche?«

Bevor er antwortet, klappt er das Notizbuch zu und legt es

in ein Regalfach, das ich nicht sehen kann, es muss sich aber irgendwo unterhalb der Thekenoberfläche befinden.

»Ihre Hütte hat Meerblick, Einbauküche, Kühlschrank mit Eisfach, Kabelfernsehen und natürlich Klimaanlage. Ausnahmsweise können wir den Check-in heute schon jetzt machen, eigentlich ist er erst ab drei. Der Preis beträgt fünfhundert Dollar, Endreinigung und WLAN eingeschlossen. Einmal die Woche gibt es frische Bettwäsche, die Getränke im Kühlschrank sind inklusive.«

Das alles rasselt er in perfektem Spanisch herunter.

Fünfhundert Dollar pro Woche? Das dürfte ich ihm eigentlich nicht einfach so durchgehen lassen. Fünfhundert Dollar pro Woche! An einem Ort wie diesem! In welcher Welt lebt der Kerl? Ich müsste anfangen zu feilschen, ihm den Kopf zurechtrücken, ihm mal so richtig … Aber nein, wozu? Und wo sollte ich sonst hin? Ich bin schon wieder hundemüde, am Arsch der Welt, und über einen Plan B verfüge ich nicht. Ich tröste mich damit, dass er mich wenigstens gleich reinlässt. Ja, für diese wundervolle Willkommensgeste sollte ich ihm meinen herzlichen Dank aussprechen.

»Das ist wirklich sehr nett.«

»Und der Check-out ist um zehn. Wollen Sie die Hütte sehen?«

Ich weiß, dass er mich gnadenlos ausnimmt, und halte seinem Blick stand, damit er weiß, dass ich Bescheid weiß.

Wir sehen uns an.

Messen unsere Kräfte.

Wissen, dass wir niemals Freunde sein werden.

Ich räche mich, indem ich den Blick über die öden Flächen auf seinem Kopf gleiten lasse, wo der Haarausfall bereits unübersehbare Folgen hinterlassen hat. Danach nehme ich mir die schlaffen Wangen vor, wie sie ein Mann mittleren Alters eigentlich noch nicht aufweisen sollte.

Seufzend erwidere ich schließlich, dass das nicht nötig ist. Dass ich keine andere Wahl habe, weiß ich selbst. Etwas Besseres wird sich hier so schnell nicht finden lassen – vorausgesetzt, es hat überhaupt geöffnet. Lust, mich im Regen auf die Suche nach einem Taxi zu machen, habe ich schon gleich gar nicht. Und nach Chuy zurückkehren ist das Allerletzte, was ich will. Ergeben füge ich mich also in mein Schicksal.

»Sind Sie aus Montevideo?«

»Ja.«

»Wie Senhora Vanessa. Vanessa Steel. Die ist auch aus Montevideo. Wenn Sie hierbleiben, werden Sie sie kennenlernen.«

»Wie schön.«

»Wenn Sie jetzt bitte noch das Anmeldeformular ausfüllen würden. Und hier unten unterschreiben.«

Ich tue wie befohlen, zücke dann den Geldbeutel und übergebe ihm seufzend fünf wunderschöne, grün glänzende Hundert-Dollar-Scheine, die noch immer den Duft nach Überfall verströmen.

Obwohl Geld für mich kein Problem darstellt, müsste ich eigentlich Einspruch erheben, dem Kerl klarmachen, dass er sich rücksichtslos den Umstand zunutze macht, dass ich eine Frau bin, die an einem völlig verregneten Vormittag mutterseelenallein mit dem Taxi aus Chuy hier eingetroffen ist. Aber ich verzichte darauf; alles, was ich jetzt brauche, ist schließlich eine Unterkunft, eine Dusche, ein Bett. Ein sicherer Ort, an dem ich in aller Ruhe das Eintreffen gewisser Neuigkeiten abwarten kann, Kraft schöpfen und über meine Zukunft nachdenken. Bis sich die Wogen in Montevideo ein wenig geglättet haben, soll heißen: bis Clemen mir, wie besprochen, die Kommissarin und den Anwalt, diesen schrecklichen Antinucci, vom Hals geschafft hat. Ich sage also nichts und male mir stattdessen genüsslich aus, wie seine Prostata mit der Zeit immer größer und größer wird, bis auch meine fünfhundert Dollar nicht dagegen helfen, dass sich immer wieder plötzlich peinliche Flecken auf seiner Hose abzeichnen und er mit rotem Kopf auf die Toilette laufen muss.

Als er die Scheine eingesteckt hat, scheint sich seine Stimmung aufzuhellen. Er überreicht mir eine handschriftliche Quittung, die keinen besonders professionellen Eindruck macht, und dazu einen Schlüssel mit einer Kugel als Anhänger, auf der eine Acht steht. Außerdem zwei reichlich abgegriffene Fernbedienungen. »Die ist für den Fernseher, und die für die Klimaanlage. Soll ich Ihnen beim Tragen helfen? Aber wo ist eigentlich Ihr Gepäck?«

»Ich habe bloß eine Tasche dabei. Kann man hier Autos mieten?«

»Selbstverständlich.«

Mit wachsender Begeisterung holt er einen Katalog hervor. »Hier haben Sie die verschiedenen Wagen, und das sind die dazugehörigen Preise. Um diese Jahreszeit sind sie ziemlich günstig. Im Sommer sieht das natürlich anders aus ...«

Ich nicke, obwohl die Preise schon jetzt eine wahre Frechheit sind. Und stelle fest: Sobald es ums Geschäft geht, ist blütenreines Spanisch eindeutig die Sprache der Wahl.

»Mal sehen ...«

»Geben Sie Bescheid, wenn Sie sich entschieden haben, dann rufe ich die Firma an, und die bringen den Wagen vorbei. Hier, meine Karte, da stehen meine Festnetz- und meine Handynummer drauf, Sie können mich jederzeit erreichen.«

Nach diesen Worten sieht er mich geradezu freundlich an. Und nachdem ich ja eigentlich ein nettes Mädchen bin und sehe, dass er sich tatsächlich Mühe gibt, vergesse ich seine Geheimratsecken und die schlaffen Wangen. Und lächle. Besser, man macht sich jemanden, der einem nicht gewachsen ist, nicht zum Feind.

»Vielen Dank, sehr nett.«

»Ich heiße übrigens Pedro, Senhora …« Da ich nichts erwidere, sagt er nach einem Blick auf das von mir ausgefüllte Formular: »Senhora López. Zu Ihrer Hütte gehts da lang, immer dem Weg nach, durch den Garten, bis zur Terrasse. Dann sind Sie da. Die Aussicht ist wirklich grandios!«

Ich trete an die Tür und wage einen Blick hinaus: Es hat aufgehört zu regnen, also schlage ich die Kapuze zurück, die ich die ganze Zeit aufhatte. Das schiefe Lächeln des künftigen Glatzkopfs mit Prostatabeschwerden hinter mir zurücklassend, mache ich mich auf den Weg zu Hütte acht. Bevor ich hineingehe, sehe ich mich noch einmal um. Ist das ein Gesicht, was sich da hinter dem Fenster der Nachbarhütte abzeichnet? Werde ich beobachtet?

Was solls, jetzt fängt mein neues Leben an. Seit drei Todesfällen bereite ich mich darauf vor.

Vanessa

Ein Scheißtag. Sie tritt aus der Hütte und macht die Tür hinter sich zu.

Kurz zuvor hat sie durchs Fenster eine Frau gesehen, sie kam von der Rezeption und ging durch den Garten bis zur Nachbarhütte. Über der Schulter trug sie eine Tasche. Vor der Tür blieb sie stehen und sah sich aufmerksam um, als fürchtete sie, in dem nahe gelegenen Kakteendickicht könne ihr jemand auflauern.

Jetzt betrachtet Vanessa die Nachbarhütte von draußen, sie hat den Eindruck, der Vorhang bewege sich, sie könnte schwören, dass die Frau, die vorhin gekommen ist, dahinter steht und sie beobachtet.

Was solls, sie hat andere Sorgen.

Gerade als sie heute Morgen mit der Arbeit anfangen wollte, rief der Russe an, um sie um einen Gefallen zu bitten. Im Glauben, dass es mit ihrem gemeinsamen Geschäft zu tun habe, sagte sie wie automatisch zu. Doch sie hat sich überrumpeln lassen. Sie war einfach nicht wach genug, was vielleicht auch an diesem gesichtslosen Ort liegt, wo niemals etwas passiert, nur das einschläfernde Rauschen des Meeres ist zu hören, von Zivilisation keine Spur.

Der Russe macht niemals viele Worte, und Erklärungen gibt es von ihm erst recht nicht. Er habe ein Paket nach Chuy geschickt, sagte er, ein paar Dokumente und Geld, das solle sie abholen. Für einen Freund – eine wichtige Persönlichkeit, wie er nach einer Pause, die Silben in die Länge ziehend, hinzufügte, mit seiner harten und zugleich nasalen Stimme, seinem typisch osteuropäischen Akzent. Russe ist er allerdings streng genommen nicht, er stammt aus der Ukraine oder Moldawien oder weiß Gott woher.

Vanessa hatte in den Nachrichten von dem Ausbruch aus dem Zentralgefängnis erfahren. Auf ihre Frage, ob es sich bei der »wichtigen Persönlichkeit« um den flüchtigen Häftling handele, ging der Russe jedoch nicht ein und wiederholte stattdessen bloß seine Aufforderung, das Paket abzuholen. Und zwar sofort. Später werde jemand bei ihr vorbeikommen und es mitnehmen.

Bei seinen Worten musste sie schlucken.

Sie solle es im Kleiderschrank verstauen, um alles Übrige werde sich sein Kurier kümmern, fuhr der Russe fort. Anschließend nannte er ihr eine Adresse, eine ihr unbekannte Straße irgendwo am sumpfigen Rand von Chuy, auf der brasilianischen Seite. Sofort, sagte er noch einmal, und spätestens jetzt war das keine Bitte mehr, sondern ein Befehl. Ein Befehl, der keinerlei Widerspruch zuließ.

Sie schluckte erneut, noch heftiger.

Ihr ist klar, dass sie diesen Auftrag nicht hätte annehmen dürfen, aber sie hat sich dem Russen verpflichtet gefühlt, oder schlichtweg nicht gewusst, wie sie ihm die Bitte hätte abschlagen sollen. Verpflichtet, wegen der riesigen Einnahmen, die er ihr beschert? Oder weil sie Angst vor ihm hat? Ihr ist schon längst klar, dass irgendwann etwas Schlimmes passieren wird, mit diesem Russen ist nicht zu spaßen, er ist ein gefährlicher Typ, mit der kalabrischen Mafia verbandelt, wahrscheinlich auch mit diesem Capo von der ’Ndrangheta, der gerade in Montevideo aus dem Gefängnis ausgebrochen ist. Während sie noch über diese Dinge nachdachte, wurde es am anderen Ende der Leitung still, ein Zeichen dafür, dass das Gespräch beendet war.

Wie konnte es nur so weit kommen? Ja, dem verführerischen Duft der wunderschönen grünen Scheine hat sie nicht widerstehen können, der schier unendlichen Zahl von Kunden, die der Russe ihr bescherte, seit sie sich zusammengetan haben.

Nein, sie hätte den Auftrag nicht annehmen dürfen, sagt sie sich noch einmal, er hat mit ihrer eigentlichen Absprache nichts zu tun. Diese sieht vor, dass sie die Ware bereitstellt und Sergej für Abnehmer sorgt.

In solche Gedanken versunken, macht sie sich auf den Weg zum Parkplatz. Im Garten begegnet sie Pedro.

»Guten Tag, Senhora Vanessa. Da haben Sie sich aber ein schönes Wetter zum Einkaufen ausgesucht! Sie fahren doch nach Chuy, stimmts?«

»Tag, Pedro«, antwortet sie leise, ohne ihn anzusehen. Sie hat keine Lust auf irgendwelche banalen Unterhaltungen, erst recht nicht mit diesem nervigen Typen, der jede Gelegenheit nutzt, um sich an sie ranzuschmeißen. Er sollte sich lieber mal um seine Arbeit kümmern, zu tun gibts hier genug. Der Zustand der Ferienanlage schreit zum Himmel. Aber statt zum Pinsel oder zur Heckenschere zu greifen, hängt der Kerl vor dem Computer rum, hört Musik und denkt über Gott und die Welt nach. Sie verbringt schon seit Jahren einen Teil des Winters in Los Troncos, um zu arbeiten, aber seit der Eigentümer gewechselt hat, geht es hier bloß noch bergab. Dieser Pedro taugt wirklich zu gar nichts, sagt sie sich wütend – und weiß dabei, dass ihre Wut eigentlich etwas ganz anderem gilt. Wie dem auch sei, das war ihr letzter Aufenthalt an diesem Ort, verspricht sie sich, hierher kommt sie nie wieder.

Und wenn sie Sergej einfach anruft und sagt, sie sei krank? Ihr sei schwindlig, oder sie müsse sich ständig übergeben? Aber ein Typ wie der Russe lässt keine Ausrede gelten, egal, was sie sich ausdenkt, seine Reaktion bestünde in einem eisigen

Schweigen voll unausgesprochener schrecklicher Drohungen, damit hat er sie schon oft genug am Telefon eingeschüchtert.

Erneut schluckt sie und hat einen bitteren Geschmack im Mund.

Warum hat sie sich bloß mit diesen Leuten eingelassen? Ihr Geschäft, das sie ganz allein in Punta del Este aufgebaut hatte, blühte, sie bediente eine exklusive Kundschaft und verdiente genug Geld, um sich ein luxuriöses Leben zu finanzieren. Aber als Sergej ihr von diesen schwerreichen Oligarchen erzählte, die bereit seien, für ihre Ware ein Vermögen hinzublättern, lief ihr das Wasser im Mund zusammen, und sie konnte nicht widerstehen.

Als sie im Auto sitzt, streicht sie zärtlich über das Lenkrad ihrer teuren Limousine, die sie sich gerade erst zugelegt hat – alles bar bezahlt. Sie saugt den Geruch der Lederbezüge ein, lässt den Motor an und lauscht auf das kraftvolle Schnurren zu ihren Füßen. Sie fährt los, lässt Los Troncos hinter sich zurück und macht sich auf den Weg nach Chuy.

Zunächst lief alles bestens, das Geld floss in Strömen, und da Geld für Vanessa gleichbedeutend mit Glück ist, war sie rundum zufrieden. Vor einiger Zeit fingen jedoch die Probleme an, mehrere Säckchen mit weißem Pulver für Herrn X, gefälschte Ausweispapiere für Herrn Z, und immer so weiter, bis sie irgendwann das Gefühl befiel, dass ihr die Sache entglitt und sie unaufhaltsam dem Abgrund entgegenrutschte.

Zum Aussteigen ist es inzwischen aber zu spät, sagt sie sich – falls diese Möglichkeit jemals bestanden haben sollte – und wirft einen Blick auf ihre Augenringe im Rückspiegel. Sie stellt dröhnend laute Musik im Radio an, in der Hoffnung, ihr Gedankenkarussell damit übertönen zu können. Um sich zu beruhigen, denkt sie an ihre Lebensversicherung, die Notizhefte mit all den Namen, Daten und Adressen. Nur für den Fall der Fälle natürlich …

Vor ihr liegen noch zehn Kilometer bis nach Chuy. Sobald sie in der Stadt ist, wird sie im Navi die Adresse eingeben, die der Russe ihr genannt hat, wie befohlen dort das Paket entgegennehmen und anschließend damit in ihre Hütte zurückkehren. Abwechselnd empfindet sie Reue und Wut, aber nicht stark genug, um sich dazu durchzuringen, einfach ungetaner Dinge umzudrehen oder den Russen anzurufen und ihm mitzuteilen, dass sie den Auftrag nicht ausführen wird. Mit diesen Leuten ist nicht zu spaßen, sagt sie sich, das hätte sie sich früher überlegen müssen.

Ein Scheißtag. Warum ist sie nur ans Telefon gegangen?

Der Russe hat außerdem gesagt, sie solle unbedingt auf der brasilianischen Seite von Chuy bleiben und ja nicht auf die uruguayische Seite fahren. Jetzt fragt sie sich, warum er das gesagt hat. Was hat es damit auf sich? Weiß er etwas, was sie nicht weiß?

In Gedanken versunken fährt sie dahin, an diesem Mittag, der kein gewöhnlicher Mittag mehr sein wird, sobald sie vor dem Eingang eines heruntergekommenen Hauses stehen und an dessen morsche Tür klopfen wird, woraufhin eine nicht weniger heruntergekommene Frau öffnen und ihr eine stinknormale Tasche übergeben wird, mit der sie zum Auto zurückkehren wird. Sobald sie im Auto sitzt, wird sie den Inhalt der Tasche inspizieren – jede Menge Geldbündel, mehrere Ausweise, auf denen unschwer der flüchtige Mafioso, der im Fernsehen gezeigt wurde, zu erkennen ist, und eine Schusswaffe samt Munition. Dann wird sie, schwitzend, zitternd und sich ans Lenkrad klammernd, zurückfahren und verzweifelt überlegen, wie sie diesen Russen wieder loswerden soll, obwohl ihr klar ist, dass sie jetzt keinen Rückzieher machen kann. Und wenn sie die Tasche schließlich wie verlangt in ihrer Hütte im Kleiderschrank verstaut haben wird, wird sie sich auf ihr Bett legen und vor Angst und Hilflosigkeit zu weinen anfangen.

Ursula

Im Traum ist es ein gewöhnlicher Wintertag in Montevideo, es ist bewölkt und kalt. Ich bin zehn oder elf und sitze allein auf dem Schulhof und betrachte den großen Baum, der sich exakt in der Mitte der großen Fläche aus Beton und Steinplatten erhebt. Die Lehrerin hat mich des Unterrichts verwiesen, angeblich war ich aggressiv oder gewalttätig oder so ähnlich – welchen Ausdruck genau sie vor allen meinen Mitschülern benutzt hat, weiß ich nicht mehr. Und sie wollte meinen Vater anrufen. Meine Mutter nicht, denn seit ich zehn bin, habe ich keine Mutter mehr. Meine Klassenkameraden bekommen in diesem Augenblick beigebracht, wie man algebraische Gleichungen löst. Mir ist das egal, wie man Gleichungen löst, weiß ich schon, und an einem kalten Tag draußen sein zu müssen, während die Lehrerin im Klassenzimmer Dinge erklärt, die ich schon weiß, finde ich nicht besonders schlimm. Dick bin ich noch nicht, bloß ein bisschen pummelig, erst in ein oder zwei Jahren werden Papa und Tante Irene anfangen, sich über meine Hosengröße, die breiten Hüften und die Zahl aufzuregen, die die Waage anzeigt, wenn ich mich daraufstelle.

Dann springt der Traum ein paar Jahre weiter.

Ich sitze am Strand, es ist Sommer und sehr heiß. Das Wasser muss wunderbar frisch sein, eine herrliche Abkühlung für die von der Sonne gnadenlos gebräunte Haut – zu einer Zeit, zu der noch keine Sonnencremes mit Lichtschutzfaktor 50 existierten. Es muss wirklich herrlich sein im Wasser, nehme ich zumindest an. Ich darf nämlich den langen Umhang, der mich von den Schultern bis über die Knöchel bedeckt, nicht ausziehen, nicht einmal den Saum umkrempeln darf ich. Tante Irene, die immer die Kleidung für mich kauft, hat auch diese Art Kaftan besorgt. Womöglich hat sie ihn aus einem streng muslimischen Land mitgebracht – jedenfalls sind sie und Papa der Ansicht, ich solle ihn besser nicht ausziehen, ja, nicht einmal hochkrempeln. Und deshalb sitze ich in diesem Augenblick schwitzend unter einem Sonnenschirm, sehe den anderen dabei zu, wie sie sich im Wasser vergnügen, und schäme mich für meinen Körper, der mir schon seit Längerem irgendwie unpassend und falsch und fehl am Platz vorkommt. Und der mir jede Menge Unglück bescheren wird, wie ich schon jetzt ahne.

Hass auf Papa und Irene empfinde ich zu diesem Zeitpunkt noch nicht; noch denke ich nicht darüber nach, sie umzubringen, vorläufig bewege ich mich bloß durch einen dunklen Wald, ohne zu wissen, wohin der Weg mich führen wird. Für manche Dinge, die einen innerlich zerreißen, hat man als Teenager noch keine Worte, man spürt sie, kann sie aber nicht beschreiben. So oder so könnte ich heute nicht sagen, wann genau mein Hass begonnen hat, ein exaktes Datum könnte ich dafür nicht angeben, auch wenn dieser Hass bis jetzt, wo die beiden längst tot sind, anhält.

Wieder sehe ich mich auf dem Schulhof sitzen, im Wissen, dass ich jederzeit aufstehen und fortgehen könnte, zum Schultor hinaus und weiter bis zum Haus meiner Großmutter Carmen, das gerade einmal zweihundert Meter entfernt ist. Sie würde mir ein Stück Orangentorte oder Brotpudding mit Rosinen zu essen geben, obwohl sie weiß, dass Tante Irene das verboten hat. Und sie würde mich fragen, warum die Lehrerin mich des Unterrichts verwiesen hat.

»Weil ich aggressiv und gewalttätig bin. Oder so ähnlich.«

»Was hast du denn gemacht, Ursula?«

»Ich habe einem Klassenkameraden auf den Mund gehauen.«

»Und warum?«

»Weil er fette Sau zu mir gesagt hat.«

Daraufhin würde die Großmutter mir eine doppelte Portion Pudding mit extra viel Rosinen aufgeben.

Ich gehe aber nicht zu ihr, sondern starre weiterhin den Baum und die Steinplatten an und sage mir, dass ich schon weiß, wie man Gleichungen löst, und dass ich mich, wenn ich wieder zu Hause bin, mit meiner Puppe Ada in mein Zimmer verkriechen und weinen werde. Noch nicht gelernt habe ich in diesem Augenblick, dass man stark sein muss, um die Verachtung der anderen zu ertragen, wenn man anders ist und sich vom Anderssein nicht kaputtmachen lassen will. Ich werde es aber bald lernen.

Im Traum geht es ständig zwischen dem Schulhof und dem Strand hin und her. Jetzt bin ich wieder am Meer und sehe zu, wie die anderen sich fröhlich schreiend ins Wasser stürzen. Auch Luz ist dabei, während ich versuche, meinem verschwitzten und geröteten Teenagergesicht mit einem Fächer Kühlung zu verschaffen. Eine zentnerschwere Last liegt mir auf der Brust, ich komme mir erbärmlich vor, wie das Allerletzte. Dies ist aber nicht meine erste demütigende Erfahrung, so geht das schon seit mehreren Jahren. Nur hat es noch nie so wehgetan. Doch keine Sorge, es werden viel schmerzhaftere Demütigungen kommen …

Allmählich löst der Traum sich auf, zieht sich zurück, das Gefühl ist aber weiterhin da, es zeigt sich an meinem trockenen Mund, dem Herzklopfen, der rätselhaften Angst, die mir die Kehle zuschnürt. Ich wache auf, öffne die Augen und weiß nicht, wo ich bin, erst nach einer Weile erkenne ich die Hütte am Strand von Barra wieder.

Eine falsche Frühlingssonne scheint durchs Fenster.

Seufzend strecke ich mich, setze mich im Bett auf und sehe mich in dem etwa zwanzig Quadratmeter großen Raum um, der die nächste Zeit mein Zuhause sein wird.

Schließlich steige ich aus dem Bett, brühe mir einen Pulverkaffee auf und trinke ihn an dem großen Fenster stehend, durch das ich das nach dem Gewitter heute Morgen ruhig daliegende graue Meer und den reingewaschenen blauen Himmel sehen kann.

Zur rustikalen Zimmereinrichtung gehören auch zwei Sessel und der unverzichtbare, im Zentrum thronende Fernsehapparat. Außerdem ein Tisch, an dem ich künftig frühstücken werde, sowie eine – von Pedro hochtrabend als »Einbauküche« bezeichnete – kleine Kochnische, die für meine Ansprüche allerdings völlig genügt, schließlich gehöre ich nicht zu den Leuten, die ihre Ravioli und ihr Teegebäck unbedingt selbst von Hand anfertigen müssen. Das große, an der hinteren Wand stehende Bett habe ich, müde, wie ich immer noch war von den beiden Abschiedsbesuchen in Montevideo und der anschließenden langen Busfahrt, mit einer ausgiebigen Siesta eingeweiht.

Besonders schön finde ich es hier nicht, Hauptsache ist jedoch, dass ich fürs Erste über einen Ort verfüge, an dem ich mich halbwegs bequem ausstrecken und abwarten kann. Aber warten worauf? Dass ein Wunder geschieht und Antinucci und die Kommissarin sich in Luft auflösen? Clemen traue ich es jedenfalls nicht zu, dass er mir diesen Anwalt, der mir das Geld von dem Überfall unbedingt wieder abjagen möchte, tatsächlich vom Hals schafft. Wie unfähig der Inspektor ist, hat sich bereits an dem Einbruch in meine Wohnung gezeigt, von dem meine Schwester am Telefon berichtet hat. Natürlich steckte Antinucci dahinter, und sosehr es mir widerstrebt, ich muss zugeben, dass ich Angst vor ihm habe. Diese Angst hat mich dazu gebracht, aus Montevideo zu fliehen. Und abwarten und die Zeit verstreichen lassen ist vorläufig das Einzige, was mir in meiner Lage einfällt.

Keine Ahnung, was morgen oder nächste Woche sein wird. Werde ich wenigstens die erste bereits bezahlte Woche hier ausharren oder noch davor die Flucht vor dem menschenleeren Strand und dem Geisterdorf ergreifen, das ich auf dem Weg hierher durchquert habe? Wie dem auch sei, letztlich ist dies wohl nicht der schlechteste Platz, um mehr oder weniger ungestört meine Verwandlung von einer Übersetzerin in eine Millionärin zu vollenden.

Ich stelle die Kaffeetasse auf den Tisch und nehme ein Croissant mit Karamellcreme aus meiner Einkaufstüte, eine kleine Entschädigung für die enorme psychische Belastung, der ich in diesen Tagen ausgesetzt bin. Es schmeckt köstlich, ich verschlinge es mit zwei Bissen und greife nach dem nächsten. Um mein schlechtes Gewissen zu besänftigen, sage ich mir, dass Flüchtlinge wie ich eine Extraportion Nahrung durchaus verdient haben. Dann öffne ich die gläserne Schiebetür und trete auf die Holzterrasse hinaus, die sich vor meiner und der benachbarten Hütte ausbreitet. Von hier führt ein ebenfalls aus Latten bestehender Weg bis an den Sandstrand.

Gerade ist Ebbe, und der Wind trägt den Geruch von verfaultem Fisch und kranken Walen heran und erinnert mich daran, dass ich erst vor wenigen Tagen an der Grabstätte meiner Familie einen ganz ähnlichen Geruch wahrgenommen habe.

Die Hütten sind von einer Art Garten umgeben, den ich gestern beim Durchqueren nicht weiter beachtet habe, eine Mischung aus großen Steinen und Pflanzen in unterschiedlichen Farbtönen, von Dunkelgrün bis Gelb, die sich von der wüstenhaften Küstenlandschaft abhebt. Im Sommer müsste es hier eigentlich ganz schön sein, wenn die Sonne scheint und man in wenigen Schritten ans Meer gelangt. Im Winter ist es dagegen trostlos und grau, und man fragt sich, ob man in den Hütten auf Dauer tatsächlich ausreichend vor Kälte, Wind und Feuchtigkeit geschützt ist. Die Häuschen weisen jedenfalls eindeutig erste Verfallserscheinungen auf.

In der Ferne sehe ich eine Strandbar, die aber schon seit Jahren geschlossen scheint. Die Fenster sind verrammelt, das Gebäude ist gnadenlos den Einflüssen der Witterung ausgeliefert.

Würde ihr etwas mehr Sorgfalt und Pflege zuteil, wäre Los Troncos eine durchaus akzeptable Ferienanlage, immer vorausgesetzt, die Ansprüche der Gäste sind nicht allzu hoch. Natürlich ist dies kein Luxusresort und wird es auch nie werden, eine exklusive, internationale Kundschaft wird dieser bescheidene Badeort nie anlocken, aber für eine einfache Sommerfrische dürfte es normalerweise reichen, auch wenn die eine oder andere Saison manchmal nicht ganz so gut ausfallen sollte – man weiß ja, wie sich die regelmäßig wiederkehrenden Krisen Lateinamerikas auch auf solche Orte und ihre Besucher auswirken.

Ich gehe auf dem Strandsteg bis zum Ufer, trete an den Spülsaum, ziehe mir Schuhe und Strümpfe aus, laufe ins Wasser, sauge die salpeterhaltige Luft ein und spüre allmählich so etwas wie Ruhe und Entspannung nach den so schrecklich aufregenden und anstrengenden Tagen.

Dann spaziere ich am Wasser entlang, begutachte die ans Ufer gespülten Muscheln und Krebsschalen und atme kräftig aus und ein, bis ich endlich richtig wach bin.

Was ich jetzt vor allem brauche, sind Ferien von mir selbst.

Rocco

Du fährst in Richtung Küste, zu einem Strand, dessen Namen du unterwegs auf mehreren Schildern gelesen hast, aber du hast ihn schon wieder vergessen, an einen Ort, den du wahrscheinlich kennst und wo es hoffentlich Restaurants oder Cafés gibt, wo du Pause machen, ein Sandwich essen und auf die Toilette gehen kannst.

Du betrachtest dich im Rückspiegel, du wirst älter, unübersehbar, die Anzeichen mehren sich, setzen sich fest, bemächtigen sich deines Organismus und, schlimmer noch, deines Verstands.

Deshalb wurde es von Tag zu Tag wichtiger, aus dem Gefängnis zu entkommen – die Gelenke wurden steif, die Verdauung träge, immer mehr Haare fielen dir aus, die Muskeln wurden schlaff und die Haut über den Muskeln auch. Aber das war nicht deine größte Sorge, viel schlimmer war, dass das Gehirn langsamer wurde, immer weniger im Gedächtnis behielt, die Wahrnehmungen nicht mehr – oder zumindest nicht mit der nötigen Geschwindigkeit – verarbeitete, und es dir immer schwerer fiel, dich auf das Geschehen um dich herum einzustellen. Du wurdest immer hinfälliger – dein Körper, aber auch dein Verstand. Und als schließlich klar war, dass du nicht mehr so bist wie früher und auch nie mehr so werden wirst, als du akzeptiert hast, dass das nicht nur die unausweichliche Entwicklung eines Menschen ist, der dem Tod näherkommt, hast du dir gesagt, dass du nicht länger warten darfst.

Eines Tages gab es nichts mehr zu beschönigen. Entsetzt

musstest du dir eingestehen, dass sich in deinem Hirn ein Ungeheuer eingenistet hat, dessen Namen du vorläufig lieber nicht aussprichst. Was zugleich bedeutete, dass dein gefährlichster Feind sich nicht vor dir oder in der Nachbarzelle, sondern in dir selbst befand.

Die Landschaft, durch die du auf dieser Nebenstraße fährst, ist eintönig und reizlos, Reis- und Sojapflanzungen, ab und zu ein paar Kühe. Du musst immer dringender pinkeln, du hast Hunger und genug von der Fahrerei.

Deshalb war es so wichtig, aus dem Gefängnis zu entkommen – dort warst du nie allein, konntest dich nirgendwohin zurückziehen; dort wurden deine zunehmende Vergesslichkeit, dein immer merkwürdigeres Verhalten und deine wachsende Unsicherheit, egal, was es zu tun gab, immer offensichtlicher. Darum musstest du unbedingt weg von dort, bevor es zu spät war. Bevor du hättest erleben müssen, wie die anderen sich zunächst über dich wundern, um dich dann zu verachten und zuletzt zu bemitleiden.

Du hast deinen Leuten Druck gemacht, so schnell wie möglich alles für deinen Ausbruch in die Wege zu leiten, hast aber natürlich nicht dazugesagt, warum du es in Wirklichkeit so eilig hattest. Bis dahin hattest du gedacht, irgendwann würdest du ausbrechen, weil du frei sein willst; tatsächlich hast du es dann aber aus Stolz gemacht – niemand sollte dich schwach und krank erleben, das verträgt sich nicht mit dem Bild, das ein kalabrischer Mafioso abgeben soll. Einer wie du muss ein Mann sein, durch und durch, von dieser Vorstellung hast du dich niemals frei machen können.

Du bist müde, und du musst auf die Toilette und einen Kaffee trinken, ein Sandwich essen, eine Weile ausruhen.

Wie hieß der Strand noch mal? Du glaubst, du hast den Namen unterwegs mehrmals auf einem Schild gesehen.

Ursula

Als ich rauskam, stand sie mit aufgestützten Ellbogen am Terrassengeländer, rauchte und starrte gedankenverloren in den rötlichen Abendhimmel über dem silbergrauen Meer.

Beim Geräusch meiner Schritte wandte sie aufgeschreckt den Kopf und nahm mich ins Visier wie ein Raubtier, kurz bevor es sich auf seine Beute stürzt. Kein angenehmes Gefühl.

Gleich darauf löste sich jedoch die Anspannung, und an die Stelle des Kräftemessens unserer Blicke traten die Rituale der Höflichkeit: Wir neigten den Kopf, sagten Guten Abend und verzogen die Lippen zu etwas, das wie ein Lächeln aussehen sollte. Dieses zeremonielle Gebaren war offenkundig selbst hier, an diesem gottverlassenen Strand irgendwo zwischen Uruguay und Brasilien, unerlässlich.

Sie sagte »Buenas tardes« und nicht »Boa tarde«, stammte also aus Uruguay und nicht aus Brasilien, obwohl meine Schlussfolgerung womöglich voreilig war, denn hier, in dieser Grenzregion, sind die Leute ja bald von hier, bald von dort, wie es ihnen gerade passt, und sie sprechen je nach Lust und Laune mal Spanisch, mal Portugiesisch. Wie dem auch sei, es entspann sich wie von selbst eine triviale Unterhaltung über das kalte Wetter und die Einkaufsmöglichkeiten im nahe gelegenen Chuy – wie immer, wenn wir Menschen Zeit brauchen, um unser Gegenüber einzuschätzen, wechselten wir erst einmal ein paar belanglose Worte.

Irgendwann trat sie auf mich zu und hielt mir die Hand hin: »Ich heiße Vanessa Steel.«

»Ursula López, freut mich.«

Da fiel mir ein, dass Pedro mich bei der Ankunft in Los Troncos für jemanden gehalten hatte, der genauso hieß: Vanessa.

Sogleich schrillten in meinem Inneren sämtliche Alarmglocken, und jetzt weiß ich, dass ich sie hätte beachten sollen. Aber wie immer ließ ich den Dingen ihren Lauf, bis es schließlich zur Explosion kam und ich nichts mehr dagegen unternehmen konnte.

Was ich mir zuallererst hätte klarmachen müssen: Diese Frau hätte ohne Weiteres als meine Zwillingsschwester durchgehen können. Wir hatten sehr ähnliche Gesichtszüge, waren gleich groß und beide ein wenig übergewichtig. Obwohl ihr Haar dunkler war als meins und kürzer geschnitten, hatte Pedro uns verwechselt, weil ich beim Betreten der Rezeption noch die Kapuze aufhatte.

Erst einige Zeit später wurde mir klar, dass unsere Ähnlichkeit über das Körperliche nicht hinausging, schließlich verfügte Vanessa unübersehbar über eine starke Anziehungskraft, die sie so selbstverständlich einsetzte wie ich die rechte Hand. Als hätte ihr die Glücksgöttin Fortuna die Kräfte eines Engels oder einer Magierin verliehen, war sie offenkundig imstande, ihr Gegenüber zu verzaubern. Und das war das zweite Warnsignal, das ich keinesfalls hätte ignorieren dürfen: Ich war gegen ihren Charme keineswegs gefeit. Im Gegenteil, ich fühlte mich unbehaglich angesichts ihrer Attraktivität. Es war zutiefst beunruhigend, feststellen zu müssen, wie sehr unsere Gesichter sich ähnelten, was auch für die Rundungen unserer Körper und womöglich ebenso für unser Alter galt, und doch war da ein subtiles Ungleichgewicht, ein grausamer Unterschied – ihre verflixte Verführungskraft, von der ich nicht das Geringste besitze.

Ich wollte so wie sie sein, oder vielmehr: Ich wollte sie sein.

Erschöpft murmelte ich ein paar Abschiedsworte und zog mich in meine Hütte zurück.

Dort machte ich mich umgehend an die Arbeit.

Ich zog die Vorhänge zu, schaltete das Licht aus, rückte mir einen Sessel zurecht und sah Vanessa von meinem Versteck aus durch den Vorhangspalt beim Rauchen und Betrachten des Abendhimmels zu. Und wünschte mir dabei nichts sehnlicher, als ebenso kurzes dunkelbraunes Haar und die gleiche lässig-elegante Kleidung, vor allem aber dieselbe selbstbewusste Weltläufigkeit zu besitzen wie sie.

Irgendwo habe ich mal gelesen, dass der Neid zu den Dingen gehört, die die menschliche Evolution befördern. In diesem Augenblick hatte ich das Gefühl, auf einen Schlag zehn Generationen überspringen zu können. Durch den Spalt sah ich, wie Vanessa schließlich die Zigarette ausdrückte, einen Blick auf mein Fenster warf und in ihre Hütte ging.

Was war das für ein Mensch? Wahrscheinlich eine Topmanagerin, eine reiche unabhängige Frau, oder eine Gynäkologin im Urlaub, eine Killerin auf der Jagd nach dem nächsten Opfer. Alles war vorstellbar, sicher war nur, dass sie erfolgreich war, womit auch immer sie sich beschäftigte. Das verrieten ihr Blick und ihre Körperhaltung, ihr erhobenes Kinn, der Schnitt ihrer Kleidung, die ironisch hochgezogenen Augenbrauen. Eine Frau, die im Leben triumphiert und ihren Sieg über das vulgäre Mittelmaß nach Kräften auskostet.

Ich stand auf und setzte Wasser auf.

Nimm sie dir zum Vorbild, Ursula! Sie gehört nicht zu den Frauen, die sich ständig ihre Fehler ins Gedächtnis rufen, jedes Missgeschick, das ihnen widerfahren ist, all die Enttäuschungen und Rückschläge, die das Leben ihnen beschert hat.

Mit einer Tasse frisch aufgebrühtem Kaffee in der Hand ließ ich mich am Tisch nieder, schüttete den Inhalt zweier Tütchen Süßstoff hinein und rührte um.

Jemand wie Vanessa hat es bestimmt nie nötig gehabt, sich einprügeln zu lassen, dass man von Reue und Selbstmitleid ein ganzes Leben zehren kann.

Meine Gefühle für sie sind so tief und unendlich wie ein Ozean.

Vanessa

Die Geschmäcker sind verschieden, und wie, damit kenne ich mich aus, schließlich lebe ich davon, mich für eine Art der Befriedigung bezahlen zu lassen, die mit herkömmlichen Vorstellungen nichts zu tun hat. Von Leuten, die lieber zuschauen, als in Aktion zu treten. Von Männern, die Fotos durchsehen und ihre Wahl treffen. Ich bringe die Mädchen dann zu ihnen, in Luxushotels oder elegante leere Landhäuser, und ziehe mich zurück. Woraufhin seltsame, oder sagen wir, ungewöhnliche Dinge passieren. Manche erzählen, dass die Männer sie auf einem Sofa Platz nehmen oder sich auf einem Bett ausstrecken lassen, und da bleiben sie den ganzen Abend über, während ihr Gastgeber sich ihnen gegenüber niederlässt oder einfach aus ihrem Sichtfeld verschwindet, um anschließend was auch immer zu tun, allein, ohne einen Mucks, ohne sie zu berühren oder zu verlangen, dass sie berührt werden. Die Befriedigung bezieht sich in diesem Fall ausschließlich auf den Sehsinn, auf ein Augenpaar, das manchmal eine Brille oder ein Fernglas oder eine Kamera zu Hilfe nimmt.

Lorna, die in Wirklichkeit nicht Lorna heißt, sondern Yénifer, hat mir einmal erzählt, dass der Mann, der für sie bezahlt hatte, sie bat, ein altes Kleid anzuziehen und sich auf ein Sofa zu legen. Das Kleid übergab er ihr sorgfältig gefaltet und parfümiert in einer kostbaren Schachtel, mit tausend Ermahnungen, ja vorsichtig damit umzugehen. Es werde ihr perfekt stehen, sagte er und ließ sie allein, um erst kurz vor Ablauf der verabredeten Zeit wieder aufzutauchen. Im Zimmer gab es zu essen und zu trinken, einen Fernseher, alles, was sie brauchte. Sie zog das Kleid an, legte sich aufs Sofa und wartete, schlief eine Weile, blätterte in Zeitschriften, aß und trank und wartete weiter. Bis der Mann schließlich erschien und sagte, jetzt könne sie das Kleid ausziehen. Um sie während des Umziehens wiederum allein zu lassen. In der ganzen Zeit berührte er sie kein einziges Mal.

Im Lauf der Jahre habe ich gelernt, dass der Sehsinn bei manchen Menschen über ein sexuelles Potenzial verfügt, das das aller übrigen Sinne weit übersteigt und ein für jemanden, der nie etwas Derartiges erlebt hat, schwer vorstellbares Lustgefühl hervorrufen kann. Dem Betreffenden genügt die bloße Betrachtung seines Lustobjektes, der Person vor seinen Augen, die sich von ihm aus nächster Nähe in den Blick nehmen und begutachten lässt, ohne dass er sie deshalb zwangsläufig auch zu anderen Zwecken benutzen würde. Ich nehme an, es ist so ähnlich, wie wenn man vor einem Schaufenster steht und sich am Anblick der ausgestellten Dinge berauscht, im Wissen, dass die Begeisterung schlagartig nachlassen würde, sobald man das Objekt der Begierde in Händen hielte.

Natürlich gibt es auch andere, die im Gegenzug für das (viele) Geld, das sie für das äußerst jugendliche Alter meiner Ware bezahlen, etwas Handfestes, Berührbares haben wollen. Diese anderen sind in der Überzahl, vor allem, wenn sie über Sergej kommen. Ginge es nach ihnen, sollte ich die sexuelle Palette meines Angebots breiter aufstellen, wozu ich jedoch nicht bereit bin, schließlich hat alles seine Grenzen. Darüber möchte ich im Augenblick aber nicht nachdenken, erst recht nicht über die Probleme, die ich mit Sergejs Kundschaft jetzt schon habe: Neulich rief mich die Mutter von Brenda an – die nicht Brenda, sondern Yaquelín heißt – und beschwerte sich schreiend, sie habe ihre Tochter zu einem Arzt bringen müssen, der Kunde habe sich wie das reinste Tier verhalten, wenn das noch mal vorkomme, werde sie die Polizei verständigen und mich anzeigen. Überflüssig zu sagen, dass eine Handvoll Geldscheine dafür sorgte, dass sich ihre Nerven wieder beruhigten und sich der Zustand ihrer Tochter schon bald besserte – Schwamm drüber, vergessen wir die Geschichte. Später meldete die Frau sich sogar wieder, um mir mitzuteilen, dass alles in Ordnung und Yaquelín bereit zu neuen Unternehmungen sei. Trotzdem muss ich mit dem Russen reden und ihm sagen, dass ich so nicht arbeiten, mich an solche Kundschaft gar nicht erst gewöhnen will.

Wie gesagt, die Geschmäcker sind verschieden, und wie. Dass anderen zuzuschauen ein ungeheures Vergnügen bereiten kann, weiß ich nur zu gut. Und ich glaube auch, begriffen zu haben, warum, weshalb ich mich nicht darüber aufrege, dass meine neue Nachbarin, diese Ursula, eine Voyeurin ist. Ich merke jedenfalls genau, dass sie mich in diesem Moment durch den Vorhangspalt hindurch beobachtet und sich dabei einbildet, vor meinen Blicken sicher zu sein.

Rocco

Er hat keine Ahnung, wie er in diese Bar gelangt ist, an diesen Tisch hier, vor ein großes Fenster mit Blick auf diesen felsigen Strand unter einem weiten Himmel, der ihm irgendwie bekannt vorkommt. Er weiß nicht mal, zu welchem Auto die Schlüssel in seiner Hand gehören, und er kann sich auch nicht daran erinnern, den halb ausgetrunkenen Kaffee, das angebissene Croissant und die Flasche Wasser bestellt zu haben, die sich vor ihm befinden.

Es gibt verschiedene Wörter, um finster-beunruhigende Welten zu beschreiben, eines davon lautet »Vergessen«.

Jetzt, im Winter, wird es draußen schnell dunkel, sagt er sich, bevor ihn endgültig die Verzweiflung packt. Nervöse Zeichen signalisieren seinem Hirn, dass er dringend die Blase entleeren müsste. Wahrscheinlich hat er deshalb diese Bar betreten, vermutet er. Genau, denkt er, um sich zu beruhigen, er ist auf der Suche nach einer Toilette hier reingegangen, und um sich sein dringendes Bedürfnis nicht anmerken zu lassen, hat er erst einmal etwas bestellt.

Aber wo ist er? Wann hat er das Gefängnis verlassen? Und wohin ist er unterwegs? Wieder betrachtet er die sich rasch verdunkelnde Landschaft jenseits des Fensters, es könnte die Küste bei Rocha sein, vielleicht der Strand von Punta del Diablo oder La Pedrera. An die Namen der anderen Strände erinnert er sich in diesem Augenblick nicht. Warum ist er nicht in seiner Zelle? Was macht er hier, dreihundert Kilometer vom Zentralgefängnis entfernt? Er muss sich beruhigen, entspannen, dann kehren die Erinnerungen von selbst zurück, hat der Arzt im Gefängnis gesagt. Er hatte doch so ein rotes Notizbuch mit allen möglichen Eintragungen. Er tastet sämtliche Taschen ab, aber da ist nichts dergleichen.

Auf einmal fällt ihm Salvatore wieder ein, der mit den *frittole* und der *sozizza*, die Roccos Mutter zubereitete und in den riesigen weißen Schüsseln von Großmama Annetta vor ihm auftischen ließ. Warum erinnert er sich ausgerechnet jetzt an ihn, wo in seinem Hirn ansonsten völlige Leere herrscht?

Er muss unbedingt auf die Toilette, aber statt aufzustehen und sich auf den Weg dorthin zu machen, führt er die Tasse an den Mund und trinkt einen Schluck Kaffee. Wie er feststellt, ist der Kaffee noch warm, allzu lange her kann es also nicht sein, dass man ihn gebracht hat. Hunger hat er auch, weshalb er erneut in das Croissant beißt.

Im Grunde genommen war Salvatore Tripodi ein gutherziger Mensch. Wenn er einen kannte und mochte, konnte es vorkommen, dass er einen anlächelte oder einem ein Glas von dem schweren dunklen Rotwein einschenkte, der auf seinen Weinbergen wuchs. Und wenn man ihn in einem seiner seltenen gesprächigen Momente antraf, verriet er sogar, dass er über achtzig Landgüter besaß, die mehr als die Hälfte des kalabrischen Weins erzeugten.

Hat er diese Bar betreten, weil er hungrig war? Er gibt sich alle Mühe, die losen Fäden in seinem Hirn zu verknüpfen, aber sein Gedächtnis widersetzt sich, ja, es geht durch wie ein aufgescheuchtes Pferd und galoppiert blindlings drauflos. Doch, so muss es gewesen sein, sagt er sich und wird immer nervöser, er muss hier reingekommen sein, weil er Hunger hatte oder auf die Toilette musste. Er stellt fest, dass er in diesem Augenblick der einzige Gast ist. Er sieht sich nach der Bedienung um, aber die steht mit aufgestützten

Ellbogen am Tresen und verfolgt das Fußballspiel zwischen Uruguay und Chile. Er ruft sie her, obwohl er nicht weiß, wofür.

»Möchten Sie noch etwas?«

»Ich weiß nicht. Was haben Sie denn?«

»Ich kann Ihnen ein Schinken-Käse-Sandwich bringen.«

»Und was Süßes?«

»Es gibt Flan.«

»Genau, einen Flan mit Karamellcreme, mit viel Karamellcreme. Darf ich Sie was fragen?«

»Bitte schön.«

»Ich bin von der Straße an diesen Strand hier abgebogen, weil ich irgendwo einen Kaffee trinken wollte. Aber ich habe nicht darauf geachtet, wie der Strand heißt. Bitte halten Sie mich nicht für verrückt, aber können Sie mir sagen, wo ich bin?«

»In Punta del Diablo.«

Die Frau sieht ihn erstaunt, vielleicht auch misstrauisch an, und das findet er lustig, trotz allem, weshalb er verstohlen in sich hineinlächelt.

Und da fällt es ihm wieder ein, schlagartig.

So geht das immer, das weiß er, das Gedächtnis verschwindet, und dann ist es plötzlich wieder da. Wie ein durchgegangenes Pferd. Eben, er fuhr die Straße entlang, hatte Hunger und bog zu dem Strand hier ab. Punta del Diablo? Er lacht erleichtert, herzhaft, und die Kellnerin, die gerade mit dem Flan mit reichlich Karamellcreme zurückgekehrt ist, sieht ihn aufmerksam an, als wäre er ein Spinner, oder als könnte er im nächsten Augenblick etwas Komisches anstellen.

Immer noch hält Rocco dem Druck seiner Blase stand. »Darf ich Sie noch was fragen? Gibt es hier irgendwo ein Hotel?«

»Ja, gleich um die Ecke. Es heißt La Virazón. Um diese Jahreszeit hat nichts anderes geöffnet.«

»Das sehe ich mir nachher an.«

»Allzu viel Luxus dürfen Sie allerdings nicht erwarten …«

»Können Sie mir sagen, wo die Toilette ist?«

»Da drüben, die Tür links.«

Er macht sich auf den Weg. Vor der Toilette angekommen, bleibt er einen Moment stehen und vergewissert sich, dass ihm niemand folgt. Drinnen schließt er sich in eine Kabine ein, und bevor er wieder hinaustritt, streckt er vorsichtig den Kopf durch den Spalt. Beim Händewaschen behält er die ganze Zeit die Tür im Auge.

Was für ein Typ, dieser Salvatore, wäre er nicht gewesen, wäre er, Rocco, jetzt nicht hier. Er konnte herzensgut sein. Rocco hat allerdings auch seine dunklen Seiten kennengelernt. Aber daran möchte er jetzt nicht denken, er verscheucht die Erinnerungen.

Das war ein anderes Italien damals, und ein anderes Kalabrien, sagt sich Rocco zu seiner Entschuldigung, eine kleine verschlossene Welt, geprägt von Kargheit und Armut, Ausbeutung und Elend, eine Gesellschaft, die mit dem Rest des Landes so gut wie nichts zu tun hatte. Gewalt und die herrschende Klasse bestimmten die Regeln, es galten unverbrüchliche Loyalitäten und starre Hierarchien. Das Leben dort unterschied sich von dem im heutigen, so kosmopolitischen und zivilisierten Europa mindestens so sehr wie das auf dem Saturn von dem auf der Erde.

Er trocknet sich die Hände ab und denkt an einen Tag Ende der Sechzigerjahre zurück. Er war damals drei oder vier. Auf einmal erschien Salvatore bei ihnen zu Hause, Roccos Mutter begrüßte ihn und bot ihm den besten Sessel an, den sie hatten, den mit dem Samtbezug. Er sollte nie mehr fortgehen, bis zuletzt.

Rocco zahlt und tritt hinaus in die Nacht. Durch die Straße, in der nur ein einziges Auto zu sehen ist – seins –, fegt der

Wind. Weit und breit kein Baum und kein Mensch. Mit gesenktem Kopf setzt er sich dem eisigen Sturm aus, der von Süden her bläst, aus der Pampa.

Erinnern will er sich jetzt an nichts mehr.

Ursula

Sie träumt, sie sei in der Praxis von Doktor Ferrés.

In dem breiten und gemütlichen pastellrosa Samtsessel wäre sie beim Hinsetzen fast versunken, was sie nur verhindern konnte, indem sie fest die Armlehnen umklammerte. Nichts in dem ganz in hellen Beigetönen gehaltenen Raum sorgt für Ablenkung, weder Geräusche noch andere Farben. Ein sanfter Geruch nach Möbelpolitur liegt in der Luft, Wachs mit Orangenblütenessenz, vielleicht auch ein wenig Bergamotte, ein herrlich frisches und zugleich beruhigendes Aroma mit bitteren Noten, bei dem man an ein Museum, eine feine Privatklinik oder das Büro eines Ministers denken muss.

Die Ärztin blättert in dem Heft mit ihren Aufzeichnungen, schiebt die Brille vor bis fast zur Nasenspitze und betrachtet sie schließlich auf die professionell-teilnahmslose Art, bei der sich Ursula jedes Mal so unwohl fühlt. Unerklärlicherweise ist ihr bewusst, dass sie träumt, was für eine leichte Veränderung im Verhältnis zu ihrer Therapeutin sorgt. Sie weiß, dass diese Sitzung nie stattgefunden hat und, was noch wichtiger ist, auch künftig nie stattfinden wird. Ebendeshalb ist sie so wichtig für sie.

»Letzten Donnerstag haben Sie davon gesprochen, wie Sie in die Welt des Verbrechens vorgedrungen sind. Erzählen Sie mir noch ein wenig mehr darüber.«

»Es ist passiert wie so vieles im Leben, Doktor Ferrés. Durch Zufall.«

»Wollen Sie damit sagen, Sie seien auf diesem Gebiet nur zufällig aktiv geworden?«

»Das habe ich nicht gesagt, ich habe gesagt, dass ich rein zufällig dort gelandet bin.«

»Ich verstehe. Und wie kam es dazu?«

»Eines Nachts klingelte das Telefon. Als ich dranging, teilte mir eine Stimme mit, es gehe um ein Lösegeld für meinen Mann. Der Besitzer der Stimme behauptete, er habe ihn entführt. Er beließ es jedoch bei wenigen Worten. Er forderte mich auf, in eine Bar zu kommen, um die Einzelheiten der Geldübergabe dort zu besprechen. Als er aufgelegt hatte, war mir ganz schwindlig im Kopf, ich wusste nicht, wie ich auf diese Herausforderung reagieren sollte.«

»Sie sind nicht verheiratet, Ursula.«

»Das ist es ja gerade: Wie der Zufall wollte, galt der Anruf eigentlich einer anderen Frau.«

»Und zwar?«

»Einer Frau mit demselben Namen wie ich. Ich habe sie später kennengelernt, aber das spielt in diesem Zusammenhang keine Rolle, dafür bräuchte es eine eigene Sitzung.«

Im Wissen, dass sie träumt, sagt sich Ursula bedauernd, dass sie auch die Geschichte von ihrer Namensvetterin leider nicht in die tatsächlichen Sitzungen mit Doktor Ferrés wird übertragen können. Schade. Dann spricht sie – im Traum – weiter.

»Sie haben gefragt, wie es dazu kam, dass ich in die Welt des Verbrechens vorgedrungen bin, ich habe erwidert, dass es dem Zufall geschuldet war, dem Zufall in Gestalt eines Anrufs bei der falschen Frau. Ich muss aber zugeben, dass ein gewisser Wagemut meinerseits dabei auch ins Spiel kam.«

»Wie meinen Sie das?«

»Wie gesagt, die Stimme am Telefon forderte mich auf, in eine Bar im Stadtzentrum zu kommen, noch in derselben Nacht.«

Zum ersten Mal in all den Jahren erlebt Ursula, dass Doktor Ferrés auf ihrem Sessel bis an die Kante vorrutscht, das Kinn hebt, ihren leidenschaftslos-neutralen Habitus ablegt und sie erwartungsvoll ansieht. Ihre Stimme klingt auf einmal zittrig, ja ängstlich. Oder Ursula kommt es wenigstens so vor.

»Sagen Sie bloß nicht, Sie sind der Aufforderung gefolgt, Ursula.«

»Aber das sage ich doch. Zur verabredeten Zeit war ich dort.«

Jetzt beugt sich Doktor Ferrés über ihr Notizheft, und der Stift fliegt nur so übers Papier.

»An diesem Abend habe ich Germán kennengelernt. In ebenjener Bar. Reiner Zufall, wie gesagt, weshalb ich mir eigentlich wie eine Hochstaplerin vorkomme, was mein Verhältnis zur Welt des Verbrechens betrifft. So geht es mir des Öfteren, ich muss allerdings zugeben, dass dieses Gefühl mit der Zeit schwächer geworden ist. Da, wo ich früher zweifelte, Ängste hatte, Unsicherheit empfand, bin ich mir mittlerweile doch ziemlich sicher.«

»Inwiefern sicher?«

»Wie soll ich es sagen? Die Gegenwart hat durch ihre Beständigkeit all die nebelhaften Zweifel der Vergangenheit nach und nach verdrängt. Meine Gewissheit nahm zu, als mir klar wurde, dass ich tatsächlich gewisse Voraussetzungen mitbringe.«

»Wollen Sie damit sagen, Sie hätten eine Begabung fürs Verbrecherhandwerk, Ursula?«

»Sagen wir, ich verfüge über die eine oder andere Fähigkeit, die für Aktivitäten jenseits der Legalität von Bedeutung ist.«

Die nun folgende Stille wird nur vom leisen Kratzen des Kugelschreibers unterbrochen.

»Ist es Ihnen leichtgefallen, Verbrechen zu begehen?«

»Ein Verbrechen zu begehen, ist nicht leicht, Frau Doktor.

Auch wenn das den meisten Leuten nicht bewusst ist, weil sie es nicht begreifen wollen. Ein Verbrechen ist eine ernste und mühsame Angelegenheit, seine erfolgreiche Durchführung erfordert einen umfassenden und weitreichenden Aufwand. Soll ich Ihnen die einzelnen Schritte erläutern?«

Immer schneller flitzt Doktor Ferrés' Kugelschreiber übers Papier. »Ja, erzählen Sie weiter, bitte.«

»Erstens: Bevor man sich an die Durchführung eines Verbrechens macht, muss man grundlegend die Lage sondieren. Alles will sorgfältig untersucht, bedacht, geplant sein, es gilt, eine Strategie zu entwickeln. Und das erfordert Anspannung, Geistesgegenwart, harte Arbeit.«

»Das kann ich mir vorstellen.«

»Zweitens: Man ist ein guter Verbrecher, so wie man ein guter Anwalt oder ein guter Handwerker oder ein guter Schriftsteller sein kann. Dazu braucht es Professionalität und bei Weitem mehr Schweiß als Inspiration. Die Inspiration wird für gewöhnlich viel zu hoch gehängt.«

»Sprechen Sie weiter.«

»Drittens: Man muss seine Emotionen aufs Allerstrengste im Griff haben, oder vielmehr eisern kontrollieren, wie ich es ausdrücken würde, obwohl ich hier nicht in irgendwelche banalen Gemeinplätze verfallen will. Sie verstehen mich schon, Doktor Ferrés. Selbstbeherrschung im höchsten Grad ist hier gefragt. Viertens …«

»Wie ich sehe, fällt Ihre Darstellung nicht gerade kurz aus, andererseits haben wir nicht mehr allzu viel Zeit. Aber vielleicht können wir heute ja mal ein paar Minuten überziehen.«

»Wie Sie meinen.«

»Bitte fahren Sie fort.«

»Ein bisschen Geduld noch, dann bin ich fertig. Also, viertens: Obwohl der Verbrecherberuf sich im Prinzip mühelos mit anderen Tätigkeiten vereinbaren lässt – als da wären Krankenpfleger oder Notar oder, wie in meinem Fall, Übersetzerin –, soll hier nicht unterschlagen werden, dass er, sobald die eigentliche Durchführung egal welches Verbrechens ansteht, unseren hundertprozentigen Einsatz verlangt. Dann heißt es einfach alles geben, ohne Abstriche. Eine Anstrengung, an der den meisten Menschen eher wenig gelegen ist, schließlich macht es ihnen viel mehr Spaß, sich stundenlang in irgendwelchen sozialen Netzwerken herumzutreiben, Tetris zu spielen oder per WhatsApp Herzchen zu verschicken.«

»Das ist ja wirklich mal eine interessante Sitzung heute, Ursula! Aber kommen wir zum Schluss.«

»Lassen Sie mich noch eins sagen. Aus den eben genannten Gründen sind die Gefängnisse dermaßen überfüllt. Die meisten Verbrecher bringen nun mal weder die nötige Zeit noch den nötigen Einsatz für eine derart anspruchsvolle Tätigkeit auf. Aber pfuschen oder improvisieren, das geht hier nicht.«

»Ich würde Ihnen sehr gern weiter zuhören, aber wir sind schon über der Zeit, und draußen wartet noch ein Patient. Dann also bis nächsten Donnerstag.«

Ursula möchte nicht, dass die Sitzung endet, sie will nicht auf ihrem Bett in der Hütte einer Ferienanlage in Barra aufwachen, bevor diese Episode in der Praxis von Doktor Ferrés in Montevideo ihren Abschluss gefunden hat. Sie kneift die Augen zu, denn sie weiß, sobald sie sie aufschlägt, sitzt sie nicht mehr in dem bequemen blassrosa Sessel und kann nicht mehr sagen, was sie noch sagen wollte. Und trotzdem löst sich ihr Traum unaufhaltsam auf; nur der Geruch nach Orangenblütenessenz und Bergamotte, nach Wachs beziehungsweise Möbelpolitur, der an eine feine Privatklinik oder ein Museum oder das Büro eines Ministers denken lässt, hält sich noch eine Weile, obwohl inzwischen längst klar ist, dass sie wach ist und auf einem Bett in der Hütte einer Ferienanlage in Barra liegt.

Sie holt tief Luft und zieht sich die Decke bis übers Kinn, kneift mit aller Kraft die Augen zu und versucht wider alles bessere Wissen, an den Ort zurückzukehren, den sie soeben verlassen hat.

Aber es gelingt ihr nicht.

Sie öffnet die Augen. In dem durch die Vorhänge gedämpften Licht macht sie die ihr noch unvertrauten Umrisse der Möbel aus. Sie spürt die Nähe des Meeres. Die salpeterhaltige Luft erfüllt den Raum und hinterlässt ihre Feuchtigkeit auf Ursulas Kleidung, Gesicht und Haaren. Sie streckt sich, und vor ihr steigt das Bild einer dampfenden Tasse Kaffee und mehrerer Croissants auf.

Da hört sie ein Geräusch, das sie nicht sogleich zuordnen kann.

Es zeigt an, dass auf einem der Handys mit brasilianischer SIM-Karte eine Nachricht eingegangen ist. Sie greift nach dem auf dem Nachttisch liegenden Apparat. Auf dem Bildschirm leuchtet eine Art Code: *12987663MJK*.

Sie springt aus dem Bett, reißt die Vorhänge auf, und eine strahlend helle Sonne scheint ihr ins Gesicht. Sie wirft den Kopf in den Nacken und fängt an, lauthals zu lachen. Das also ist das Glück – eine Kombination aus elf Zahlen und Buchstaben, die ihr Zugang zu einem Bankkonto in einem Steuerparadies verschafft.

Trotz der Aufregung und der großen Menge Adrenalin, das sich in ihre Blutbahnen ergossen hat, bleibt sie wachsam. Sie notiert sich den Code und prägt ihn sich anschließend beim Anziehen ein. Dann geht sie hinaus. Am Strand angekommen, wandert sie etwa zweihundert Meter am Wasser entlang, bleibt schließlich stehen und blickt sich aufmerksam um. Als sie sich vergewissert hat, dass nirgendwo jemand zu sehen ist, nimmt sie die SIM-Karte aus dem Handy, geht in die Hocke, greift nach einem Stein und zertrümmert das Gerät, das zuletzt noch ein jämmerliches Piepen von sich gibt. Erneut lacht sie laut auf. Dann zerbeißt sie die SIM-Karte.

Später wird sie bis zur Straße gehen und die Einzelteile auf verschiedene Mülleimer verteilen, deren Inhalt schon bald auf einer brasilianischen Abfalldeponie landen wird.

Lächelnd wird sie dabei an Luz denken, die auf der anderen Seite der Grenze, in Uruguay, genau dasselbe machen wird, wie ihr Spiegelbild.

Leonilda

Als würde sie eine Flaschenpost ins Meer werfen, sagt sich Kommissarin Leonilda Lima.

Sie hat eine Chance von eins zu einer Million, dass einer ihrer Kollegen die E-Mail empfängt, den Anhang öffnet, aufmerksam die Fotos und das Phantombild betrachtet und die dargestellte Person erkennt. Und dann auch noch Zeit und Lust hat, sich mit ihr in Verbindung zu setzen und womöglich die Suche aufzunehmen.

Die Hoffnung ist gering, die Illusionen bescheiden – wie in einem billigen Bolero.

Sie hätte sich an Interpol wenden, eine offizielle Suchmeldung herausgeben müssen, die es den Polizeibeamten in anderen Ländern erlauben würde, Informationen mit ihr auszutauschen, um daraufhin womöglich Kräfte vor Ort anzuweisen, eine Verhaftung vorzunehmen.

Schön wärs – alle üblichen Vorgehensweisen sind ihr jedoch verwehrt. Ihr Chef, Inspektor Clemen, hat sich diesbezüglich klar und unmissverständlich ausgedrückt: Sie hat in jeder Hinsicht die Finger von der Sache mit dem Überfall auf den Geldtransport zu lassen.

Trotzdem setzt sie die Untersuchung heimlich, still und leise fort und gefährdet damit – überflüssig zu sagen – ihre berufliche Zukunft. Sobald sich in ihrer täglichen Arbeit eine Lücke auftut, nimmt sie sich wie besessen den eigentlich abgeschlossenen und zu den Akten gelegten Millionenraub vor.

Sie ist sich inzwischen sicher, dass das ein ganz dickes Ding ist, das bis in die höchsten Kreise reicht, die an einer Aufklärung des Falls selbstverständlich nicht das geringste Interesse haben. Offiziell hat es geheißen, alle Beteiligten – Kriminelle wie auch Wachleute – seien ums Leben gekommen und das gesamte Geld verbrannt. Das stimmt zwar nicht, es scheint aber für niemanden eine Rolle zu spielen, schließlich wird für den entstandenen Schaden letztlich eine Versicherung aufkommen.

Leonilda berührt die kleine Statue der Maria Knotenlöserin, fährt zärtlich mit der Spitze des Zeigefingers über sie und flüstert ein kurzes Gebet, in dem sie um Schutz bittet vor den Engeln des Bösen, dem Heer der Finsternis, das sich unter den Menschen ausbreitet, und überhaupt vor allem, was uns krank oder traurig macht.

Neben dem Gott der Christen und den Orishas der Candomblé-Religion, die ihre afrikanischen Vorfahren mitgebracht haben, glaubt Leonilda auch an die verschlüsselten Botschaften, die sich dem Kaffeesatz oder der Anordnung mehrerer über eine Fläche verstreuter Muscheln entnehmen lassen, und an die Stellung und Bewegung der Gestirne. Sie berührt also die Knotenlöserin und spricht ihr Gebet, weil sie auch heute wieder, wie so oft, das Gefühl hat, nicht stark und entschlossen genug zu sein, um sich all der Bosheit und Niedertracht widersetzen zu können. Wie ihr auch klar ist, dass sie sich diesmal noch mehr als sonst wird anstrengen müssen, da Saturn und eine Reihe weiterer verflixter Planeten sich gegen sie in Stellung gebracht haben.

Sie betrachtet Ursulas Phantombild, druckt es aus, dazu mehrere – bald bessere, bald schlechtere – Fotos von ihr, die sie den Akten zu dem Fall entnommen hat. Sie zeigen eine Frau um die fünfzig, hübsch, wenn auch ein wenig übergewichtig, mit schönem, hellbraunem, schulterlangem Haar, breiter Stirn und ebenfalls ein wenig übermäßig vollen Lippen. Ihre Augenfarbe könnte man haselnussbraun nennen, falls man das tatsächlich so sagt, Leonilda ist sich da nicht sicher.

Die offizielle Darstellung stimmt nicht, sagt sie sich erneut. Einer der Kriminellen, Ricardo Prieto, liegt mit einer Schusswunde im Krankenhaus; ein anderer, ein gewisser Roña, dürfte in diesem Augenblick zu Hause sitzen und Mate trinken; und der Dritte, von dem sie nicht weiß, wie er heißt, befindet sich auf der Flucht beziehungsweise an unbekanntem Ort, nachdem es ihm gelungen ist, zusammen mit der Frau und den Geldsäcken abzuhauen. Außerdem weiß Leonilda, dass die Beute, anders als im offiziellen Bericht wie auch in der Presse behauptet, bis auf ein paar Scheine keineswegs den Flammen zum Opfer gefallen ist. Der Dritte im Bunde und die Frau, die offenbar nicht zur Bande gehörte, haben sich damit aus dem Staub gemacht.

Dieser Frau sind drei der vier Quadranten ihres Tafelbildes gewidmet.

Es ist die Frau, die auch das Phantombild zeigt.

Ursula López.

Leonilda hat sie überwacht und irgendwann, einen schweren Koffer hinter sich herziehend, aus dem Haus kommen sehen, woraufhin sie ihr bis zum Friedhof von Buceo gefolgt ist, wo Ursula das Mausoleum ihrer Familie betrat, um nach einer Weile ohne den Koffer wieder herauszukommen, abzuschließen und fortzugehen. Da war sich Leonilda sicher, das Versteck des geraubten Geldes gefunden zu haben, und jubelte innerlich schon, in der Annahme, den Überfall auf den Geldtransport, zumindest was die Beute anging, gelöst zu haben. Was sich jedoch als katastrophale Fehleinschätzung erweisen sollte, denn als sie Ursula später zwang, die Grabstätte in ihrer Anwesenheit zu öffnen, fand sich darin kein einziger Geldschein, sondern bloß mehrere Särge samt den dazugehörigen

Überresten – und ein Koffer mit einer Sammlung japanischer Figürchen.

Anders gesagt: Bis heute kann sie der Frau nicht das Geringste nachweisen.

Die Kommissarin, die das menschenfeindliche Misstrauen nie abgelegt hat, das die Bewohner der Grenzregion, der sie entstammt, auszeichnet, lässt sich jedoch auch durch wiederholtes Scheitern nicht so leicht abschrecken. Weshalb sie in diesem Augenblick ihren Kollegen und Bekannten bei der Polizei der argentinischen Provinzen Entre Ríos und Buenos Aires wie auch bei der des brasilianischen Bundesstaates Rio Grande do Sul das Phantombild und mehrere Fotos der Verdächtigen schickt. Auf diese Weise versucht sie, möglichst alle Grenzregionen abzudecken, in denen die Gesuchte untergetaucht sein könnte. Soweit sie informiert ist, wurde an keinem Hafen oder Flughafen Uruguays die Ausreise einer Ursula López registriert, sie kann sich folglich auf die zur Verfügung stehenden Landwege konzentrieren.

Sicher ist sie auf jeden Fall, dass Ursula vor ihrem Verschwinden nicht noch einmal in ihrer Wohnung gewesen ist. Wahrscheinlich hat sie eine oder mehrere Nächte im Hotel verbracht, bevor sie sich auf den Weg außer Landes gemacht hat. In ein Nachbarland, genauer gesagt. Woher weiß Leonilda, dass es sich um ein Nachbarland handelt? Die Kommissarin hat da so eine Ahnung. Und dazu natürlich ihre Heiligen und Muscheln und den Kaffeesatz, wie auch die Planeten – vorausgesetzt, sie haben sich gerade nicht gegen sie verschworen. Manchmal erweisen sich ihre Botschaften als falsch, das stimmt, aber daran sind weder die Gestirne noch die Heiligen schuld, sondern Leonilda selbst, weil sie sie wieder einmal nicht richtig interpretiert hat.

So oder so legt sie, nachdem die letzte E-Mail versandt ist, ihr Schicksal in die Hände der Maria Knotenlöserin – zu deren

Verehrern übrigens auch Papst Franziskus gehört – und ihrer Orisha Shangó, der Herrin der Gerechtigkeit in der Umbanda-Religion.

Sie schaltet den Computer aus und nimmt ihren Mantel vom Haken. Heute Abend wird sie mit Jack eine Serie anschauen oder Karten spielen und sich dabei Mühe geben, den ungelösten Fall zu vergessen.

Als würde sie eine Flaschenpost ins Meer werfen, sagt sich Kommissarin Leonilda Lima.

Ursula

Eigentlich hätte ich feiern müssen, dass sich mein Geld nun also in Sicherheit auf einem Konto in einem Steuerparadies befand, und dass ich reich und ebenso sicher war, aber in diesem Augenblick konnte ich nur an Papa, mein Leben in Montevideo und all die Jahre denken, die ich damit zugebracht hatte, mich in einer Wohnung in der Altstadt mit einem Toten zu unterhalten.

Wie war es bloß dazu gekommen, wie hatte das geschehen können?

Eines Tages hörte ich, dass sich der Schlüssel im Schloss drehte – und hereinspaziert kam Papa. Seine Beerdigung in unserer Familiengruft auf dem Friedhof von Buceo war da gerade einmal drei Tage her. Er ließ sich in seinem Lieblingssessel nieder, mit dem gewohnten Glas Whisky in der Hand, und fing an, mir wie zu Lebzeiten, begleitet vom Klirren der Eiswürfel im Glas, Vorwürfe wegen meines Verhaltens zu machen. Welches Verhalten? Ganz egal, er machte da keinerlei Unterschiede oder Ausnahmen. Ich konnte tun, was immer ich wollte, mich noch so sehr anstrengen, um ihm zu gefallen, Papa entdeckte jedes Mal unfehlbar einen Makel oder Irrtum, den er mir vorhalten konnte. Aus dem Totenreich, in das er – zugegebenermaßen mit ein wenig Nachhilfe meinerseits – gelangt war, kehrte er, wenn man mich fragt, bloß deshalb zurück, um mich weiter runterputzen zu können. Ob ich nun einen Übersetzerpreis für *Auf der Suche nach der verlorenen Zeit* erhielt oder mir die Beute von einem Überfall auf einen

Geldtransport unter den Nagel riss, in seinen Augen stellte ich mich bei beidem gleichermaßen schlecht und ungeschickt an. Wie immer, eben.

Warum blieb ich dann aber in der Wohnung? Warum machte ich mich nicht mit lautem Türenknallen davon? Luz sagte immer wieder, ich solle verkaufen und anderswo hinziehen, aber ich war außerstande, mich der Gegenwart dieses Toten zu entziehen, der wieder und wieder erschien, sich in seinen Sessel setzte und die Eiswürfel im Whiskyglas klimpern ließ.

Bis jetzt. Bis jetzt?

Ich betrachtete den Ozean und sagte mir, dass ich mein schlechtes Gewissen Papa gegenüber endlich abschütteln sollte. Dann beschloss ich, rauszugehen und ein wenig die Umgebung zu erkunden, vielleicht ein Stück am Strand entlang, oder in den Ort, um Cola und ein paar Kekse zu besorgen.

Stimmt nicht, sagte ich mir als Nächstes, ich mache mir bloß etwas vor. In Wirklichkeit wollte ich weiter die Frau von gegenüber ausspähen. Die saß mittlerweile sehr aufrecht draußen auf der Holzterrasse an einem Tisch, vor sich ein Glas mit einem roten Getränk. Mit dem Atlantik als Hintergrund kam ihre Schönheit auf vollendete Weise zur Geltung. Sie sah aufmerksam einen Stapel Papiere durch, die sie einem Umschlag entnahm – ihr Blick gefiel mir auch jetzt nicht. Dazwischen trank sie immer wieder einen Schluck aus ihrem Glas. Bei alldem schien sie den ruhigen sonnigen Nachmittag zu genießen.

Zufrieden stellte ich fest, dass offensichtlich auch für sie in ihrem Leben der Moment gekommen war, in dem man sich eingestehen muss, dass die Jugend endgültig vorbei und das Alter nicht mehr fern ist.

Ich zog den Vorhang zur Seite, öffnete die Schiebetür und

trat hinaus, barfuß, obwohl mir klar war, dass ich bei dem kalten Wetter schon bald eisige Füße haben würde. Das war mir aber egal, Hauptsache, ich hatte Gelegenheit, diese Frau besser kennenzulernen, die mich abstieß oder verzauberte, was genau, konnte ich noch nicht sagen.

Obwohl ich mir keineswegs Mühe gab, mich möglichst geräuschlos zu verhalten, tat sie, als bekäme sie von meinem Auftauchen nichts mit, und beschäftigte sich weiterhin scheinbar konzentriert mit der Durchsicht der Papiere. Dass ihr Verhalten bloß gespielt war, zeigte sich daran, dass sie diese auf einmal hastig in dem Umschlag verschwinden ließ, um sich gleich darauf scheinheilig lächelnd zu mir umzudrehen. Wieder hatte ich den Eindruck, dass etwas in ihrem Blick mich beunruhigte, ja alarmierte, und mich gleichzeitig unwiderstehlich anzog. Aber was soll das heißen, dass ein Blick, eine bestimmte Art, jemanden anzusehen, uns gefällt oder auch nicht? Beziehen wir uns damit auf die Augen unseres Gegenübers, auf deren Farbe oder Form, auf die mehr oder weniger weit geöffneten Lider? Am wahrscheinlichsten war doch, dass sie mir als Person nicht gefiel, ganz einfach, beziehungsweise, dass ich sie um ihre Schönheit, ihre Attraktivität, ihre Kleidung beneidete, obwohl Letztere nicht nur teuer war, sondern auch – für meinen prosaischen Geschmack einer dicklichen Mittelschichtsfrau – ein wenig angeberisch daherkam. Womöglich störte ich mich aber auch an ihrem triumphierenden Gehabe, der betont lässigen Art, sich zu bewegen.

Wie auch immer, nun begrüßte sie mich jedenfalls mit einer gleichermaßen einfachen wie herzlichen Geste, die ich umgehend nachzuahmen versuchte, nur um einmal mehr ihre unerhörte Anziehungskraft, ihren betörenden Zauber und meinen schäbigen Neid zu verspüren.

»Guten Tag«, sagte ich schließlich.

»Guten Tag, Ursula«, erwiderte sie. »Was für ein herrlicher

Tag, so ganz ohne Wind. *Die* Gelegenheit, um am Strand spazieren zu gehen.«

»Ja, vielleicht mache ich das jetzt. Ich habe mich gerade ein bisschen ausgeruht.«

»Nur zu. Bald wird es dunkel, und mit der Windstille kann es schnell wieder vorbei sein. Sie glauben ja gar nicht, wie rasch hier manchmal die wildesten Stürme losbrechen. Gehen Sie nicht zu weit weg.«

»Sie scheinen sich hier ja gut auszukennen. Sind Sie schon lange da, Vanessa?«

»Nein, aber nicht zum ersten Mal.«

So tauschten wir noch ein paar freundliche Gemeinplätze aus, wobei mir trotz allem nicht entging, dass sie die ganze Zeit über die Hand schützend auf den Umschlag mit den Papieren presste.

Bis ich schließlich kurz entschlossen kehrtmachte und verkündete: »Ich gehe doch wieder rein, mir ist es zu kalt. Auf Wiedersehen, Vanessa.«

»Bis dann. Vielleicht können wir ja mal einen Campari zusammen trinken. Wie wärs morgen Vormittag, vorausgesetzt, das Wetter spielt mit?«

»Ja, sehr gern. Dann also bis morgen.«

Ich machte die Tür hinter mir zu, zog die Vorhänge vor und ging auf Spähposten. Sie holte erneut die Papiere aus dem Umschlag, betrachtete sie aber nicht mehr so aufmerksam wie zuvor. Stattdessen sah sie sich immer wieder um; mehrfach nahm sie auch mein Fenster ins Visier. Meinerseits gelangte ich irgendwann zu dem Eindruck, dass es sich bei den Papieren in Wirklichkeit um Fotos handelte. Wie dem auch sei, schließlich verstaute sie alles wieder sehr sorgfältig in dem Umschlag, stand auf und verschwand in ihrer Hütte.

Woraufhin ich mir eine heiße Dusche gönnte, um den fauligen Fischgeruch wie auch meine Schuld und die schmerzhaften Erinnerungen fortzuspülen. Ich blieb unter dem Strahl stehen, bis all meine Wut und der Neid und die Gewissensbisse einer wohltuenden Leere im Hirn Platz gemacht hatten.

So fing die Sache an, wie fast alle Tragödien – ohne Sonnenfinsternis, ohne Erdbeben, ohne Zeichen am Himmel.

Pedro

Die Szene spielt sich in Hütte acht ab, die zurzeit von Ursula López bewohnt wird. Dort ist der Strom ausgefallen. Kurz zuvor hat es mehrfach geblitzt und geknistert. Vielleicht war die Anlage einfach überlastet, zum Beispiel, weil gleichzeitig die Klimaanlage und der Toaster in Benutzung waren. Vorläufig ist uns die tatsächliche Ursache nicht bekannt, zu einem späteren Zeitpunkt wird sie für diese Geschichte aber von Bedeutung sein.

Aber greifen wir nicht vor – alles zu seiner Zeit.

Ursula, die derzeitige Bewohnerin der Hütte, sitzt mit ihrer Nachbarin Vanessa Steel draußen auf der Holzterrasse und genießt die Sonne. Im Inneren der Hütte befinden sich Pedro, der Besitzer der Ferienanlage, und der Elektriker Vanderlei. Bei ihnen herrscht fast völlige Dunkelheit, für Licht sorgt nur eine Taschenlampe und ein Rest Tageslicht, das von draußen hereindringt. Darauf kann man sich jedoch nicht verlassen, denn immer wieder schieben sich am Himmel Wolken vor die Sonne.

»Der Frühling kommt dieses Jahr irgendwie früher als sonst, findest du nicht, Pedro?«

Mit seinem banalen Kommentar gelingt es dem Elektriker, Pedro ein wenig zu beruhigen, der schon seit Längerem bloß noch schlechte Nachrichten erwartet und auch erhält. Die ganze Zeit quält sich Pedro mit dem Gedanken herum, dass die Tage der von ihm betriebenen Ferienanlage gezählt sind, weil er nicht genug Geld zusammenbekommt, um sie wieder auf Vordermann zu bringen, und dass gleichzeitig die Schulden seit dem letzten Sommer stetig anwachsen. Sodass es kaum noch jemanden in der Gegend gibt, dem er kein Geld schuldet. Und jetzt auch noch das! Womöglich wird Vanderlei ihn gleich mit der unangenehmen Tatsache konfrontieren, dass die Elektrik in Hütte acht repariert oder sogar komplett neu gemacht werden muss. Was bedeuten würde, dass er Material kaufen und Arbeitsstunden bezahlen muss, ein in seiner derzeitigen Lage unmögliches Unterfangen. Eigentlich müssten die elektrischen Anlagen in allen Hütten erneuert werden, sie befinden sich in miserablem Zustand und stellen eine echte Gefahr dar – es könnte tatsächlich etwas Schlimmes passieren. Aber daran will er gar nicht erst denken, lieber setzt er das inhaltslose Geschwätz mit Vanderlei fort.

»Ja, stimmt. Der Frühlingsanfang ist hier eigentlich immer kalt, aber diesmal ist es irgendwie anders. Ob das mit dem Klimawandel zu tun hat, was meinst du, Vanderlei?«

Pedro steht am Fuß der Leiter und sieht zu, wie der Elektriker mit seinen dürren nikotinfleckigen Fingern beim Schein der Taschenlampe im Sicherungskasten herumfummelt. Er hat nur noch wenige wirre Haare auf dem Kopf, ist aber ein netter Kerl, sagt sich Pedro. Er wird ihm bei der Abrechnung bestimmt nicht das Fell über die Ohren ziehen, und trotzdem …

Vanderlei biegt ein schwarzes Kabel zurecht und sieht dann zu ihm hinunter. »Keine Ahnung, Pedro. Das Klima ist wirklich ganz schön seltsam geworden in den letzten Jahren.«

Ja, sagt sich Pedro, aber nicht nur das Klima. Seufzend richtet er den Blick nach draußen und stößt dabei auf sein Spiegelbild auf der Glastür. Er erkennt sich fast nicht wieder, so abgemagert, grau und faltig ist er. Entsetzlich, als hätte er einen Unbekannten vor sich, der seine Kleider angezogen hat und sich genauso bewegt und mit den Händen herumfuchtelt wie er selbst. Er kneift die Augen zu und wendet verstört den Blick ab.

»Wie gesagt, die Frau hat keinen Strom. Im Augenblick sitzt sie auf der Terrasse, aber sie muss natürlich so schnell wie möglich die Hütte wieder benutzen können, mit allem Drum und Dran. Spätestens in einer Stunde. Meinst du, das klappt?«

»Warum gibst du ihr nicht einfach eine andere Hütte, Pedro? Es sind doch noch sechs frei.«

»Weil die im selben Zustand sind, wenn nicht noch schlimmer. Nur die, wo Frau Steel wohnt, ist so weit in Ordnung, alle anderen müssten dringend renoviert werden, nicht nur, was den Strom angeht.«

Vanderlei zeigt sein zahnlückiges Lächeln. »Lass doch alles auf einmal machen, Pedro. So, wie es jetzt ist, ist die Sache wirklich gefährlich. Worauf wartest du, Junge?«

Statt einer Antwort streckt Pedro Vanderlei die rechte Hand entgegen und reibt Daumen und Zeigefinger aneinander.

Vanderlei nickt und fügt seufzend hinzu: »Wenn du mich fragst: Schuld ist Ayrton, der hat dir die Sache angedreht. Da war von Anfang an der Wurm drin.«

Pedro gibt ihm im Stillen recht, will aber jetzt nicht darüber sprechen. Ayrton hat ihn tatsächlich beim Verkauf dieser Schrotthütten über den Tisch gezogen. Und jetzt fordert er das Geld zurück, das er ihm damals geliehen hat, um die Sache zu finanzieren.

Er sieht sich im Inneren der Hütte um. Dass diese Ursula López aus Montevideo fast ohne Gepäck hier erschienen ist, wundert ihn immer noch. Er weiß aus Erfahrung, dass Frauen auf Reisen normalerweise jede Menge Kleidung dabeihaben, mindestens einen Koffer voll, aber dieser Ursula hing gerade einmal eine kleine Tasche über der Schulter. Eigentlich ist es ihm ja egal; er hält nichts davon, sich in fremde Angelegenheiten einzumischen, aber dass jemand urplötzlich auf diese Weise bei ihm auftaucht – noch dazu mitten in einem heftigen

Regenguss –, kommt ihm dann doch komisch vor. So ganz traut er ihr jedenfalls nicht über den Weg. Und als er gestern, unter dem Vorwand, wegen der Elektrik nach dem Rechten sehen zu wollen, in ihrer Abwesenheit hier in der Hütte war und ihre Sachen in Augenschein nahm, stellte er fest, dass sie fast alle neu waren, gerade erst gekauft. An manchen Kleidungsstücken hing sogar noch das Preisschild, die dazugehörigen Tüten stammten aus Läden in Chuy, und die Hygieneartikel waren frisch angebrochen. Sehr seltsam. Hatte sie bei ihrer Ankunft aus Montevideo etwa nichts als die Kleider am Leib gehabt? Hat sie den ganzen Rest erst in Chuy erworben? Und warum erschien sie ohne irgendeine Reservierung hier in Los Troncos? Sie hätte doch wenigstens vorher anrufen können. Irgendwas ist faul an der Sache. Ob sie auf der Flucht ist? Aber vor wem oder wovor? Vor ihrem Mann, der sie misshandelt? Oder vor der Polizei? Oder vor einem Gläubiger wie Ayrton?

Er wendet die Aufmerksamkeit wieder dem Elektriker zu. »Und, wie stehts da oben?«

»Mal sehen.« Mit zusammengekniffenen Augen macht Vanderlei sich weiterhin an diversen Drähten zu schaffen.

»Na gut, gib Bescheid, wenn du fertig bist.«

Ohne noch etwas hinzuzufügen, geht Pedro hinaus. Im Garten wartet jede Menge Arbeit auf ihn – die Hortensien zurückschneiden, Unkraut jäten, Rasen mähen. Dafür braucht er die Heckenschere, Handschuhe, viel Geduld und dazu alles, was Google ihm über eine Arbeit verraten kann, um die sich bis vor Kurzem ein Gärtner gekümmert hat, den er inzwischen aber nicht mehr bezahlen kann. So sehr viel mehr hat er andererseits eigentlich gar nicht zu tun – außer im Sommer –, und auch reichlich freie Zeit dafür. Wäre da nicht seine verflixte Neigung, die Dinge, selbst die wirklich wichtigen und eiligen, auf die lange Bank zu schieben …

Unterwegs zum Geräteschuppen steigt das Bild des Gartentors in ihm auf. Auch dessen Renovierung ist mehr als überfällig. Es müsste gründlich abgeschmirgelt und anschließend mehrmals mit Holzschutzfarbe gestrichen werden. Das sagt er sich schon seit Monaten, trotzdem ist bislang nichts geschehen. Und das ist nicht das einzige Beispiel für seine Nachlässigkeit, die man durchaus als krankhafte Faulheit bezeichnen könnte.

Im Schuppen wühlt er eine Zeit lang in einer Kiste, stellt sich dann vors Regal und entnimmt ihm mehrere Gegenstände, um anschließend wieder hinauszugehen. Jetzt hat er alles Nötige, sagt er sich und verbessert sich sofort: Außer einer Heckenschere, Handschuhen und ein paar großen Säcken bräuchte er ausreichend Schwung, Energie und, nicht zu vergessen, Geld, um dieses Geschäft wieder auf Vordermann zu bringen. Schließlich stellt es – wie seine Mutter sagte, als sie ihm seinerzeit Geld dafür lieh – seine letzte Chance dar.

Die Probleme mit der Elektrik, die Feuchtigkeit in Decken und Böden, die völlig veralteten Fernsehgeräte und Klimaanlagen, all das und noch mehr sind die Bestandteile, aus denen sich die Hölle zusammensetzt, die, kaum hatte er Ayrton die Ferienanlage abgekauft, offensichtlich wurde und ihm seitdem keine ruhige Minute mehr lässt.

Während er bedrückt zwischen den Kakteen des Steingartens hindurchgeht, überfällt ihn einmal mehr das Bewusstsein der bevorstehenden Katastrophe und löst lähmendes Selbstmitleid in ihm aus. Außer den Hortensien und dem Gartentor hat er noch eine lange Liste anderer dringend zu erledigender Aufgaben, und er weiß nicht, womit er anfangen soll. Vielleicht sollte er sich zunächst mal überlegen, wo er das Geld für das Material und Vanderleis Arbeitszeit herbekommt. Die fünf Scheine von Ursula sind jedenfalls schon vergeben, die sind für die Schuldentilgung bei Ayrton bestimmt.

Und mit Ayrton ist nicht zu spaßen, er hat eine sehr spezielle

Auffassung davon, was es heißt, ein pflichtbewusster Schuldner zu sein. Auf irgendwelche Spielchen lässt er sich nicht ein.

Was für eine seltsame Frau, diese Ursula, denkt Pedro erneut, lässt sich mitten im Winter im Taxi von Chuy hierherkutschieren, an diesen gottverlassenen Ort, ausgerechnet. Warum nur? Ihre Papiere scheinen so weit in Ordnung, aber man weiß ja nie. Besser, er geht der Sache ein bisschen nach – er könnte zum Beispiel seinen Bekannten bei der uruguayischen Polizei anrufen. Für den ist es ein Kinderspiel, herauszufinden, ob irgendwas gegen die Frau vorliegt. Aber das ändert nichts daran, dass er in diesem Augenblick jede Menge Arbeit und kein bisschen Lust darauf hat. Seufzend bleibt er mit gezückter Gartenschere vor dem Hortensienbeet stehen.

Er hat gesehen, wie sie entspannt am Strand entlangspaziert ist, ganz wie ein typischer Feriengast, der seine freie Zeit genießt; und er hat aus der Ferne ihre Unterhaltung mit Senhora Steel beobachtet, auf der Terrasse. Alles ganz normal, aber ihm macht trotzdem keiner was vor, denn Ursulas kalter Blick, hinter dem sich was auch immer verbirgt, ist ihm keinesfalls entgangen. Sie mag ihre Aggressivität noch so geschickt bemänteln, ganz verstecken kann sie sie nicht. Man sieht sie ihr an den Augen an, den angespannten Gesichtsmuskeln, den Fingern, die den Griff ihrer Handtasche umklammern. Auch wenn sie Bette Davis äußerlich nicht ähnelt, muss er bei Ursulas Anblick an sie und die gleichermaßen bösartigen und verführerischen, erschreckenden, aber auch anziehenden Figuren denken, die sie verkörpert hat.

Zuerst muss er die toten Zweige im Inneren der Büsche entfernen, hat er auf einer Internetseite über Hortensienpflege gelesen. Möglichst bodennah abschneiden, um Pilzbefall zu vermeiden.

Als Nächstes denkt er an Senhora Steel, malt sich hoffnungsvoll aus, sie würde lange Zeit bleiben, so wie letztes Jahr. Sie bezahlt stets pünktlich und korrekt, ist still und diskret. Alles, was sie von ihm erwartet, ist, dass er zuverlässig ihre Umschläge in Empfang nimmt und sie ihr umgehend aushändigt und ansonsten den Campari-Nachschub sicherstellt. Besonders sympathisch ist sie allerdings nicht, das muss er zugeben.

Er geht in die Hocke und ergreift den ersten Zweig, schneidet ihn oberhalb der vorletzten Ansatzstelle ab, so wie die Gartenfachleute aus dem Internet empfehlen. Alles, was seiner Schere zum Opfer fällt, wandert in die große schwarze Plastiktüte, die sich rasch füllt.

Warum musstest du dich auch auf dieses Tourismusgeschäft einlassen, hört er seine Mutter sagen, und dafür einen Teil deines väterlichen Erbes vergeuden? Sie hat nun mal keine Ahnung, was es bedeutet, dass die Wirtschaft schrumpft, die Nachfrage nach Dienstleistungen abnimmt und was eine Rezession sonst noch alles mit sich bringt. Dafür befindet sich sein gesamtes verbliebenes Guthaben auf Konten, die auf ihren Namen laufen …

Er hört, dass Vanderlei nach ihm ruft, lässt die Schere fallen, die Hortensien Hortensien sein und streift langsam die Gartenhandschuhe ab, wie jemand, dem gleich sein Urteil verkündet wird.

In seinem Magen bildet sich ein riesiger Knoten.

Auf dem Weg zu Vanderlei kommt ihm ein Köter aus der Nachbarschaft in die Quere. Er versetzt ihm einen Fußtritt und hat, als er nur noch etwa zehn Meter von dem in der Tür von Hütte acht wartenden Elektriker entfernt ist, das Gefühl, auch der sehe ihn bloß an, als sei er ihm etwas schuldig.

Wenn es sich darum handelt, einen Menschen zu demütigen, gehen dem Leben die Ideen wirklich nicht so leicht aus.

Was der Elektriker dann tatsächlich zu verkünden hat, zieht Pedro den Boden unter den Füßen weg.

Ursula

Du bist eine Gefahr für deine Umwelt, Ursula, kein Mensch ist vor dir sicher. Das habe ich schon gespürt, als du noch ein kleines Mädchen warst, und da wollte ich dir helfen, dich auf den richtigen Weg führen, deinen überbordenden Körper in Form bringen, deine dunkle Seele erhellen, damit du eines Tages ein anständiges Leben leben könntest. Aber ich bin in jeder Hinsicht gescheitert, du hast deinen Willen durchgesetzt und bist heute so, wie du bist – eine übergewichtige Frau, eine Verbrecherin, eine Mörderin. Deine Gier danach, das normale Maß der Dinge zu überschreiten, habe ich dir angemerkt, anfangs hat sie sich bloß in der einen oder anderen unguten Angewohnheit ausgedrückt, später wurdest du aber immer wilder und aufsässiger, bis du dich schließlich in eine richtige Kriminelle verwandelt hast. Weder Tante Irene noch ich konnten das verhindern.

War der frühe Tod deiner Mutter der Auslöser deiner Wut? War meine Beziehung zu Tante Irene schuld? Oder war es der Umstand, dass dein Körper nicht der Norm entsprach? Lag es daran, dass deiner Schwester mühelos alles gelang, wovon du nicht einmal träumen konntest? Woher kam diese Raserei, Ursula, meine geliebte Tochter? Aber das sind alles bloß rhetorische Fragen, die ich mir – und dir – hier stelle. Genauso gut könnte ich fragen: Warum existieren Gut und Böse? Du würdest mir nie eine Antwort darauf geben können, da bin ich mir sicher, weil du selbst nicht weißt, woher dein Hass stammt. Manchmal überlege ich, ob er womöglich genetisch veranlagt war und ob ich schuld daran bin, dass er sich freie Bahn verschafft hat, weil ich immer so viel von dir verlangt habe, dich für deine Verfehlungen so streng bestraft und dich so hartnäckig in eine bestimmte Richtung gedrängt habe.

Nein, Papa, die Wut ist nicht der Grund dafür, dass ich unbedingt ich selbst sein und meinen eigenen Weg gehen wollte. Im Gegenteil, mein Zorn entbrannte, weil mir das nicht möglich war, weil du mich gezwungen hast, dem von dir vorgegebenen Weg zu folgen. Aber warum muss ich das einem Toten erklären? Verschwinde, Papa, du gehörst in die Gruft der Familie López, dreihundert Kilometer von hier, auf dem Friedhof von Buceo.

Und jetzt auch noch das, Ursula, deine Flucht hierher. Hast du jemals Gutes über dieses Chuy gehört? Warum hast du dir ausgerechnet diese Stadt zum Versteck gewählt, dieses Drecksnest voller Krimineller und Hungerleider? Jeder normale Mensch schlägt doch um so einen Ort einen weiten Bogen!

Schon wieder liegst du völlig falsch, Papa. Diese Stadt besteht aus zwei Städten, und eigentlich sind es sogar viele verschiedene. Für die einen ist sie bloß Durchgangsstation, für andere ist sie ihre Heimat. Hier werden an jeder Ecke Drogen verkauft, es gibt aber auch stille Straßen, wo du glaubst, du bist auf dem Dorf, mit Vorgärten voller Blumen und fleißigen Leuten, die ihre Kinder frühmorgens zur Schule bringen und dann in die Arbeit gehen und bei schönem Wetter Stühle vor die Tür stellen und in aller Ruhe ihren Mate trinken. Aber warum erzähle ich dir das? Warum streite ich immer noch mit dir herum? Wir werden uns doch sowieso nie einig.

Ursula, ich möchte doch bloß, dass dein Geist zur Ruhe kommt.

Mein Geist ist längst zur Ruhe gekommen, und wie! Ich verstehe gar nicht, dass du nicht merkst, dass ich mich von Tag zu Tag leichter und beschwingter fühle. Dass ich hierher nach Chuy gekommen bin, hat mir einen wunderbar erholsamen Seelenfrieden beschert. Mein Leben hat sich vollständig verändert, Papa, jetzt bin ich reich und unabhängig. Früher habe ich von lauter unmöglichen Dingen geträumt – ein Haus in Carrasco mit einem Park und einem großen Wintergarten, einem Pool und einem oder besser gleich zwei schicken Autos. Das alles brauche ich jetzt nicht mehr, es reicht mir, dass ich weiß, dass ich bloß mit den Fingern zu schnipsen bräuchte, um es zu bekommen. Aber ich will es ja gar nicht; was ich habe, genügt mir vollkommen – mein eigenes Leben, die Möglichkeit, jederzeit frei zu entscheiden, wegzugehen oder in unsere alte, mit deinen Sachen und deinen Erinnerungen vollgestopfte Wohnung zurückzukehren. Ganz einfach! Warum habe ich das nicht schon früher erkannt? Aber du bist nicht gekommen, um mir mein schlechtes Gewissen zu erleichtern, Papa, im Gegenteil, du bist erschienen, um es zu aktivieren, und genau das kann ich jetzt am allerwenigsten brauchen. Also verschwinde, Papa!

Rocco

Er musste sich unbedingt ausruhen. Also hat er zwei Nächte in einem feuchten Hotelzimmer verbracht, auf einem Bett mit schimmeliger Matratze. Im Vergleich zu seiner Zelle im Zentralgefängnis ist er sich jedoch wie im Burj al Arab vorgekommen. Und als er heute Morgen nach dem Duschen durchs Fenster den Strand, die riesigen Wellen und die umherfliegenden Möwen betrachtet, fühlt er sich geradezu optimistisch und von neuer Lebenslust erfüllt. Er frühstückt in aller Ruhe – im Speisesaal ist er der einzige Gast –, von der für uruguayische Verhältnisse geradezu freundlichen Kellnerin mit reichlich Kaffee, Joghurt, Obst und Müsli versorgt.

»Schön hier.«

»Sind Sie zum ersten Mal da? Ja, das ist der schönste Strand der Welt.«

»Meinen Sie wirklich?«

»Aber sicher, das sagen alle.«

»Irgendwann muss ich tatsächlich schon mal hier in Punta del Diablo gewesen sein, ich kann bloß nicht genau sagen, wann.«

»Bleiben Sie lange? Hier gibt es eine Menge schöne Sachen zu sehen.«

»Diesmal geht es leider nicht, ich muss gleich weiter, heute noch. Aber vielleicht komme ich schon bald wieder, man weiß ja nie.«

»Schade. Dann lassen Sie mal nicht zu viel Zeit vergehen, Sie werden es nicht bereuen.«

Fast hätte er der Frau ein äußerst großzügiges Trinkgeld gegeben, belässt es zuletzt aber, um kein Misstrauen zu erregen, vor allem jedoch, damit sich ihr sein Gesicht nicht unnötig einprägt, bei einem mittelgroßen Schein. Sie bedankt sich trotzdem.

»Woher sind Sie?«

»Von hier, aus Uruguay. Ich habe aber lange in Frankreich gelebt.«

»Irgendwas an Ihrem Akzent ist seltsam.«

Höchste Zeit, aufzubrechen – ganz offensichtlich fällt er auf.

Der Russe hat ihm zwar den Bart und die Haare geschnitten und in einem dunkleren Ton gefärbt, ihm außerdem eine andere Brille besorgt, aber Rocco ist klar, dass er auch so leicht wiederzuerkennen ist. Der kantige Kiefer, die weit auseinanderstehenden Augen und der dichte Haarschopf lassen sich nun mal nicht kaschieren. Es ist unvorsichtig gewesen, zwei ganze Tage in diesem Hotel zu verbringen und sich ausführlich mit den Kellnerinnen zu unterhalten.

Er nimmt seinen Mantel vom Haken, verabschiedet sich kurz angebunden und geht hinaus.

Wenig später hat er Punta del Diablo bereits im Rücken und ist unterwegs in Richtung Fernstraße.

Kurz vor der Kreuzung entdeckt er eine dort postierte Polizeipatrouille – drei Streifenwagen, mehrere Beamte und ein paar wartende Autos. Er kann gerade noch rechts in eine kleine Straße abbiegen, die jedoch nach wenigen Hundert Metern an einem sumpfigen Wiesenland endet, das er nur mit einem Geländewagen durchqueren könnte. Ihm bleibt also nichts anderes übrig, als zu wenden und zurückzufahren. Wieder bei der Abzweigung angekommen, steht dort auf einmal ein weiteres Polizeiauto, dem sogleich ein Beamter entsteigt. »Einen Moment, bitte.«

Den Gedanken, einfach durchzustarten und davonzurasen, verwirft er angesichts der Tatsache, dass der Kontrollpunkt an der Kreuzung mit der Hauptstraße gerade einmal zweihundert Meter entfernt ist. Sie würden ihn niemals durchlassen oder aber ihm hinterherfahren, falls er die entgegengesetzte Richtung einschlägt.

Verdammter Clemen, seine verdammten Versprechen kann er sich an den Hut stecken.

»Woher kommen Sie?«

»Vom Hotel La Virazón, ich habe dort übernachtet.«

»Und Sie wollen nach Chuy?«

»Ja, ich gehe da immer in den Duty-free-Shops einkaufen, wenn ich in Punta del Diablo bin.«

Der Polizist nimmt die Sonnenbrille ab und sieht ihn aufmerksam an. »Ihre Papiere, bitte, auch die vom Wagen!«

Als Nächstes mustert der Mann konzentriert das Wageninnere, während Rocco der Schweiß auf die Stirn tritt und er mit zitternden Händen das Lenkrad umklammert. Ab und zu rollen ungewöhnlich langsam Autos vorbei. Was macht er hier? Wie ist er hierhergelangt?

»Ihre Papiere!«

Da steigt noch ein Polizist aus dem Streifenwagen. Er ist sehr dick und sehr groß und hat beträchtliche Mühe, sich vom Sitz zu hieven. Schwankenden Schrittes schlurft er auf ihn und seinen Kollegen zu. Aber woher kommt Salvatore denn auf einmal? Er müsste in diesem Augenblick doch bei ihnen zu Hause am Tisch sitzen, stocksteif in dem mit Samt bezogenen Sessel, die Hände auf den Seitenlehnen und mit weit aufgerissenen Augen und knappem Lächeln vor sich hin starrend. Während seine Mutter ihm in den Schüsseln von Großmama Annetta das Essen servieren lässt. Was will er hier? Rocco muss sich entscheiden – entweder er nimmt Reißaus, oder er jagt diesem verdammten Salvatore eine Kugel in den Kopf.

Keuchend nähert sich der dicke Polizist. »Überlass ihn mir, Pereyra, ich kenne den Herrn.«

Wenig überzeugt sieht sein Kollege ihn an, tritt dann jedoch zur Seite und entfernt sich ein ziemliches Stück von Roccos Auto.

»Also, mein Freund, dann mal her mit den Papieren«, sagt der Dicke.

Rocco betrachtet die Dokumente in seiner Hand. Was ist das für ein Name? Und der auf dem Foto, das soll er sein? Und wem gehört der Führerschein? Wem gehört überhaupt dieses Auto? Und wieso steht da auf einmal Salvatore vor ihm? Er hört seine eigene, hasserfüllte Stimme, heiser krächzend dringt sie wie aus einer tiefen, seit Jahren verschütteten Höhle hervor: »Salvatore …«

Er weiß, er muss fliehen oder ihn umbringen, aber er bleibt gleichgültig und reglos sitzen und wartet, dass der andere den ersten Schritt macht. Was ist mit seiner Waffe? Er betastet seine Tasche, stößt aber nicht auf die gewohnte leichte Erhebung unter dem Stoff. Ziellose Verzweiflung erfasst ihn. Er kann Menschen auch auf andere Art einschüchtern, er weiß, wie man sie dazu bringt, sich um Gnade bettelnd vor ihm auf den Boden zu werfen.

Hasserfüllt sieht er den Mann ihm gegenüber an. Dieser steht im blendend hellen Gegenlicht da und gibt ihm in diesem Moment seine Papiere zurück.

»Alles in Ordnung, mein Freund«, sagt er und tritt einen Schritt zurück. »Jetzt lassen Sie mal schön das Fenster hoch, und dann fahren Sie immer hinter mir her, bis zu meinen Kollegen am Kontrollpunkt. Und da fahren Sie einfach weiter, nicht anhalten, kapiert?« Der Dicke zwinkert ihm zu, seine Stimme kommt ihm unbekannt vor.

Er spürt, dass er die Vergangenheit hinter sich lässt und in die Gegenwart zurückkehrt. Augenblicklich ist seine Wut verraucht. Er sieht zu, wie der dicke Polizist mühsam wieder in sein Auto klettert. Warum verspürt er trotzdem immer noch einen Rest Hass? Und woher kam vorhin dieses Gefühl des Ausgeliefertseins, diese Angst und Hilflosigkeit?

Er legt den ersten Gang ein und fährt hinter dem Polizeiauto her. Warum hat er den Dicken für Salvatore gehalten? Er war ihm nicht mal ähnlich. Beide waren übergewichtig und ziemlich groß, na gut, aber das war auch schon alles. Er hat ihn nicht nur für Salvatore gehalten, er hat auch dieselbe Angst und denselben Hass empfunden wie früher, das drängende Bedürfnis nach Rache. Vage erinnert er sich daran, dass er entweder vor ihm fliehen oder ihn umbringen wollte.

Allmählich beruhigt er sich. Ohne dass ihn noch mal jemand aufhält, passiert er langsam die Kontrollstelle. Die Polizisten salutieren.

Wie ein dunkler Teppich wird sich jetzt wieder der Asphalt vor seinem Wagen ausrollen, er wird den überstandenen Schrecken vergessen und davonfahren, bis zu einem Strand jenseits der Grenze, wo er eine Gruppe von Blockhütten ansteuern wird, die von einem Garten umgeben sind, von dem ein Weg bis ans Meer führt. Kurz davor wird er an einer Ecke anhalten und warten, bis die Nacht anbricht.

Ursula

Jemanden umbringen ist gar nicht so schwer, habe ich im Traum zu der Frau mir gegenüber gesagt. Die starrte schweigend auf ihr Glas mit der roten Flüssigkeit. Erst nach einer Weile blickte sie auf und lächelte mich an. Vielleicht bildete ich mir das aber auch nur ein. Jemanden umbringen ist gar nicht so schwer, sagte ich noch einmal, und zog dabei jede einzelne Silbe hasserfüllt in die Länge. Danach passierte nichts Besonderes mehr in diesem Traum. Während wir tranken und uns über bedeutungslose Dinge unterhielten, löste sich mein Hass allmählich auf, woraufhin sich auch der Schauplatz unserer Unterhaltung und wir beide uns aufzulösen begannen, beziehungsweise durch den altbekannten Albtraum ersetzt wurden: Ich befand mich bei völliger Dunkelheit in meinem Zimmer, in das Papa mich zur Strafe eingeschlossen hatte. Zitternd vor Angst, lag ich zusammengerollt unter der Bettdecke und hörte, wie sich seine Schritte entfernten. Ich war wieder das kleine Mädchen, das bei heruntergelassenen Rollläden und ausgeschaltetem Licht sich selbst und seiner schrecklichen Einsamkeit und Verlassenheit ausgeliefert war.

Irgendwann bin ich aus der Nacht meines Traums aufgewacht und habe festgestellt, dass bereits der Tag angebrochen ist – ein kräftiger Lichtstrahl dringt durch den Vorhangspalt ins Zimmer und legt sich als heller Streifen neben mir auf die Decke und das Kissen eines anderen Betts als das aus meinem Traum.

Keuchend richte ich mich auf, immer noch vor Angst zitternd und mit einem Kloß im Hals.

Ich springe aus dem Bett und gieße mir einen Pulverkaffee auf. Dann ziehe ich die Vorhänge zur Seite und schalte den Fernseher an, um die Dunkelheit und Stille meines Albtraums zu verscheuchen. Die Nachrichten bringen wie üblich ausschließlich schlechte Neuigkeiten: Ein Mann hat seine Frau und anschließend sich selbst umgebracht, eine Bank ist überfallen worden und ein Mafioso vor ein paar Tagen aus dem Zentralgefängnis geflohen. Ein Foto seines Gesichts wird gezeigt, dazu ausführlich der Ausbruch geschildert. Der Mann heißt Rocco Morabito und ist Mitglied der 'Ndrangheta.

In der schrecklichen Welt dieser Tage ist für anständige Bürger wie unsereins tatsächlich kein Platz mehr.

Pedro

Er tigert durchs Haus, wandert im Garten umher, geht schließlich ans Meer und denkt dabei die ganze Zeit an Ayrton und das Geld, das er ihm schuldet, statt sich endlich an die Renovierung des Gartentors zu machen. Zu sagen, er sei nervös, wäre zu wenig, um seinen Zustand zu beschreiben, auch verängstigt oder erschöpft trifft es nicht wirklich. Eher gleicht Pedro einem zum Tode Verurteilten, der den Tag seiner Hinrichtung kommen sieht.

Irgendwann betritt er dann doch den Werkzeugschuppen, nimmt eine Kiste aus dem Regal und bestückt sie mit groben und feinen Feilen, einer Flasche Abbeizmittel, jeder Menge Lumpen und einem Paar dicker Arbeitshandschuhe. Beim Anblick der fast bis oben gefüllten Kiste muss er erneut an Ayrton denken, kann sein Geschrei und seine Drohungen wegen des noch nicht bezahlten Geldes förmlich hören. Als ob er seine Schulden nicht begleichen wollte! Er weiß jedoch, dass er von seiner Mutter keine Hilfe mehr erwarten kann. Als sie ihm den Zuschuss für den Kaufpreis von Los Troncos gab, hat sie sich klar und unmissverständlich ausgedrückt: Das ist das letzte Mal, Pedro, von deinen ewigen Luftschlössern habe ich endgültig genug!

Warum ruft er diesen Ayrton nicht einfach an und verkündet ihm, dass er genug hat von seinen ewigen Einschüchterungsversuchen? Er könnte ihn genauso anbrüllen, dass er seine Schulden bezahlt, sobald er kann, beziehungsweise wenn es ihm passt – also, wenn die Sommersaison beginnt und die

Touristen kommen. Warum beschimpft er ihn nicht ebenfalls lautstark und jagt ihn zum Teufel? Ihm ist allerdings klar, dass er damit einfach nur Dampf ablassen würde. Etwas Konkretes, Sinnvolles erreicht er auf diese Weise keinesfalls, schon gar nicht bei so einem gewalttätigen Kerl wie diesem Ayrton.

Mit der Kiste unterm Arm, in der freien Hand das Mobiltelefon, macht er sich auf den Weg zum Gartentor. Unter der ausgewählten Nummer ist auf dem Bildschirm das Foto eines nicht mehr ganz jungen Mannes mit Dreitagebart und finsterem Blick zu sehen. Er erinnert an eine billige Mafia-Karikatur aus einem Zeichentrickfilm.

Wenn Pedro jetzt auf den grünen Knopf drücken würde, könnte er den alten Sack mal so richtig zurechtstutzen. Aber er hat Angst vor ihm; hier in dieser Grenzregion ist Ayrton bekannt wie ein bunter Hund, jeder weiß, dass er über die nötigen Mittel verfügt, um zu tun, wonach ihm der Sinn steht. Strafrechtliche Konsequenzen braucht er nicht zu befürchten. Deshalb haben ihn auch alle gewarnt, sich mit ihm einzulassen. Aber er, Pedro, war viel zu begeistert von den geschäftlichen Aussichten, die die Hütten ihm zu versprechen schienen. Und so ist er bei diesem gnadenlosen Gläubigertypen jetzt bis über den Hals verschuldet.

Er durchquert den Garten, als müsste er auf einem Seil balancieren, und bleibt schließlich, immer noch von Schwindelgefühlen geplagt, vor dem abgewetzten Holztor stehen, um sich endlich an die ungeliebte Arbeit zu machen.

Da klingelt das Telefon in seiner Hand, und das Display leuchtet auf.

Ayrton.

Nein, jetzt nicht. Pedro möchte sich auf seine kleine Ansprache vorbereiten, eine ordentliche Streitrede mit ein paar handfesten Beschimpfungen soll es sein, Ayrton soll kapieren, dass er sich von ihm nicht einschüchtern lässt, er will ihn zwingen, weniger zu verlangen und ihm eine längere Frist zuzugestehen – bis zum Sommer. Oder ihm klarmachen, dass das Geld, mit dem er seine Schulden zurückzahlen wollte, für Handwerker- und Materialkosten draufgegangen ist, weil all das, was er ihm abgekauft hat, sich in hundsmiserablem Zustand befindet. Zum wohl tausendsten Mal fragt sich Pedro, ob sich seine Lage durch eine aggressive Auseinandersetzung bessern und ihm bei dem Alten Respekt verschaffen könnte, oder ob er auf dem Weg der Vernunft mehr Aussicht auf Erfolg hat.

Er legt das klingelnde Handy auf ein Mäuerchen und betrachtet es, ohne sich von der Stelle zu rühren, als könnte Ayrton ihn sehen. Seine Hoffnung, das schwer erträgliche Geklingel werde irgendwann von selbst aufhören, erweist sich als vergeblich, sodass er den Anruf schließlich wegdrückt.

Danach sieht er sich misstrauisch um, wiederum in dem Gefühl, beobachtet zu werden. Von dem kräftigen kalten Wind bekommt er eisige Hände, und seine Zähne fangen an zu klappern. Ihm ist klar, dass er sich nur eine kurze Schonfrist verschafft hat – aber nicht klar, wie kurz: Schon nach wenigen Sekunden fängt das Handy erneut an zu klingeln. Er schluckt bittere Galle und spürt ein riesiges Loch im Magen. Die Welt vor seinen Augen verschwimmt. »Verdammtes Arschloch«, flucht er mit zusammengebissenen Zähnen, »jetzt wirst du was zu hören bekommen.«

Hasserfüllt greift er nach dem Apparat und nimmt den Anruf an. »Hallo, Señor Ayrton. Nein, das Geld habe ich noch nicht zusammen. Ja, einen Teil, aber eben nicht alles. Ich habe Ihnen ja schon letztes Mal gesagt, dass das Geschäft nicht gut läuft, seit dem Sommer geht das so, ich hätte nie gedacht, dass … Ja, ich weiß, Señor Ayrton, das ist nicht Ihr Problem. Und die Schulden habe ich keineswegs vergessen, von wegen … Ja, nächsten Freitag, auf jeden Fall, dann kommt wieder was rein, und ich melde mich. Keinesfalls später als Freitag, das schwöre ich Ihnen. Sie brauchen mir nicht zu drohen, ich verspreche Ihnen, dass ich …«

Der Apparat verstummt. Langsam legt Pedro ihn zurück auf das Mäuerchen. Dabei hat er das Gefühl, sich an Bord eines Schiffes zu befinden, das sich stetig mit Wasser füllt – der Untergang steht unaufhaltsam bevor.

Dann schlägt seine Stimmung unversehens um. Wut über sein feiges und unentschlossenes Verhalten angesichts des Ultimatums und der geäußerten Drohungen befällt ihn. »Ihr Ultimatum können Sie sich sonst wohin stecken, Sie Scheißkerl«, hätte er erwidern sollen. Er verspürt Hass und Ekel vor dem habgierigen alten Mafioso, der ihn mit seinen abscheulichen Drohungen einschüchtern will. Was bildet der Kerl sich ein?

Er nimmt die Handschuhe aus der Kiste, streift sie sich über und fängt an, wie wild an dem Gartentor herumzuschleifen.

»Störe ich, Pedro?«

Er blickt auf und sagt sich, ja, die Frau aus Hütte acht stört jedes Mal, unweigerlich. Erst recht jetzt, nach dem verfluchten Anruf. Am liebsten würde er schreien, sie solle ihn in Ruhe lassen und verschwinden. »Was kann ich für Sie tun, Ursula?«

»Ich wollte bloß sagen, dass der Strom in der Hütte jetzt wieder geht. Aber trotzdem riecht es irgendwie verbrannt.«

»Das kommt von den Reparaturarbeiten, der Elektriker hat ein paar angeschmorte Kabel ausgetauscht. Das riecht vielleicht noch ein Weilchen, ist aber bald vorbei. Am besten, Sie lassen ein Fenster auf, wenn Sie rausgehen. Falls es doch schlimmer werden sollte, geben Sie mir aber bitte Bescheid.«

»Wie Sie meinen … Also gut, im Fall der Fälle melde ich mich noch mal.«

»Keine Sorge, Vanderlei hat versichert, dass die Sache erledigt ist.«

Mit einem Achselzucken geht Ursula fort. Pedro seufzt erleichtert. Morgen ruft er diesen verdammten Elektriker an, der ein Vermögen kassiert, den Auftrag aber offensichtlich nicht ordnungsgemäß ausgeführt hat. Denn verbrannt riechen dürfte es eindeutig nicht. Das wäre vielleicht was, wenn ihm jetzt auch noch eine seiner Hütten abbrennt! Er überlegt. Wäre das wirklich so schlimm? Er hat schließlich eine gute Versicherung; mit dem, was er dafür einstreichen würde, könnte er seine Schulden bei Ayrton bezahlen und hätte sogar noch …

Nein, nein, nein! Wie kommt er denn auf so was? Er ist doch kein Krimineller, er ist bloß ein Mensch im Würgegriff der Schulden und der Angst.

Ursula

Ich gehe an dem weitläufigen Strand spazieren, stoße auf die halb verfaulten Reste eines Seehunds, ausgeblichene Walknochen und alle möglichen ans Ufer gespülten Eisenteile. In der Ferne erhebt sich der rot-weiße Leuchtturm vor dem offenen Meer. Nein, schön ist dieser Strand nicht, anders als die auf der uruguayischen Seite, bei Cabo Polonio oder Punta del Diablo. Das hier ist nichts als ein breiter Streifen nasser Sand, über den der Wind hinwegfegt. Kuschelige Buchten sucht man hier vergeblich.

Von der Begeisterung und dem milden Wetter verleitet, wandere ich drei, wenn nicht vier Kilometer unter dem bald sonnigen, bald wolkenbedeckten Himmel dahin, und als ich zurückkehre, sehe ich Vanessa, die im Mantel vor ihrer Tür steht und in der Handtasche kramt, offensichtlich auf der Suche nach dem Schlüssel. Wie in einer blitzartigen Eingebung sage ich mir, dass das die Gelegenheit ist. Wenn ich sie jetzt in ein Gespräch verwickle, gelingt es mir womöglich, sie so sehr abzulenken, dass sie sich von mir zu ihrem Auto begleiten lässt – und darüber vergisst, die Tür abzuschließen.

Hastig gehe ich auf sie zu, begrüße sie lächelnd und beginne eine Unterhaltung übers Wetter und ähnlich banale Dinge. Offenbar hat sie vor, zum Einkaufen zu einem Supermarkt im brasilianischen Teil von Chuy zu fahren. Ich bitte sie, mir Shampoo, Haferkekse mit Apfelfüllung und einen Tee mitzubringen. Sie schreibt sich den Namen auf, es handelt sich um eine harntreibende Kräutermischung, die ich ihr wärmstens empfehle. Dann bestehe ich darauf, bis zu ihrem Auto mitzugehen, wo wir uns verabschieden und für den Abend auf ein neuerliches Glas Campari verabreden.

Sie steigt ein, startet und fährt los. Ich sehe zu, wie sich das Auto auf der staubig roten Straße entfernt.

Schnell gehe ich zu meiner Hütte und lasse ein paar Minuten verstreichen, um sicher zu sein, dass Pedro nicht auftaucht und, wie schon bei anderer Gelegenheit, Vanessas Abwesenheit nutzt, um ein wenig herumzuschnüffeln. Plötzlich wird der Himmel schwarz. Ich greife mir eine Taschenlampe und gehe hinaus auf die Terrasse, sehe mich in alle Richtungen um und trete vor Vanessas Tür. Wie erwartet, hat sie nicht abgeschlossen. Ich mache die Tür hinter mir zu. Im bleichen Gewitterlicht, das durchs Fenster dringt, zeichnet sich mein Schatten schwach auf dem Boden ab.

Da bricht der Regenguss los.

Ich befinde mich in einer heiklen Lage – ich habe nur wenig Zeit zur Verfügung und weiß nicht genau, wonach ich eigentlich suche. Ich sage mir, dass ich mir zuallererst den geheimnisvollen Umschlag vornehmen sollte. Zunächst betrete ich das Bad, wo ich ein Haarfärbemittel entdecke, von einer guten, aber teuren Marke. Auf der Arbeitsplatte in der Küche steht schmutziges Geschirr und ein Rest Quiche. Ich schneide ein Stückchen ab und schiebe es mir in den Mund. Auf dem Stuhl neben dem Bett liegt ein Reisekoffer, mit einem Vorhängeschloss – schwer zu knacken. Da suche ich lieber woanders. Auf dem Tisch wiederum liegt ein Lederköfferchen, mit einem Zahlenschloss. Ist das nicht ein bisschen übertrieben für simples Urlaubsgepäck? Der Kleiderschrank ist zu, aber nicht abgeschlossen, wie ich feststelle. Ich leuchte hinein und entdecke Kleidung und Schuhe bester Qualität. Früher hätte ich mir so etwas nicht leisten können, jetzt spielt der Preis für mich keine Rolle mehr. Ich streiche über die feinen

Stoffe und rieche ein köstliches Parfüm, eine Mischung aus Fleur d'Osmanthus und Aprikose mit einer feinen Holznote. Auf dem Boden, unter einigen Kleidungsstücken verborgen, ertaste ich eine Erhebung. Es handelt sich um eine alte, schwere Tasche. Seltsamerweise ist sie durch keinerlei Schloss gesichert. Inmitten von Vanessas feiner Wäsche wirkt sie wie eine Fliege in einem Glas Milch.

Ich mache sie auf und sehe hinein.

Eine große Menge Dollar-, Euro-, Peso- und Reais-Scheine, in prallen Bündeln. Ein Plastikordner mit drei Pässen und drei Führerscheinen. Alle enthalten das gleiche Porträtfoto. Das Gesicht erkenne ich sofort, ich habe es im Fernsehen gesehen: der flüchtige Häftling aus Kalabrien. Hieß er nicht Rocco? Ja, wie Rocco und seine Brüder, sage ich mir. Die Namen in den Dokumenten sind natürlich falsch. Ganz unten in der Tasche entdecke ich außerdem eine Schusswaffe samt Munition.

Wieso befindet sich all das im Besitz dieser Frau? Als was arbeitet Vanessa in Wirklichkeit?

Ich mache die Tasche wieder zu und lege sie an ihren ursprünglichen Platz zurück.

Dann wende ich mich erneut dem großen und dem kleinen Koffer zu. Um beide zu öffnen, reicht die Zeit nicht. Also entscheide ich mich für den kleinen, den mit dem Zahlenschloss. Es besteht nur aus einer Dreierkombination. Damit kenne ich mich aus, im Grunde ist so was kinderleicht aufzubekommen – mithilfe eines YouTube-Tutorials schafft das wirklich jeder. Bevor ich mich ans Werk mache, trete ich ans Fenster und werfe für alle Fälle einen Blick hinaus. Ich bin nervös. Nicht dass unversehens die Schnüffelnase Pedro oder die Putzfrau auftauchen, oder sogar Vanessa Steel selbst, weil sie es sich wegen des prasselnden Regens noch einmal anders überlegt hat und umgekehrt ist. Was ich dann sagen würde, weiß ich selbst nicht, es wäre jedenfalls mehr als peinlich.

Nachdem ich mich vergewissert habe, dass die Luft draußen rein ist, knöpfe ich mir das Zahlenschloss vor. Es ist wirklich ganz einfach. Ich bewege das erste Rädchen sacht gegen den Uhrzeigersinn, bis ein kaum hörbares Klicken mir anzeigt, welches die korrekte Nummer ist. Genauso verfahre ich mit dem zweiten und dem dritten Rädchen. Schon nach kurzer Zeit ist alles klar: Die magische Zahl lautet 275.

Kaum habe ich das Schloss geöffnet, kehre ich noch einmal ans Fenster zurück. Meine Nervosität hat sich trotz allem nicht gelegt, so unwahrscheinlich es ist, dass Pedro bei diesem Wetter seinen gemütlichen Sessel vor dem Computerbildschirm verlässt. Und die Putzfrau, wie ich mich jetzt erinnere – Pedro hat es mir einmal gesagt –, kommt an einem anderen Wochentag. Trotzdem habe ich keine Zeit zu verlieren.

Im Koffer entdecke ich tatsächlich den Umschlag, auf den Vanessa neulich so fest die Hand presste. Und dazu noch weitere Umschläge sowie ein gut gefülltes Adressbuch. Keiner der Namen darin sagt mir etwas.

Ich lege das Buch zur Seite und nehme mir die Umschläge vor.

Der Inhalt des ersten macht mich fassungslos. Mein Magen krampft sich zusammen, und ich bekomme kaum noch Luft. Wie ich neulich vermutet hatte, handelt es sich um Fotos, Dutzende Fotos. Mit angehaltenem Atem sehe ich mir eins nach dem anderen an. Versuche, das Zittern meiner Hände zu unterdrücken. Beim Anblick der Gesichter und Körper habe ich das Gefühl, mich erneut in einem Albtraum zu befinden. Ich öffne weitere Umschläge und stoße auf Unmengen ganz ähnlicher Aufnahmen.

Es ist, als würde die Zeit stehen bleiben. Auch meine Nervosität ist seltsamerweise plötzlich verflogen. Und es hört auf zu regnen. Ein finster-obszönes Schweigen macht sich breit.

Schamlos legt sich das Licht der Taschenlampe auf die fotografierten Mädchenkörper. Dann fällt mir die Lampe aus der Hand und erlischt. Es gelingt mir zwar, sie wieder aufzuheben, ich bekomme sie aber nicht mehr an.

Bestimmte Dinge sieht man besser nicht.

Eine Hitzewelle durchflutet mich, ich verspüre Entsetzen und Scham. Wut. Hass.

Da höre ich Schritte, die sich auf dem Gartenweg nähern.

Mein Atem beschleunigt sich, und mein Puls schlägt so stark, dass meine Hände noch mehr zittern. Irgendwie schaffe ich es, die Fotos in den Umschlägen und die Umschläge und das Adressbuch wieder in dem kleinen Koffer zu verstauen und das Zahlenschloss zu verriegeln. Die Schritte draußen kommen immer näher und werden immer lauter.

Ich lege den kleinen Koffer zurück auf den Tisch, vergewissere mich, dass der Kleiderschrank zu und auch alles Übrige wieder an seinem Platz ist. Erneut fällt mir die Taschenlampe aus der Hand, was ein lautes Geräusch verursacht. Reglos bleibe ich stehen, wage nicht einmal zu atmen. Ob man draußen etwas gehört hat? Und wer kommt da wohl?

Ich weiß nicht, wie es mir gelingt, die Taschenlampe einzustecken, aus der dunklen Hütte zu schleichen, die Tür zu schließen, in vier großen Schritten meinen Teil der Terrasse zu erreichen und mich schließlich unter dem Dachvorsprung vor dem Nieselregen in Sicherheit zu bringen. Mit vor der Brust verschränkten Armen betrachte ich scheinheilig den Horizont – da biegt er bei Vanessas Hütte um die Ecke.

Er sieht mich an, als wäre ich seine entlaufene Katze.

»Na, ein bisschen frische Luft schnappen, Senhora López? Bei dem Wetter?«

Ich wende mich ihm zu und versuche, mir meine Erregung nicht anmerken zu lassen. Scheinbar lächelnd, ziehe ich die Mundwinkel hoch. Und hole tief Luft, bevor ich antworte:

»Der Anblick des Meeres an stürmischen Tagen gefällt mir nun mal, Pedro.«

»Das Vergnügen könnten Sie doch auch von drinnen haben. Aber jeder nach seinem Geschmack, selbstverständlich. Ich sitze bei so einem Wetter jedenfalls lieber bei mir zu Hause am Kaminfeuer.«

»Dann dürften Sie jetzt eigentlich nicht hier sein, Ihr Haus und Ihr Kamin befinden sich jedenfalls dort hinten …«

So einfach lässt sich Pedro nicht aus der Fassung bringen. Auch er tut so, als würde er lächeln, indem er die Mundwinkel hochzieht – wie ein Erwachsener, der sich die frechen Sprüche eines vorwitzigen Kindes anhören muss. »Ich wollte nachsehen, ob Sie etwas brauchen und ob alles in Ordnung ist mit dem Strom. Bei dem Regen weiß man nie …«

»Bis jetzt ist alles gut gegangen. Mal sehen, was passiert, wenn ich die Klimaanlage einschalte.«

»Schön, freut mich. Ich hoffe, Sie fühlen sich hier wohl.«

»Eine Frage, hätten Sie vielleicht eine Schere für mich?«

»Selbstverständlich, ich bringe sie Ihnen gleich vorbei.«

»So eilig ist das nicht. Bleiben Sie bei dem Wetter lieber zu Hause.«

»Ich entschuldige mich jedenfalls nochmals für die Unannehmlichkeiten mit dem Strom. Ich hoffe, dass sich das während Ihres Aufenthalts nicht wiederholt. Ich möchte, dass meine Gäste ihre Zeit hier in jeder Hinsicht genießen.«

»Danke für Ihre Bemühungen. Einen schönen Nachmittag noch, Pedro. Genießen Sie Ihr Kaminfeuer.«

Ich lasse ihn stehen, wende mich mit verschränkten Armen und zusammengekniffenen Lippen zur Tür um. Ob er gehört hat, wie die Taschenlampe auf den Boden gefallen ist? Ob er das Geräusch zuordnen konnte? Ob ihm klar geworden ist, dass ich in Vanessas Hütte war? Nein, das glaube ich nicht. Oder doch? Immer noch leicht außer Atem und mit zitternden

Händen öffne ich meine Tür. Was ich jedoch vor allem empfinde, ist Ekel, Wut, Hass. Die Fotos gehen mir nicht aus dem Kopf, die Mädchen, der grauenvolle Missbrauch, den alle diese Bilder erahnen lassen.

Langsam schieben sich die Wolken auseinander, und die Sonne kommt hervor. Ich schleppe mich zum Tisch, sinke auf einen Stuhl, lege das Kinn in die aufgestützten Hände und spüre, wie mir Tränen der Wut und Hilflosigkeit übers Gesicht rollen.

Manche Sachen kann man nur gewaltsam in Ordnung bringen, sage ich mir.

Rocco

Während er sie so aus der Ferne beobachtet, sagt er sich, dass man Frauen wie sie in einem Film immer nur als Abbild im Spiegel zu sehen bekommt, oder während sie langsam eine Marmortreppe hinabsteigen oder in einem Park am Ufer eines Teichs entlangschlendern – Frauen, deren Anblick vom Gedächtnis als feiner Duft gespeichert wird, als verschwommenes, altersloses Bild, als nebelhafter Schleier.

Ein Jammer, dass er sie aus der Welt schaffen muss.

Als er gestern Vormittag im Ort ankam, kurvte er zunächst eine Weile herum, bis er einen Supermarkt entdeckte, wo er ein Sandwich und ein Bier kaufte. Anschließend brach er zu einem längeren Strandspaziergang auf. Beim Anblick der eintönigen Umgebung und des bleifarbenen Meeres schüttelte er den Kopf.

Nein, ein Paradies war das wirklich nicht, anders als im luxuriösen Punta del Este oder in La Pedrera und Cabo Polonio mit ihrem hippiehaft-unbeschwerten Charme gab es hier nichts als nassen Sand und mit hartblättrigen Pflanzen bewachsene Dünen, dahinter die Häuschen pensionierter Polizisten und ebenfalls im Ruhestand lebender Verkäuferinnen. Warum hatte der Russe das Geld und die Papiere für ihn ausgerechnet hierher schicken lassen? Weil in dieser Einöde keine neugierigen Schnüffler zu befürchten waren?

Vor ihm erstreckte sich endlos weit der mit Tang und anderen angespülten Resten übersäte Strand. Er ging weiter und stand irgendwann vor dem Ende des Strandstegs, der von den

Hütten der nahe gelegenen Ferienanlage Los Troncos hierher, ans Meer, führte. Er überlegte, welche der Hütten wohl die Vanessas war. Der Russe hatte ihm die dazugehörige Nummer genannt. Das Verwaltergebäude lag offenbar ein ganzes Stück weiter landeinwärts. Zu sehen wäre er von dort jedenfalls nicht, wenn er sich an ihrer Tür zu schaffen machte, hineinschlüpfte, um das Gesuchte zu holen und sich anschließend auf dem Strandsteg wieder aus dem Staub zu machen. Und das war wichtig, äußerst wichtig – er durfte keinen einzigen Zeugen seines Besuchs zurücklassen.

Jetzt hieß es geduldig abwarten, bis der passende Moment kam.

Er kehrte zum Auto zurück, stieg ein und machte sich endlich über das Sandwich und das Bier her, in Gedanken weiterhin ganz mit der bevorstehenden Unternehmung beschäftigt.

Noch eine Nacht auf der Rückbank seines Wagens zu verbringen, war nicht gerade das, was ihm vorschwebte. Eine Zeit lang suchte er im Internet nach einem nahe gelegenen Hotel, sagte sich dann aber, dass er ein Risiko wie in Punta del Diablo nicht noch einmal eingehen durfte. Besser wäre eine dieser Ferienwohnungen, die man mit einem diskreten Klick und Bezahlung per Kreditkarte – für solche Zwecke besaß er eine auf Sergejs Namen – online anmieten konnte. Zutritt bekam man später durch Eintippen eines Zahlencodes an der Tür. Zu seiner Überraschung stieß er schon bald auf genau so ein Angebot und reservierte gleich für die nächsten drei Tage.

Als er an diesem Nachmittag erneut auf Beobachtungsposten geht, sieht er schließlich, wie sie aus einer der Hütten kommt, ans Terrassengeländer tritt und das Meer betrachtet. Ihr dunkles Haar bildet einen auffälligen Kontrast zu dem goldenen Abendlicht.

Während er sie so aus der Ferne beobachtet, sagt er sich

also, dass man Frauen wie sie in einem Film immer nur als Abbild im Spiegel zu sehen bekommt, oder während sie langsam eine Marmortreppe hinabsteigen oder in einem Park am Ufer eines Teichs entlangschlendern – Frauen, deren Anblick vom Gedächtnis als feiner Duft gespeichert wird, als verschwommenes, altersloses Bild, als nebelhafter Schleier.

Dass er eines Tages – als alternder Mann – mal dermaßen sentimental wird, hätte er sich früher nicht vorstellen können … Aber wo es um eine so schöne Frau geht! Ein Jammer, dass er sie aus der Welt schaffen muss.

Wenn er ihr in ein paar Tagen die Pistole ins Genick drückt, nur um festzustellen, dass sie auch dann nicht zu lächeln aufhört, wird er sie noch mehr bewundern und dabei wie berauscht den Duft ihres dunklen Haars einsaugen. Eine beglückende Erfahrung, die jedoch schon bald von den Autoabgasen und dem Gestank der Fritteusen sämtlicher Bars von Chuy überdeckt werden wird. Woraufhin alles Weitere wie geplant seinen Gang nehmen wird.

Jetzt sieht er, wie sie den Weg zum Strand einschlägt. Irgendwann schlüpft sie aus ihren Schuhen, hüllt sich in einen langen Schal und wandert langsam Richtung Osten am Wasser entlang. Im Schutz der Abenddämmerung nähert er sich vorsichtig der Ferienanlage. Eigentlich fühlt er sich zu alt, um über Zäune zu klettern und sich durchs Gebüsch zu schlagen. Er beschließt also, ebenfalls den Strandsteg zu benutzen. Weit und breit ist kein Mensch zu sehen. Aber der Verwalter hat ja auch gerade erst vorbeigeschaut und ist dann wieder fortgegangen, das hat er aus der Ferne beobachtet. Nur die andere Frau muss noch da sein, die Blonde, die sich vorhin eine Weile auf der Terrasse mit Vanessa unterhalten hat. Vielleicht sind die beiden Schwestern, jedenfalls ähneln sie einander sehr.

Bevor er vor die Tür von Vanessas Hütte tritt, sieht er sich noch einmal aufmerksam um. Die Gardine vor dem Fenster der Nachbarhütte scheint sich einmal kurz zu bewegen, womöglich ist da auch ein Schatten zwischen den Falten. Genauso gut möglich ist jedoch, dass er sich das alles aus Nervosität nur einbildet.

Also nähert er sich der Tür, steckt einen Draht ins Schloss und befindet sich schon nach wenigen routinierten Handgriffen im Inneren des kleinen Häuschens. Den Anweisungen des Russen folgend, geht er zum Kleiderschrank und steht nicht einmal eine Minute später wieder draußen, in der einen Hand die Tasche. Sachte, ohne jedes Geräusch, drückt er die Tür hinter sich zu.

Bevor er in Richtung Strand davongeht, wirft er erneut einen Blick zur Nachbarhütte. Nichts regt sich, alles ist ruhig. Als er sich jedoch gerade in Gang setzen will, erscheint auf einmal eine Hand am Fenster, die die Gardine zur Seite schiebt, und gleich darauf das Gesicht einer Frau, die ihn unverfroren ansieht. Und lächelt. Hastig macht er sich auf den Weg ans Meer und verschwindet zwischen den Dünen.

Jetzt hat er zwar alles, was er für seine weite Reise in den Norden, nach João Pessoa, braucht – die Papiere, das Geld, die Waffe.

Aber vor dem Aufbruch gilt es, noch einige Spuren zu verwischen. Restlos.

Vanessa und Ursula

Wir sitzen auf der Terrasse vor der Hütte meiner Nachbarin. Vor uns auf dem Tisch Flaschen und Gläser. Wir sehen zu, wie sich der Himmel allmählich verdunkelt, und unterhalten uns. Zuerst wussten wir nicht so recht, worüber wir sprechen sollten, immer wieder trat ein unbehagliches Schweigen ein, was für mich vor allem daran liegt, dass wir Frauen über keine Lingua franca verfügen wie die Männer. Die können sich jederzeit über Frauen oder Fußball austauschen. Jüngere Frauen in dieser Lage sprechen wahrscheinlich über ihre Liebesbeziehungen oder über Schwangerschaften, später über Spielzeug und Erziehung; ältere über die Wechseljahre, ihre Ex-Männer und Beckenbodentraining. Frauen in unserem Alter brauchen dagegen länger, um ein entspanntes Gespräch in Gang zu bekommen, weil uns die Gemeinplätze der Jüngeren nicht mehr zur Verfügung stehen, wir aber gleichzeitig noch nicht unter Vaginalatrophie leiden.

Sie muss irgendwas zwischen fünfundvierzig und fünfzig sein, was sie durch ihre leger-elegante Kleidung offensichtlich zu überspielen, zu verharmlosen oder einfach dreist zu leugnen versucht. Sie trägt eine Art knittrigen elfenbeinfarbenen Seidenpyjama, der ihr ein unkonventionell aristokratisches Aussehen verleiht. Auf Schmuck oder andere Ablenkungen verzichtet sie. Dafür bringt der helle Stoff diskret ihre gut gebräunte Haut zur Geltung, vor allem an Ausschnitt und Handgelenken. Den dunklen Haarschopf hält eine türkise Haarspange zusammen. Ich trage ein in Chuy gekauftes Kostüm, Rock wie Bluse sind mir viel zu weit, andererseits mit einem öden dunklen Muster bedruckt, was mir das Aussehen einer Feministin aus armer, aber ehrlicher Familie verleiht, die sich gerade von ihrer Partnerin getrennt hat.

Soeben hat Vanessa verkündet, sie sei Unternehmerin. Ihre Tätigkeit scheint in einer Mischung aus Eventmanagement und Partyservice zu bestehen. Aufgrund dessen, was ich inzwischen über sie weiß, bezweifle ich nicht, dass sie die Wahrheit sagt. »Eventmanagement und Partyservice«, das trifft es doch eigentlich sehr gut ... Sie ist unglaublich attraktiv und sich dessen offenkundig bewusst, wie ich immer wieder feststelle. Für die Art, wie sie spricht und sich bewegt und lässig ihre Weltverachtung zur Schau stellt, hat sie eigentlich eine Goldmedaille in Selbstbewusstsein verdient. Siegertypen wie sie erkenne ich sofort, vielleicht weil ich schon so lange daran gewöhnt bin, dass ich selbst nie etwas anderes zustande bringe, als zu scheitern.

Höchste Zeit, dass sich das ändert, Ursula!

Erneut tritt Schweigen ein. Dafür starrt sie mich jetzt mit durchdringend professionellem Blick an. Ungefähr so, wie ein Chirurg eine Leber, ein Kommissar einen verhafteten Verbrecher oder ein Küchenchef eine Lammhaxe ansieht.

Ich lasse die Musterung, so gut ich kann, über mich ergehen. Von irgendwelchen Kindern oder Ehemännern hat sie bis jetzt nichts erzählt, und da ich selbst ja auch keine habe, bin ich wenig daran interessiert, auf das Thema zu sprechen zu kommen. Manchmal sage ich mir, dass ich gern jung und ganz in Weiß geheiratet hätte wie meine Schwester Luz, oder in meinen Dreißigern und in einem teefarbenen Kleid, oder auch mit Anfang vierzig, dann aber in irgendeiner dunklen Farbe. So oder so ist es jetzt zu spät, um über passende Farbtöne nachzudenken – das hätte ich mir früher überlegen müssen. So ist es dann ja auch gekommen: Ehe man sichs versieht, sind fünfundzwanzig Jahre vergangen. Und ich hocke weiterhin in meinen Tagträumereien gefangen da, ein ewiges Waisenkind der Gefühle.

Jetzt sieht sie mich an wie ein Insektenforscher eine Blattheuschrecke, oder eine professionelle Fußpflegerin einen Zeh mit Nagelpilz, oder ein Holzfäller einen uralten Mammutbaum. Um sodann den gefürchteten Satz auf mich abzufeuern: »Sind Sie verheiratet oder in einer festen Beziehung, Ursula?«

»Nein«, erwidere ich kurz angebunden.

Was will die eigentlich von mir, diese intrigante Zicke mit ihrer dämlichen türkisen Haarspange? Was geht es sie an, ob ich allein lebe oder mit jemandem zusammen? Warum habe ich mich überhaupt dazu zu äußern? Scheiß Los Troncos, scheiß Barra, scheiß Seidenpyjama! Am liebsten würde ich ihr den Campari ins Gesicht kippen und mich in meine Hundehütte mit Sechzig-Zoll-Fernseher und Mini-Einbauküche verkriechen. Gibt es denn nichts Wichtigeres im Leben? Mir ist durchaus bewusst, dass verheiratete oder fest liierte Frauen vertrauenswürdiger wirken als Einsiedlerkrebse wie ich. Aber muss ich das deshalb unbedingt zur Sprache bringen? Ich hab diese beschissene Welt und ihre boshaften Bewohner wirklich so was von dick!

Na ja, so schlimm ist es auch wieder nicht, sage ich mir besänftigend. Wahrscheinlich ist Vanessa bloß auf der Suche nach einem gemeinsamen Thema, auch wenn es weder sie noch mich besonders begeistert, ein Feld, auf dem wir uns begegnen und bei einem Glas Campari entspannt miteinander plaudern können. Man kann schließlich nicht sein ganzes Leben über den Niedergang des Kapitalismus und die Zukunft der Kryptowährungen schwadronieren. Und so oder so täte es mir gut, meine Intoleranz und Reizbarkeit endlich einmal abzulegen.

Um das nach meiner barschen Antwort eingetretene unbehagliche Schweigen zu überwinden, stürze ich mich auf das Thema Alkohol und seine verschiedenen Darreichungsformen, eine stets ergiebige und vielversprechende Gesprächseröffnung, es sei denn, man hat es mit einem Mitglied der Anonymen Alkoholiker zu tun: »Eigentlich schmeckt mir Campari nicht.«

»Hätten Sie doch was gesagt, ich habe auch andere Sachen anzubieten, Ursula.«

»Nein, nein, schon gut. Bislang habe ich geglaubt, ich sei eine eindeutige Rotweinliebhaberin, aber ich probiere gern auch mal was anderes aus. Eigentlich hätte ich auch Lust, mal ein anderes Leben auszuprobieren, wissen Sie?«

Lächelnd präsentiert sie mir über den Rand ihres Glases hinweg die oberen Schneidezähne und ein Stück ihres rosafarbenen Zahnfleisches, sagt aber kein Wort. Ich fasse es als Rache dafür auf, dass ich mich nicht auf das Thema Liebe und Partnerschaft habe einlassen wollen.

Aller guten Dinge sind drei: »Wohnen Sie in Montevideo, Vanessa?«

»Ich bin aus Montevideo, aber jetzt wohne und arbeite ich in Punta del Este. Ich habe mir dort ein Haus gekauft, und von da aus betreibe ich mein Geschäft, so kann ich fast das ganze Jahr über in meinem eigenen kleinen Paradies sein. Ich wohne im Stadtteil San Rafael, kennen Sie die Gegend?«

»Ja, aber nur vom Durchfahren. Wo genau ist denn Ihr Haus?«

»In der Nähe der Rambla, fast an der Ecke Cannes und Guanabara.«

»Cannes und Guanabara, haben Sie gesagt? Ich glaube, ich weiß ungefähr, wo das ist.«

»Das Haus heißt Portokalada, auf Griechisch bedeutet das Orange oder Orangensaft, ganz sicher bin ich mir nicht, aber ich fand, dass es schön klingt.«

»Ja, ein schöner Name für ein Haus. Cannes und Guanabara, also.«

»Es ist wirklich sehr schön. Ich wollte nicht wie eine von diesen Frauen enden, die erzählen, sie ziehen nach Punta del Este, und zuletzt landen sie dann in einer kleinen Wohnung irgendwo in der Nähe, auf der Halbinsel. Darum habe ich mir ein richtig großes Haus mit Garten gekauft. Im Winter lasse ich mir immer Brennholz liefern und setze mich dann mit meinem Campari vors Kaminfeuer. Ich habe Fotos, wollen Sie sie sehen?«

Ich sage weder Ja noch Nein, und sie fasst mein Schweigen als Zustimmung auf, woraufhin sie mir auf ihrem Handy Dutzende Fotos von einem Haus mit Schieferdach und großen Fenstern mit schönen Läden aus Holz zeigt. Im Vorgarten wächst sorgfältig gepflegter Rasen, die Fassade besteht aus weiß gestrichenen Ziegeln. Sie schwärmt von der komfortablen Einrichtung. Offenbar handelt es sich um lauter Designermöbel aus edlen Materialien. Sie kann gar nicht genug davon bekommen, deren Vorzüge zu preisen und ihre eigene Stimme zu hören.

Und weckt mit alldem meinen Neid, lässt ihn immer stärker von mir Besitz ergreifen.

Einen Ehemann, der das Kaminholz herbeischleppen, aufstapeln und anzünden würde, erwähnt sie nicht, weshalb ich mich bei der Vorstellung überrasche, sie könne alleinstehend oder geschieden oder lesbisch sein, obwohl mir klar ist, dass es noch eine ganze Menge anderer Möglichkeiten gibt, über die ich lieber nicht nachdenke. So oder so muss ich zugeben, dass das Thema durchaus ergiebig ist – ich erfahre zum Beispiel, dass das Haus Lapacho-Böden besitzt, die Bäder mit Marmor ausgestattet sind, die Küche von einem Innenarchitekten entworfen wurde und die Betten so groß sind, dass drei Personen bequem darin schlafen können.

»Wirklich hübsch«, sage ich, um etwas zu sagen. Eigentlich interessiere ich mich nicht besonders für Immobilien, aber was solls, über irgendwas muss man sich schließlich unterhalten, wenn man mit Campari und Snacks zusammensitzt.

»Ja, wunderschön. Und das Viertel ist wirklich himmlisch ruhig, und so was von friedlich! Außer im Sommer ist dort kaum jemand auf der Straße unterwegs.«

»Genau wie hier.«

»Na ja, mehr oder weniger …«

Wir lachen, und ich frage mich, was diese Frau hierhertreibt, wenn ihr zu Hause ein derartiges Paradies zur Verfügung steht. Mir fallen verschiedene Antworten ein, die alle mit ihrem Geschäft beziehungsweise den Fotos in den Umschlägen zu tun haben. Und ich sage mir, dass ich besser nicht danach frage.

Dann frage ich aber doch: »Warum sind Sie hier, in dieser schäbigen Ferienanlage?«

Nachdenklich gibt sie einen weiteren Eiswürfel in ihren Campari. »Ich bereite einen Event vor, hier in der Nähe, auf dem Land. So was mache ich immer wieder mal. Und in dieser Jahreszeit hat in der Gegend nichts anderes geöffnet.«

»Ich verstehe. Aber mir ist immer noch nicht ganz klar, was für Events Sie organisieren, Vanessa.«

Ich gebe Gas, versuche mit aller Kraft, ihr auf den Pelz zu rücken, aber sie lässt sich offensichtlich nicht so leicht einschüchtern. Kein Tröpfchen Schweiß erscheint auf ihren wirkungsvoll mit Rouge aufgefrischten Wangen. Sie macht eine vage Handbewegung, die eigentlich überflüssig ist – was sie dazu äußert, ist auch so zweideutig genug: »Wie gesagt, es geht um alle möglichen Feiern, Meetings, mit allem, was dazugehört.«

Sie fungiert also als eine Art Party- und Meeting-Veranstalter. Will sie mir zumindest einreden. Ich soll mir vorstellen, wie sie in der Küche steht und das Catering überwacht, die Smokingjacken der Kellner inspiziert und die gespülten Gläser zur Kontrolle gegen das Licht hält.

Damit weckt sie nicht mehr meinen Neid – jetzt sorgt sie dafür, dass die blanke Wut Besitz von mir ergreift.

Aber sie darf nicht merken, wie aufgewühlt ich bin, sie soll keinesfalls Verdacht schöpfen. Ich stehe auf, trete ans Terrassengeländer und tue, als würde ich aufs Meer hinaussehen. Dadurch kann ich ihr wie selbstverständlich den Rücken zukehren. Ich wäre in diesem Augenblick außerstande, mit ihr zu sprechen, ja, sie auch nur anzusehen. Ich muss mich unbedingt wieder in den Griff bekommen.

Ursula und Vanessa

Irgendwann beschließen wir, ein Stück am Strand spazieren zu gehen, der sich jetzt, bei Ebbe, noch weiter ausdehnt. Vom nahe gelegenen Wald dringt leiser Kieferngeruch bis zu uns. Im Mondschein gehen wir leicht schlingernd dahin, untergehakt, um nicht zu stürzen, und lachend wie alte Freundinnen. Vanessa deutet auf den nächtlichen Ozean, und wir bleiben stehen, atmen tief die jodhaltige Luft ein.

»So viel habe ich schon lange nicht mehr getrunken, Ursula.«

»Ich auch nicht. Und dabei mag ich Campari gar nicht, wie gesagt, ich finde, er schmeckt wie Medizin.«

»So schlecht scheinen Sie ihn vorhin aber auch wieder nicht gefunden zu haben. Jedenfalls haben Sie mindestens drei oder vier getrunken, stimmts?«

»Nach dem vierten habe ich aufgehört zu zählen.«

Das ist eine Lüge.

Wir sehen uns an, und sie lacht erneut los. Ich tue es ihr nach.

Wir gehen noch ein Stück. Ich weiß, dass der vom Alkohol hervorgerufene euphorische Rededrang schon bald nachlassen wird. Auf die Geständnisse folgt unweigerlich nachdenkliches Schweigen, vielleicht auch Reue, dass man sich so leicht die Zunge hat lösen lassen.

Die Ferienanlage liegt inzwischen ein paar Hundert Meter hinter uns. Für Helligkeit sorgt hier am Meeresufer ausschließlich der geisterhaft weißliche Mondschein. Obwohl ich erst seit wenigen Tagen hier bin, habe ich bereits eine klare Vorstellung der örtlichen Verhältnisse – die Straße ist weit von hier entfernt, und in den nächstgelegenen Häusern brennt nirgendwo Licht.

Zwei Frauen allein an einem riesigen Strand, bei Mondschein. Irgendwann lösen wir uns voneinander.

»Ich bin ein bisschen müde«, sagt Vanessa, um gleich darauf zu stolpern.

Ich nehme sie am Ellbogen, um ihr zu helfen, sich aufrecht zu halten. Ich merke, dass sie noch etwas sagen will. »Wenn Sie möchten, kehren wir um, Vanessa.«

»Ich glaube, ich muss mich einen Moment ausruhen.«

Wieder stolpert sie, und ich frage, ob alles in Ordnung ist und ob sie wirklich weitergehen möchte.

»Ja, alles in Ordnung. Ich bin bloß müde. Und ein bisschen schwindlig ist mir auch. Vielleicht vom Alkohol.«

Daraufhin lacht nur sie. Ich beschränke mich darauf, sie anzusehen. Dass ich so tue, als wären wir inzwischen enge Freundinnen, ist nicht mehr nötig.

»Setzen Sie sich einfach ein Weilchen hin, hier, auf den Sand.«

Sie ist einverstanden. Sie hat tatsächlich Mühe, auf den Beinen zu bleiben, und ich helfe ihr, sich auf dem Boden niederzulassen. Schön langsam, so. Ja.

Ich setze mich neben sie, und der Geruch ihres Parfüms wabert zwischen uns hin und her wie ein unguter Nebel. Einen bestimmten Duft verbinde ich nicht mit ihr, weil sie ständig das Parfüm wechselt, heute hat sie sich für eine Mischung aus Sandelholz und Bergamotte mit einer leichten Zimtnote entschieden. Für meinen Geschmack viel zu schwer und aufdringlich, aber bestimmt teuer.

»Ich bin fix und fertig. Ich glaube, ich muss mal tief durchatmen.«

»Das geht bestimmt gleich vorbei. Campari kann ganz schön reinhauen …«

Ich hasse den mitleidig verständnisvollen Klang meiner Stimme, aber was sollte ich in diesem Augenblick sonst sagen? Sie nickt eifrig, wie ein Kind, und starrt gedankenverloren Richtung Meer. Ich berühre sie an der Schulter.

»Besser?«

»Nein. Im Gegenteil. Ich fühle mich sehr schlecht. Ich bekomme kaum Luft. Rufen Sie einen Krankenwagen!«

»Ist es wirklich so schlimm? Von dem bisschen Campari?«

Sie sieht mich wortlos an. Und nimmt ein paar tiefe Atemzüge.

»Beugen Sie sich vor, den Kopf zwischen die Knie, Vanessa. Vielleicht ist Ihr Blutdruck niedrig. Angeblich hilft das.«

Blasse Nebelschwaden ziehen vorbei, die Luft wird immer kälter. Ich fasse sie an den Händen, drücke sie sanft. Sie sind eiskalt.

»O Gott, gehts mir schlecht! Wovon ist mir nur so schwindlig, Ursula? Und mein Herz klopft wie verrückt, ich bekomme wirklich kaum noch Luft.«

Sie starrt mich verzweifelt an.

»Was soll ich sagen? Ich bin keine Ärztin. Versuchen Sie, richtig tief einzuatmen.«

Sie holt Luft – oder seufzt –, schließt die Augen. Dann schlägt sie sie wieder auf und sieht mich an. »Mir dreht sich alles. Gehen wir sofort zurück. Ich will nach Hause.«

Irgendwie schafft sie es, auf die Beine zu kommen. Langsam machen wir uns auf den Rückweg.

»Stützen Sie sich bei mir ab, Vanessa. Ja, so.«

Ich tätschele ihre Hand, die auf meinem Arm liegt, und lächle, obwohl mir klar ist, dass sie mich nicht sieht. Bis zur Terrasse ist es nicht mehr weit. In meiner Hütte brennt Licht, ich habe es absichtlich angelassen.

»Mir wird immer schwindliger, was soll ich nur machen?«

»Ich habe mal gehört, dass frische Luft und Alkohol sich nicht so gut vertragen …«

Wind kommt auf, bläst uns ins Gesicht, bläht die Kleider auf. Die letzten Schritte kosten richtig Kraft.

»Ich bekomme keine Luft mehr, Ursula. Rufen Sie den Krankenwagen.«

»Ja, na klar, sobald wir da sind. Aber jetzt müssen Sie noch ein bisschen durchhalten, ich habe nämlich kein Handy dabei.«

Der Wind wirbelt uns Sand in die Augen. Mühsam schleppen wir uns den Strandsteg entlang, in Richtung Terrasse. Sie stützt sich die ganze Zeit bei mir ab, liegt schwer auf meiner Schulter. Ich weiß selbst nicht, wie ich es bis zu meiner Tür schaffe. Hastig öffne ich, schiebe Vanessa hinein und mache hinter uns sofort wieder zu, nicht dass lauter Sand hineingeweht wird. Dann versetze ich meiner Begleiterin einen sanften Stoß – bloß keine Gewalt … Das genügt, langsam sackt sie in sich zusammen, sieht mich dabei erneut mit ihrem verständnislosen Kinderblick an.

»Warum schubsen Sie mich? Warum sind wir bei Ihnen? Ich möchte zu mir, in meine Hütte.«

»Keine Sorge, hier geht es Ihnen bestimmt gleich besser.«

Mir ist kalt, und ich stelle die Klimaanlage auf Heizen. Hoffentlich funktioniert sie wieder anständig. Ich knie mich neben Vanessa, schiebe die rechte Hand unter ihren Kopf und zupfe mit der Linken ihr Haar zurecht. Ich gebe mir Mühe, zärtlich zu wirken, aber der Geruch ihres Parfüms sorgt für eine schwer überwindliche Barriere zwischen uns. Irgendwann hole ich meine Tasche und entnehme ihr die Ausweise, die Schlüssel und das Fläschchen Somnium. Ich wische alles mit einem Taschentuch ab und sage dann zu Vanessa: »Würden Sie die Sachen bitte kurz halten?«

Sie starrt mich mit ihren tellergroßen Augen an, ergreift folgsam alles, was ich ihr in die Hand drücke – ich selbst bediene mich dabei des Taschentuchs –, und lässt es gleich darauf wieder fallen.

»Was soll ich mit den Ausweisen? Und was ist in dem Fläschchen? Rufen Sie einen Krankenwagen, Ursula, und sagen Sie den Leuten, dass ich total am Ende bin.«

»Hier, halten Sie das noch ein bisschen. Seien sie nicht so bockig!«

Wieder gehorcht sie wie ein unschuldiges Schulmädchen. »Rufen Sie den Krankenwagen, bitte! Allein schaffe ich das nicht, wirklich!«

»Das weiß ich doch, Vanessa, immer mit der Ruhe. Ich kümmere mich um alles, keine Sorge.«

Mit dem Taschentuch hebe ich die zu Boden gefallenen Sachen auf und lasse sie – mit ihren Fingerabdrücken darauf – in meine Tasche fallen. Meine Tasche, die schon bald ihre Tasche sein wird. Die Schlüssel lege ich auf den Tisch. Sie sieht mir aufmerksam zu, während ich mich in Richtung Küche bewege. Irgendwann versucht sie, sich aufzurichten. Bestimmt will sie mir etwas sagen, eine Frage stellen. Offensichtlich misstraut sie mir.

»Bleiben Sie liegen, das ist besser für Sie.«

Ich versetze ihr einen Stoß, diesmal kein bisschen sacht. Sie wehrt sich nicht.

»Warum soll das besser sein?«

»Weil Ihnen schlecht ist.«

»Ich will aber nicht liegen, davon wird mir schwindlig.«

»Wie Sie wollen, Vanessa. Ich habe Ihr Gemecker satt. Dann stehen Sie doch auf und gehen rüber in Ihre Hütte, dort fühlen Sie sich bestimmt besser.«

Natürlich wird sie nirgendwohin gehen, raus schafft sie es nicht mehr. Sie versucht es mit Kriechen, mehr als dreißig oder vierzig Zentimeter kommt sie aber nicht voran. Mit gerunzelter Stirn sieht sie mich verdrossen an. Von ihrer Attraktivität ist nichts mehr übrig.

»Ich fühle mich besser, ich glaube, jetzt kann ich aufstehen. Helfen Sie mir.«

»Das glaube ich nicht. Geben Sie sich keine Mühe, es ist zwecklos. Versuchen Sie lieber, sich zu entspannen.«

»Ich habe das Gefühl, gleich schlafe ich ein, oder ich werde ohnmächtig. Haben Sie den Krankenwagen gerufen?«

»Tief durchatmen. Und schön ruhig liegen bleiben.«

»Aber haben Sie jetzt Hilfe gerufen oder nicht, Ursula? Wann kommen die denn?«

»Gleich ist es vorbei, Vanessa.«

Sie wird noch bleicher. »Was soll das heißen?«

»Entspannen Sie sich. Soll ich Ihnen die Bluse ein Stückchen aufknöpfen? Langsam wirds warm hier drin, man merkt, die Klimaanlage funktioniert wieder.«

»Ich verstehe nicht, was Sie meinen.«

Wenn der, der zuhört, nicht versteht, ist immer der schuld, der spricht: Entweder hat er sich nicht klar genug ausgedrückt, oder er hat seinen Gesprächspartner überschätzt. Ich habe Vanessa überschätzt, es macht mir nichts aus, das zuzugeben. Es spielt aber sowieso keine Rolle mehr.

Am liebsten würde ich singen, und das mache ich jetzt auch: *»Zuerst muss man lernen, Leid zu ertragen, danach muss man lernen, was Liebe bedeutet, und dann muss man fortgehen und an gar nichts mehr denken …«*

»Ursula, was soll das? Ich kann nicht mehr, mir fallen die Augen zu. Helfen Sie mir bitte, Ursula! Wann kommt der Krankenwagen? Und geben Sie Pedro Bescheid, dem fällt bestimmt was ein.«

Rufen Sie den Krankenwagen! Rufen Sie den Krankenwagen! Rufen Sie den Krankenwagen! Irgendwann wird die ständige Wiederholung lästig und kontraproduktiv für den, der um Hilfe bittet.

Sie nimmt meine Hand, streichelt sie. Ihre Hände sind eiskalt. Tränen laufen ihr übers Gesicht, fallen auf den Boden. Allmählich empfinde ich so etwas wie Mitleid. Dann nehme ich wieder ihr schweres süßliches Parfüm wahr. Teuer und aufdringlich. Heftig entziehe ich ihr meine Hand.

»Seien Sie still. Vom Meeresrauschen wird man so schön schläfrig, ist das nicht wunderbar?«

»Ich muss versuchen, mich wach zu halten! Ich darf jetzt doch nicht einschlafen!«

»Wie Sie wollen, es spielt sowieso keine Rolle mehr.«

Wieder versucht sie, sich aufzurichten, gleichermaßen ungeschickt wie zwecklos. Der Duft ihres Parfüms wird schwächer, trennt uns aber weiterhin. Gnadenlos stoße ich sie zurück. Auch als sie wieder flach auf dem Boden liegt, hört sie nicht auf, zu sprechen. Wann gibt sie endlich Ruhe?

»Doch, Ursula, ich darf auf keinen Fall einschlafen, bevor der Krankenwagen da ist.«

»Wir sind hier nicht im Film. Hören Sie auf mit dem Quatsch, ich habe genug von Ihrem Gerede.«

Ein kurzer spitzer Schrei unterbricht uns. Erschreckt blicke ich zum Fenster. Vielleicht war es ja nur eine Möwe, die im Tiefflug vorbeigeschossen ist und gekrächzt hat.

Vanessa sagt weinend: »Sie haben mir was gegeben, geben Sies zu!«

Sie versucht, mich am Mantelaufschlag zu packen. Wütend wehre ich ihre Hand ab, stoße sie zurück. Diesmal schlägt ihr Kopf mit dumpfem Knall auf den Steinplatten auf.

»Was soll ich Ihnen denn gegeben haben?«, erwidere ich lachend. Das Lachen soll meinen Ekel überdecken, meine Ungeduld – ich möchte, dass die Sache endlich vorbei ist.

»Ein Schlafmittel.«

Ich schüttele den Kopf. Auf was für Gedanken die Leute kommen!

Ich könnte einfach weggehen und sie sich selbst überlassen, oder auch dableiben und ihr Spiel mitspielen. Ich beschließe, weder das eine noch das andere zu tun. »Sie täuschen sich, meine Liebe, ich habe Ihnen kein Schlafmittel gegeben.«

Sie schluchzt noch heftiger. »Was denn dann?«

Ich seufze, allmählich wird die Geschichte anstrengend. Sie reißt die Augen noch weiter auf, starrt mich an, versucht zu verstehen. Dann streckt sie die Hand aus, ergreift erneut meinen Mantel und zerrt an mir. Keine Ahnung, woher sie die Kraft dafür nimmt.

»Sie haben mir etwas in mein Getränk getan, das letzte Glas hat komisch geschmeckt.«

Um meinen Hass zu überdecken, tue ich, als würde ich mitleidig lächeln. Und seufze. Ich möchte, dass die Sache endlich vorbei ist, auch ich werde langsam müde.

Auf einmal riecht es verbrannt, wahrscheinlich die Klimaanlage; bevor ich aus der Hütte gehe, darf ich eine Sache nicht vergessen.

»Ein Schlafmittel, stimmts? Sie haben mir bloß ein Schlafmittel gegeben, oder?« Um sie zum Schweigen zu bringen, streiche ich ihr übers Haar, aber sie lässt nicht locker. »Sie sind ein schlechter Mensch, Ursula.«

»Es gibt keine schlechten Menschen, Vanessa, es gibt bloß Opfer. Sie gehören allerdings nicht unbedingt dazu.«

»Sie sind bösartig und pervers. Das habe ich sofort gemerkt, gleich bei unserer ersten Begegnung.«

»Bösartig, sagen Sie? Na ja, könnte sein. Aber nur ein bisschen, und nur ganz selten. Stimmt schon, ich habe mich an einem Raub beteiligt, und ich habe noch schlimmere Sachen angestellt, da will ich Ihnen nichts vormachen. Ich habe getötet, zum Beispiel. Aber wirklich bösartig bin ich nicht. In diesem Augenblick tun Sie mir sogar leid, trotz allem. So wie mir meine Tante Irene leidgetan hat, nachdem ich sie in die Hölle geschickt hatte. Mein Vater hat mir nicht leidgetan, nein. Und Sie bräuchten mir eigentlich auch nicht leidzutun, ohne Sie wird die Welt jedenfalls besser sein. Aber Sie sehen ja, ich komme nicht dagegen an, ich bin nun mal eine empfindsame Person.«

Lange bleibt es still, keine von uns sagt etwas oder rührt sich auch nur. Sie atmet immer heftiger, ganz nahe an meinem Ohr, so nah, dass ich sie küssen oder beißen könnte. Ich ziehe meinen Kopf ein wenig zurück, streiche ihr über den Haaransatz, als bräuchte sie Frieden und ich könnte ihn ihr geben. Das kann ich aber nicht, Leute wie sie haben auf der Welt nichts zu suchen, sie sind nur eine Last, und man muss sehen, dass man sie loswird.

Ich weiß, dass mein Lächeln bloß gespielt wirkt, und gebe mir keine Mühe, das zu vertuschen. Sie schüttelt den Kopf, als hätte ich einen unanständigen Witz gemacht.

»Sehen Sie mal, draußen klart es auf. Vielleicht ist schon bald der Mond zu sehen, riesig groß.«

»Mein letzter Campari, er hat so seltsam geschmeckt. Ich weiß schon, als ich auf die Toilette gegangen bin, haben Sie mir was reingetan. Sie sind ein schlechter Mensch, das habe ich sofort gewusst. Bösartig, und eine Spannerin. Ich habe gemerkt, dass Sie mich durchs Fenster beobachtet haben.«

Da steigt der Zorn in mir auf, und ich schreie wütend: »Sei still, du Miststück! Wenn dir klar wäre, wie wenig Zeit dir noch bleibt, würdest du sie jetzt nicht mit so einem Quatsch vergeuden. Sieh dir den Nachthimmel an, nutze deine Zeit, deine letzten Augenblicke. Denn hier kommst du nie raus.«

»Was haben Sie mir in den Campari getan?«

»Somnium, Vanessa, so viel, dass Ihr erbarmungsloses Herz stehen bleibt. Hundertprozentig wirkt es nicht, eine winzige

Überlebenschance haben Sie. Aber keine Sorge, ich kenne mich damit aus, und obwohl Sie eigentlich kein Mitleid verdient haben, werden Sie nicht leiden.«

Vanessa reißt den Mund auf. Als wollte sie losschreien, sie schreit aber nicht los. Ihr Gesicht verzieht sich, die Mundwinkel sinken hinab. Ich betrachte sie, denke daran, wie faszinierend, ja, attraktiv ich sie anfangs fand, bis all das in Wut und Abscheu umschlug.

»Ich habe schon anderen Leuten beim Sterben geholfen, Vanessa. Meiner Tante Irene, einer Frau in einem Park. Sterben ist gar nicht so schwer. Schließen Sie die Augen, und lassen Sie die Dinge ihren Lauf nehmen.«

Der Blick ihrer riesig großen Augen ist erschreckend klar und herausfordernd.

Offenkundig wollte sie mir noch etwas sagen, hat sich zuletzt aber dagegen entschieden, vielleicht, weil es nicht mehr wichtig war. Zu spät war es so oder so. In der Stille ist nur noch das leise Gemurmel der Klimaanlage zu hören.

Ich verzichte auf mein falsches Lächeln und stelle das Somniumfläschchen mit ihren Fingerabdrücken daran neben sie.

Ich empfinde gleichzeitig Ekel und Angst.

Erneut nehme ich den Brandgeruch wahr. Pedro hat mir eine Leiter dagelassen. Ich steige hinauf und werfe einen Blick in den Sicherungskasten. Im Inneren sprühen Funken, das reinste Feuerwerk.

Pedro

Er setzt sich aufs Bett. In der Hoffnung, dass das rasende Herzklopfen nachlässt, legt er die Hände an den Kopf und versucht, gleichmäßig zu atmen. Er schließt die Augen. Nach einer Weile hat er das Gefühl, wie aus einer Trance zu erwachen. Als er die Augen wieder aufmacht, ist ihm zwar noch schwindlig, aber er ist trotzdem halbwegs klar im Kopf. Mühsam steht er auf und zieht sich an. Er hat keine Zeit mehr zu verlieren. Hastig begibt er sich in die Küche, nimmt das dort bereitliegende Päckchen und geht hinaus in die Nacht.

Schweißtropfen stehen auf seiner Stirn, rollen ihm über die Wangen und den Hals hinab.

Er wirft einen Blick zurück. Falls sein eigenes Haus in Flammen stünde und er wählen müsste – was würde er mitnehmen? Nichts, keines der Dinge hier ist ihm in irgendeiner Weise ans Herz gewachsen, in der ganzen Zeit nicht, die er jetzt schon hier wohnt.

Es ist eisig kalt und der riesige Vollmond hinter dichten Wolken verschwunden. Auch sonst zeigt sich nirgendwo ein Stern. Eilig geht er den Kiesweg entlang, durchquert den Steingarten. Auf einmal bleibt er stehen, zögert. Wie ein Schauspieler, der seine Rolle nicht richtig einstudiert hat. Seufzend geht er schließlich weiter und ist schon bald am Ziel. Er wickelt das Päckchen aus, entnimmt ihm die Kerze und die Feueranzünder.

Trotz der Dunkelheit braucht er keine Taschenlampe, er kennt die Anlage in- und auswendig. Er nähert sich der hölzernen Rückwand von Hütte acht, sucht nach dem zuvor ausgewählten Loch, eine Art Hohlraum in einem der Balken. Er stellt die Kerze hinein, legt die Anzünder daneben, überprüft, dass das Ganze ausreichend vor dem Wind geschützt ist. Brennt in der Hütte etwa noch Licht? Ist Ursula noch wach? Besser wäre es, sagt er sich, dann würde sie den Rauch bemerken und die Hütte gleich darauf verlassen. Durch den Gedanken fühlt er sich ermutigt. Er holt das Feuerzeug aus der Tasche, lässt es einmal aufflammen, nähert es dann dem Docht und zündet ihn an.

Die Kerze wird in spätestens dreißig Minuten hinuntergebrannt sein und dann die Anzünder in Brand setzen. Er wird zu diesem Zeitpunkt bereits weit weg von hier sein, in der Kneipe. Und morgen werden alle Säufer des Ortes aussagen, dass er mit ihnen beim Bier saß, als das Feuer ausbrach.

Gleich ist es so weit.

Er braucht bloß noch zum Auto zu gehen, einzusteigen und zur Bar zu fahren. Aber er kann sich nicht entscheiden, steht wie angewurzelt da. Spürt ein wildes Hämmern hinter der Stirn. Brennt da nun noch Licht oder nicht? Und wenn die Frau doch schon schläft, und dann auch noch tief? Nicht auszudenken …

Aber er meint, er hätte Licht gesehen, also muss sie wach sein. Und wenn sie bei eingeschaltetem Licht schläft? Ob er das Ganze verschieben soll, vielleicht auf morgen Mittag? Nein, bei Tageslicht kann er viel leichter gesehen werden. Und wenn er eine andere Hütte anzündet? Eine, die gerade nicht bewohnt wird? Nein, in Hütte acht gab es doch die Probleme mit der Elektrik, deswegen war Vanderlei ja da, und er wird auch bezeugen können, dass er den Schaden bestmöglich behoben hat. Denn die Versicherung wird natürlich Fragen stellen. Die Versicherung, die Versicherung, die Versicherung. Er spürt, wie sich sein Magen zusammenzieht. Er seufzt leise. Er will gar nicht daran denken, was alles passieren kann.

Gleich wird hier alles in Flammen stehen.

Er geht ein paar Schritte in Richtung Parkplatz, bleibt dann stehen und fasst sich an den Kopf. Dreht um, kehrt zur Hütte zurück, kauert sich vor die Öffnung, bläst die Kerze aus und holt sie zusammen mit den Anzündern aus dem Loch. Er kann auch so in die Kneipe gehen, etwas trinken, unter Leuten sein und versuchen, seine Sorgen loszuwerden. Ja, genau das wird er jetzt machen. Als er sich wieder ein Stück von Ursulas Hütte entfernt hat, stellt er fest, dass dort tatsächlich Licht brennt, er könnte es also doch riskieren.

Aber er weiß, dass er sich nicht noch einmal dazu wird aufraffen können.

Ursula

Ich bereite den Schauplatz vor. Als Erster wird wahrscheinlich Pedro eintreffen. Er wird die Polizei anrufen. Deren Beamte werden die Hütte und ihre Umgebung mit Absperrband einzäunen und sich an die Spurensicherung machen – es könnte ja ein Verbrechen vorliegen, auch wenn das Fläschchen mit Somnium, das sie vorfinden werden, den Gedanken an einen Selbstmord nahelegen wird.

Der Brandgeruch wird langsam unerträglich. Verfluchte Klimaanlage!

Nach dem Mobiltelefon der Verstorbenen werden sie vergeblich suchen. Dass diese Frau tatsächlich keins besessen haben soll, wird ihnen seltsam, ja, verdächtig vorkommen. Na und? Sollen sie doch denken, was sie wollen, es wird jedenfalls nichts vorhanden sein, was mich in ein schlechtes Licht rücken könnte.

Ich muss ihr Haar verändern, es in mein Haar verwandeln. Zum Glück hat die Totenstarre noch nicht eingesetzt. Das Haar wird vermutlich als Erstes verbrennen, ich kann jedoch nicht ausschließen, dass sie genauere Untersuchungen vornehmen werden. Ich breite Papier auf dem Boden aus, damit nichts schmutzig wird. Mein blondes Haarfärbespray, sachgerecht angewandt, wird Wunder wirken. Ich drehe die Leiche um, breite sorgfältig das Haar aus und besprühe es mit dem Spray in meiner – Ursulas – Farbe. Fertig. Pedro könnte womöglich auffallen, dass ihr Haar etwas kürzer als meins ist, aber sehr wahrscheinlich erscheint mir das nicht, ich bezweifle, dass er sich die Mühe machen wird, die Leiche genauer in Augenschein zu nehmen. Wo er mich schon zu Lebzeiten nicht mochte, wird er mich als Tote wohl kaum interessanter finden. Ganz davon abgesehen, dass das Haar weitgehend verkohlt sein wird.

Meine Papiere stecke ich in die Handtasche und hänge die Tasche an den Stuhl.

Dann knie ich mich neben die Tote, kleide sie behutsam aus und streife ihr meine Sachen über – meine Feministinnenkluft aus Chuy. Nackt gehe ich ins Bad und ziehe mir die Bluse und die Hose an, von denen ich Vanessa soeben befreit habe. Im Spiegel sehe ich daraufhin eine schöne Frau in einer supereleganten, knittrig elfenbeinfarbenen Seidenkombination. Die .38er schiebe ich mir in den Hosenbund. Vanessas Mobiltelefon befindet sich in ihrer Hosentasche. Ich lasse es dort, muss aber später daran denken, die SIM-Karte rauszunehmen und zu vernichten, wie bei den anderen. Ich kehre ins Wohnzimmer zurück.

Die Leiche übt dieselbe Mischung aus krankhafter Anziehung und heftigem Ekel auf mich aus wie Vanessa, als sie noch lebte. Ich betrachte sie und stelle fest, dass ihr Gesicht noch nicht grau ist, noch nicht die typische Farbe des Todes angenommen hat. Wo der rosafarbene Schimmer auf ihrer immer noch ganz natürlich hellen Haut herrührt, kann ich mir nicht erklären, der einsetzende Zerfallsprozess oder aber die Schminke, die sie vor ein paar Stunden aufgetragen hat, könnten der Grund dafür sein. Rouge auf heller Haut trägt bei einer lebendigen Frau zu deren Schönheit bei, bei einer Toten wirkt es jedoch irgendwie unpassend oder künstlich, ja, gezwungen, und deshalb stört es mich.

Ich weiß, ich muss hier raus, jemand könnte mich zu dieser ungewöhnlichen Uhrzeit sehen, vorläufig bin ich jedoch nicht imstande, den Blick von der Toten abzuwenden, ich sage mir vielmehr weiterhin, dass dieser rötliche Schimmer auf den

Wangen mir zuwider ist, so geht das nicht, das passt einfach nicht zu einer Leiche.

Ich muss etwas dagegen unternehmen.

Ohne zu überlegen, knie ich mich erneut neben Vanessa, hole ein Taschentuch hervor, hebe mit der einen Hand ihren Kopf an und streiche ihr mit dem Tuch in der anderen Hand gleichermaßen sanft und sorgfältig über die Wangen. Dabei bildet sich ein Kloß in meinem Hals, und für einen Moment wallt die ein wenig naive Zärtlichkeit in mir auf, wie man sie für jemanden empfindet, von dem man weiß, dass er sich auf eine Reise ohne Wiederkehr begibt. Mit der Zeit wird mein Reiben heftiger, bis die unpassende Rötung, der verfluchte Rosaton zuletzt vollständig von ihrem toten Gesicht verschwunden ist.

Jetzt habe ich endlich eine Leiche vor mir, die auch wie eine Leiche aussieht. Da lasse ich ihren Kopf los, der mit dumpfem Geräusch auf dem Boden aufprallt, wodurch er für den Bruchteil einer Sekunde neues Leben zu erlangen scheint – die letzte Bewegung dieses Körpers, der in etwa zwei Stunden in Totenstarre übergehen wird.

Der Brandgeruch wird immer stärker, ich muss jetzt aber wirklich so schnell wie möglich hier raus.

Ich stehe auf und gehe noch einmal ins Bad, stecke meine Zahnbürste, das letzte brasilianische Handy und die Schere ein, die Pedro mir geliehen hat. Dann wische ich mit dem Badeschwamm über möglichst viele Stellen in der Hütte, wo ich Fingerabdrücke hinterlassen haben könnte, obwohl ich bezweifle, dass in einem so offensichtlichen Fall diesbezügliche Untersuchungen durchgeführt werden.

Zuletzt klettere ich auf die Leiter und öffne erneut den Sicherungskasten, wo inzwischen immer heftiger die Funken sprühen. Dort deponiere ich den Schwamm, den ich zuvor mit Nagellackentferner angefeuchtet habe.

Ich steige wieder hinunter und stelle die Klimaanlage auf die wärmste Stufe.

Auf dass geschehe, was geschehen muss.

Nach einem letzten Blick auf Vanessa schalte ich das Licht aus und verlasse die Hütte.

Und betrete die Hütte nebenan, im Wissen, dass niemand mich sehen wird. Höchstens die Bewohnerin der Nachbarhütte käme als Zeugin infrage, aber die zählt inzwischen nicht mehr …

So eilig ich es auch habe, mein neues Leben aufzunehmen, darf ich darüber doch etwas sehr Wichtiges nicht vergessen. Trotz der Müdigkeit und Angespanntheit muss ich mir mein Haar vornehmen. Ich schneide es mir und färbe es anschließend mit Vanessas Tönung. Nach dem Föhnen frisiere ich mich, bis ich mit dem Ergebnis zufrieden bin.

Jetzt bin ich eine andere Frau, jetzt bin ich sie.

Ich lege mich angezogen auf ihre Bettdecke, nehme ihren Schlafplatz in Besitz. Dann ziehe ich mich aus und schlüpfe in ihr Nachthemd, das ich unter dem Kissen entdeckt habe. Ich will mich von der Müdigkeit befreien, den Ekel und die Abscheu loswerden. Und mich ihres Lebens bemächtigen.

Bald wird dort drüben alles in Flammen stehen.

Rocco

Was da so kalt und düster auf den Ort herabsank, war die Nacht. Die Nacht, die auch jetzt noch über dem nassen Strand, den leeren Straßen, den zwei, drei späten Heimkehrern, die in ihren Häusern verschwinden, und den wenigen Autos und schwarzen Katzen liegt, die um diese Uhrzeit umherstreifen.

Er sitzt im Wagen und wartet. Betrachtet sein Gesicht im Rückspiegel, die grünliche Farbe, die Bartstoppeln. Er hat Hunger und sehnt sich nach einer Dusche, er ist müde, aber er hat noch etwas zu erledigen, denn unerledigter Dinge kann er nicht zu seinem eigentlichen Ziel, nach João Pessoa, aufbrechen. Ihm ist klar, dass er zuvor noch sämtliche Spuren tilgen muss, und er fühlt sich wie ein Raubtier, das schon bald zur Jagd aufbrechen wird.

Wachsam sitzt er im Wagen.

Er hat beobachtet, wie die beiden in der Dämmerung zusammen getrunken und gelacht haben. Irgendwann sind sie zu einem Strandspaziergang aufgebrochen, um später mit schlingernden Schritten zurückzukehren, sich gegenseitig stützend, was bestimmt den vielen Camparis geschuldet war.

Die beiden sind in die Hütte der anderen Frau gegangen, die er für Vanessas Schwester hält. Nach einiger Zeit erlosch in der Hütte das Licht, und ein Schatten kam heraus – Vanessa hat sich in ihre eigene Hütte begeben. Eine Zeit lang hat dort noch das Licht gebrannt.

Er hat gewartet, bis es ebenfalls ausging.

Jetzt muss er sich beeilen, er muss vor Tagesanbruch fertig sein.

Die Jahre im Gefängnis haben seinem Körper einiges abverlangt, die Müdigkeit, der Hunger und die Kälte setzen ihm immer stärker zu. Trotzdem wird Rocco tun, was zu tun ist. Keine Spuren hinterlassen, keine Zeugen.

Er wird einen der Kanister nehmen, die der Russe ihm mitgegeben hat, und aussteigen. Wie ein erfahrenes Raubtier wird er den Strandsteg entlangschleichen bis zur Ferienanlage. Im eisigen Nebel, der ihn bis auf die Knochen auskühlt, wird er die Häuser des Ortes jenseits der Dünen erahnen und an das triste Leben ihrer Bewohner denken, den Geruch nach aufgewärmtem Essen, die harten abgewetzten Sessel, die kümmerlichen Geranien in alten Blechdosen, die Kinder ohne Zukunft, die ungepflegten Gräber am äußersten Ende des Friedhofs. Dann wird er hinter einem Aloestrauch hervortreten und auf die Hütte zugehen, in der die Frau schläft, die ihn mit der Tasche aus Vanessas Hütte hat kommen sehen. Bis er ihr fast so nahe ist, dass er ihr zuflüstern könnte, dass sie gerade ihren letzten Schlaf angetreten hat …

Er wird den Kanister aufschrauben und den Inhalt dort vergießen, wo das Strohdach fast bis zum Boden reicht.

Mit den Zähnen knirschend, wird er das Feuerzeug hervorholen.

Er wird die Ferienanlage hinter sich lassen, während die kleine Feuerflamme an der Holzwand leckt und sich ins Stroh verbeißt. In der Ferne wird ein Hund zu bellen anfangen.

Bald wird dort drüben alles in Flammen stehen.

Er wird durch die Dünen zu seinem Auto laufen. Wenn er wieder am Steuer sitzt, wird er einmal mehr den kalten, glatten, schweren und überlebenswichtigen Pistolengriff betasten.

Auf der Uhr wird er sehen, dass es gleich sieben Uhr ist, an diesem dunklen sonnenlosen Tag, an dem es erst gegen acht allmählich aufklaren wird. Das Rauschen des Meeres wird die immer noch menschenleere Straße erfüllen.

Er wird gegen den Wunsch nach einer Tasse Kaffee ankämpfen und wachsam im Auto sitzen bleiben, bis er sich ganz sicher sein kann, dass niemand da lebend rauskommt.

Bald wird dort drüben alles in Flammen stehen.

Ursula

Zuerst nehme ich eine seltsame Helligkeit wahr, einen ungewöhnlichen Glanz, der durchs Fenster dringt. Ich denke, es ist Mittag, und beim Blick auf die Uhr traue ich meinen Augen nicht – es ist gerade mal sieben. Die Luft im Zimmer ist stickig, und wieder ist da dieser Brandgeruch. Ich springe aus dem Bett, trete ans Fenster, ziehe den Vorhang auf und sehe die Flammen, nur wenige Meter entfernt – die Nachbarhütte brennt.

Plötzlich sind eilige Schritte zu hören, aufgeregte Stimmen, die immer lauter werden. Jemand klopft an die Tür und ruft einen Namen.

»Kommen Sie raus, Vanessa, schnell! Die Nachbarhütte brennt. Hallo! Sind Sie wach? Beeilen Sie sich, jeden Augenblick kann ein Funke auch Ihre Hütte in Brand setzen …«

Das ist Pedro. Ich habe den Eindruck, er wird gleich die Tür einschlagen, so heftig hämmert er dagegen. Was ist denn los? Warum nennt er mich die ganze Zeit Vanessa? Da fällt es mir wie Schuppen von den Augen – die Camparis, der Strandspaziergang, mein Umzug … Ich streiche mir übers Haar, und mein neuer Name fällt mir wieder ein.

»Einen Moment, bitte.«

Wo gibt es hier wohl einen Bademantel? In der Eile ziehe ich einfach einen Mantel über das Nachthemd. Der Brandgeruch wird immer stärker, hastig öffne ich die Tür und gehe hinaus.

Draußen herrscht das reinste Chaos. Die Hütte brennt

lichterloh, mehrere Nachbarn sprühen mit Feuerlöschern aus ihren Autos in die meterhohen Flammen oder reichen sich Wassereimer, um sie ins Feuer zu kippen – ein aussichtsloses Unterfangen.

Ängstlich sehe ich mich nach ihr um. Aber sie ist nirgendwo zu entdecken. Absurde Angst schnürt mir die Kehle zu. »Pedro, wo ist Ursula?«

Der Mann legt die Hände ans Gesicht. »In der Hütte ...«

»Was? Was sagen Sie da?«

»Sie hat es nicht rechtzeitig rausgeschafft, Senhora Vanessa. Offensichtlich ist sie im Schlaf vom Feuer überrascht worden ...«

Meine tragische Ader, mein Hang zum Melodramatischen, macht sich bemerkbar. Jedenfalls ist meine Verzweiflung nicht gespielt. »Wir müssen sie unbedingt rausholen, Pedro. Tun Sie doch was! Wenn die Flammen sie nicht umbringen, erstickt sie! O Gott!«

»Unmöglich, Senhora Vanessa! Da kann jetzt keiner rein, sehen Sie selbst! Aber gleich kommt die Feuerwehr, vielleicht haben die ja ...« Er verstummt und sieht mich ratlos an.

Tränen laufen mir übers Gesicht, ich ringe nach Luft. Liegt es am Rauch, oder verspüre ich trotz allem so etwas wie Mitleid?

Schluchzend falle ich Pedro um den Hals, umarme ihn fest, lasse den Kopf auf seiner Schulter ruhen. Er bleibt jedoch reserviert, steif, kalt. Obwohl auch er weint, wirkt er wie abwesend. Soll er doch – ich lasse mir meine Verzweiflung nicht nehmen.

Nein, sage ich mir nach einer Weile, so nicht, Pedro könnte auffallen, dass meine Stimme anders klingt, dass ich nicht haargenau wie Vanessa aussehe, er könnte Verdacht schöpfen, das Gefühl bekommen, dass da irgendwas nicht stimmt, dass er nicht die richtige Vanessa vor sich hat.

Schlagartig löse ich mich von ihm, trete zur Seite, versuche, mein Gesicht zu verbergen, indem ich den Mantelkragen hochschlage. Dann drehe ich mich um, kehre ihm den Rücken zu und mische mich unter die Menschenmenge, die sich inzwischen angesammelt hat.

Wahrscheinlich hat er gar keinen Verdacht geschöpft. Wir alle sehen doch immer nur, was wir sehen wollen, und Pedro ist es bestimmt lieber, Ursula ist tot, und nicht Vanessa. Außerdem ist er inzwischen ganz damit beschäftigt, Wasser auf die Dächer der anderen Hütten zu kippen, damit der Brand sich nicht noch ausdehnt.

Sirenengeheul kommt näher, das Geräusch mischt sich mit dem Knistern der Flammen und dem Ächzen der berstenden alten Balken.

Ich wende mich ab, blicke in Richtung Meer, versuche, im fernen Sand unsere Spuren von letzter Nacht auszumachen, bis ich mir irgendwann mit einem Kopfschütteln sage, dass inzwischen ja längst die Flut eingesetzt und unsere Fußabdrücke ausgelöscht hat. Ihre letzten Fußabdrücke, verbessere ich mich. Und wische mir die Tränen aus dem Gesicht.

Womit es jetzt aber auch genug ist, Schluss mit dem Theater!

Künftig werde ich vorsichtiger sein müssen, so wie gerade mit Pedro darf ich mich jedenfalls nicht noch einmal gehen lassen. Er – wenn auch nur er – wäre durchaus imstande, meine Maskerade zu bemerken. Zum Glück ist er vorläufig noch ganz außer sich. Vorsicht ist auf jeden Fall besser, als später das Nachsehen zu haben.

Aber was heißt hier eigentlich künftig? Habe ich etwa vor, ewig an diesem Ort zu bleiben? Wer zwingt mich dazu, an diesem windig feuchten Strand auszuharren, in dieser schäbigen Ferienanlage? Ich könnte mich sofort davonmachen. Nein, keine gute Idee, damit würde ich womöglich Verdacht erregen. Aber über den morgigen Tag hinaus brauche ich trotzdem nicht zu warten. Sobald es so weit ist, werde ich mein neues Auto besteigen, und dann heißt es: »Auf Wiedersehen, Los Troncos! Jetzt fängt mein neues Leben an!«

Beim Eintreffen der Feuerwehr gibt es nicht mehr viel zu retten. So schnell sie ihre Schläuche auch ausrollen und mit dem Spritzen anfangen, mehr als ein Haufen verkohlter Balken ist zu diesem Zeitpunkt nicht zu löschen. Erst danach können sich die Polizei, die Leute von der Spurensicherung und der Gerichtsmediziner an die Arbeit machen.

Unter den Polizeibeamten ist auch eine Frau in Kommissarsuniform. Pedro geht auf sie zu, gibt ihr die Hand und unterhält sich mit ihr. Offensichtlich ist er immer noch nicht wieder ganz bei sich. Sie umkreist einmal das, was von der Hütte übrig ist, und wendet sich anschließend erneut Pedro zu, holt ihr Notizbuch hervor, hört ihm zu und macht gelegentlich Eintragungen.

Irgendwann deutet Pedro auf mich, und sie nickt.

Pedro

Schrecklich, Kommissarin Pintos Cunha, so viel Unglück auf einen Schlag! Ein Feuer bricht aus, Senhora López kommt auf grauenvolle Weise ums Leben, und ich verliere Hütte acht. Und all das innerhalb von nicht mal einer Stunde.

Ich war mit dem Auto auf der Rückfahrt von der Kneipe, Sie wissen schon, ein paar Kilometer von hier, an der Fernstraße. Und die ganze Zeit hatte ich so ein komisches Gefühl, wie eine Vorahnung. Wissen Sie, Frau Kommissarin, wenn man, wie ich, Holzhäuser besitzt, macht man sich ständig Sorgen. Hoffentlich lässt keiner von den Gästen den Ofen an, oder den Grill. Es reicht ja schon, wenn einer seine Zigarette nicht richtig ausmacht! Und dann noch die Elektrik …

Wäre die Nacht nicht so neblig gewesen, hätte ich die Rauchsäule gesehen, spätestens als ich in die Zufahrtsstraße eingebogen bin. Erst als ich fast in Barra war und die Wolken für einen Moment aufgerissen sind, habe ich in der Ferne die von den Flammen beleuchteten Schwaden entdeckt. Und da habe ich gewusst, dass ich recht hatte mit meiner Vorahnung. Ich habe natürlich sofort Vollgas gegeben. Die Wolken haben sich wieder vor den Mond geschoben, aber ich habe kein Licht mehr gebraucht, mir war klar, dass das Feuer nur in Los Troncos sein konnte.

Ich weiß gar nicht mehr, wo ich das Auto abgestellt habe, Frau Kommissarin. Das letzte Stück bin ich jedenfalls gerannt, und da habe ich schon die Nachbarn gesehen, mit ihren Feuerlöschern, und habe geschrien, sie sollen die Feuerwehr anrufen.

Aber da stand Hütte acht schon total in Flammen, das war aussichtslos. Und so, wie der Wind geblasen hat, hätte sich das Feuer jederzeit ausbreiten können. Senhora Steel ist aus ihrer Hütte gekommen, im Nachthemd, mit einem Mantel drüber, und hat gerufen, dass ihre Nachbarin noch in der Hütte ist, also in Hütte acht. Aber zu dem Zeitpunkt konnte da keiner mehr rein, der wäre sofort verbrannt. Ich habe zusammen mit den Nachbarn die Dächer von den anderen Hütten nass gespritzt, damit die nicht auch noch in Brand geraten. Hütte acht ist jedenfalls total zerstört, bis ich die wieder aufgebaut kriege, das dauert, und es wird mich einen Haufen Geld kosten. Ja, Frau Kommissarin, zum Glück bin ich versichert, Gott sei Dank! Aber Sie wissen ja, wie das ist – bis die mal mit dem Geld rausrücken, das einem zusteht … Und dann ist da natürlich noch Senhora López, was für eine Tragödie! Ob sie gemeldet war? Selbstverständlich, irgendwelche illegalen Sachen kommen bei mir nicht infrage. Sie wissen ja, hier versuchen immer wieder Kriminelle, heimlich die Grenze zu überqueren. Aber nicht mit mir! Wer zu mir kommt, der weiß, dass ich Papiere sehen will und dass ich immer eine Rechnung ausstelle. Bei mir läuft alles vorschriftsmäßig ab. Wenn Sie wollen, können wir gleich rüber in die Rezeption gehen, dann händige ich Ihnen sämtliche Unterlagen aus, die mit der Frau zu tun haben. Wie ich diese Senhora López fand? Ich will ja nichts Schlechtes über die Verstorbene sagen, Frau Kommissarin, aber ich muss zugeben, dass ich von Anfang an den Eindruck hatte, dass sich hinter ihrer gleichmütigen Miene ein Geheimnis verbirgt. Was für ein Geheimnis? Das kann ich nicht so genau sagen. Aber als ich sie zum ersten Mal gesehen habe, an der Rezeption, hatte ich gleich so ein komisches Gefühl. Und jetzt ist sie auf einmal tot, tja ja … Aber wissen Sie was? Ihrer umherirrenden Seele möchte ich bei Nacht nicht über den Weg laufen!

Es ist so schon alles schlimm genug, Frau Kommissarin.

Pintos Cunha

Das Feuer ist am frühen Morgen ausgebrochen. Der Mann, der seinen Hund spazieren führte, sagt, dass er es zuerst gerochen und dann die Rauchschwaden gesehen habe, die vom Wind über den Strand getrieben worden seien. Als er näher gekommen sei, habe er festgestellt, dass sie tatsächlich von Los Troncos ausgingen, von einer von Pedros Hütten. Zum Glück sind um die Jahreszeit keine Gäste da, sei sein erster Gedanke gewesen, aber da habe er ja noch nicht gewusst, dass eine Frau in den Flammen gefangen war. Er heiße João Nunes, verkündet er, und er könne oft schlecht schlafen, weshalb er morgens normalerweise schon früh das Haus verlasse. Er wache noch vor Sonnenaufgang auf, breche allerdings erst auf, wenn es hell werde. »Wegen der Unsicherheit, wissen Sie, Frau Kommissarin? Früher habe ich mich zu egal welcher Uhrzeit auf den Weg gemacht, aber inzwischen sind dermaßen viele Kriminelle unterwegs, da heißt es vorsichtig sein. Die rauben einen aus oder bringen einen um, ohne mit der Wimper zu zucken.« Trotzdem sei er heute schon um sieben los, erklärt er, obwohl es noch dunkel war, der Hund sei einfach dermaßen unruhig gewesen. Vielleicht habe der ja buchstäblich etwas gerochen … Unten am Strand habe er die Rauchschwaden gesehen, und der Hund habe angefangen zu bellen, und als sie dann bei der Ferienanlage angekommen seien, habe er auch die Flammen gesehen. Er habe Ausschau gehalten, für den Fall, dass irgendwo eine verdächtige Person zu sehen war. Inwiefern verdächtig? »Das kann ich nicht so genau sagen«, erwidert er und räuspert sich mehrmals. »Vielleicht, weil ich in diesem Augenblick angenommen habe, das Feuer könnte vorsätzlich gelegt worden sein. Wo wir gerade davon sprechen – seit Tagen ist hier in der Gegend ein Auto unterwegs.« Ob ein Mann oder eine Frau am Steuer sitze, wisse er nicht, das Auto habe nämlich getönte Scheiben. Ein grauer Wagen, eine von diesen chinesischen Marken, deren Namen sich kein Mensch merken könne, mit Kennzeichen Montevideo. »Stimmt, Frau Kommissarin, davon gibts Tausende.« Als er schon fast bei der Ferienanlage angekommen sei, sei auf einmal Pedro angerannt gekommen, wie ein Irrer. Wahrscheinlich sei er in der Kneipe gewesen. Im gleichen Augenblick seien auch mehrere Nachbarn mit Feuerlöschern und Wassereimern erschienen. Er selbst sei zum Tatort gegangen, um sich die Sache aus der Nähe anzusehen, er habe aber nichts angefasst, er wisse, dass man an einem Tatort nichts berühren dürfe, wegen der Spurensicherung. Das wiederholt er mehrmals, sichtlich stolz auf seine Kenntnisse. Woher er wisse, dass es sich um ein Verbrechen handele und nicht um einen Unfall? »Sie fragen vielleicht Sachen, Frau Kommissarin …« Wissen tue er es nicht, aber Ayrton habe ihm erzählt, dass Pedro ihm Geld schulde. Und daraufhin habe er zwei und zwei zusammengezählt – im Brandfall zahle die Versicherung, das sei doch so, oder nicht? Warum dann aber genau die Hütte abgebrannt sei, die bewohnt war, gehe ihm nicht in den Kopf. Erst recht nicht, wo es ja offenbar ein Todesopfer gegeben habe. »Ist doch so, Frau Kommissarin, oder nicht?« Dass die Sache Absicht gewesen sei, glaube er aber eigentlich nicht, er habe gerade bloß laut gedacht. Außerdem habe er ja selbst gesehen, dass Pedro angerannt kam, als das Feuer lichterloh brannte. Ganz offensichtlich sei er aus der Kneipe gekommen, davon könne sie sich selbst überzeugen, sie brauche bloß die Zeugen zu befragen, die ihn dort gesehen haben, und was sonst noch so zur üblichen polizeilichen Vorgehensweise gehöre. Diesen Ausdruck wiederholt er ebenfalls mehrfach, offenkundig zufrieden mit sich selbst. Pedro sei ein guter Kerl, zu so was sei der nicht imstande, der sei kein Krimineller. Trotzdem habe er sich mit Ayrton eingelassen, warum auch immer. »Aber wissen Sie, Frau Kommissarin, irgendwoher muss der doch Geld haben. Der trägt nämlich bloß feine Sachen, keine Billigkleidung, kein Zeug aus den Türkenläden auf der brasilianischen Seite und auch nicht aus den Duty-free-Shops auf der uruguayischen. Nur Markenkleidung.« Damit kenne er sich aus, er habe für eine Herrenbekleidungsfirma gearbeitet, vierzig Jahre, ohne ein einziges Mal zu fehlen. Jetzt sei er in Pension, er leide an Arthrose und Bluthochdruck, aber früher sei er als Handlungsreisender unterwegs gewesen, täglich zehn bis zwölf Stunden, im Auto. Aber warum erzähle er ihr das? Jetzt falle es ihm wieder ein – weil er nicht glaube, dass Pedro vorsätzlich Feuer gelegt habe. Vielleicht seien hier ja irgendwelche finsteren Mächte am Werk, das kenne man doch aus den türkischen Fernsehserien. Oder es habe mit der Kriminalität zu tun, die eben auch die Straßen hier in Barra erreicht habe, wo es früher immer so ruhig zugegangen sei. »Woher ich Pedro kenne? Na, von hier, hier kennen sich doch alle, und Pedro ist ein netter Kerl.« Vor einiger Zeit habe Pedro die Ferienanlage gekauft. Und er sei ledig, ja, oder zumindest lebe er allein, irgendwelche festen Beziehungen scheine er nicht zu haben. Kinder auch nicht, soweit er wisse, er habe ihn jedenfalls nie zusammen mit Kindern gesehen. »Manche Eltern verlassen ihre Kinder natürlich auch und tun dann, als hätten sie nie welche gehabt, eine Katastrophe!« Er selbst wohne ganz in der Nähe, hinter den Dünen. Und ja, fuhr er fort, er habe die Polizei und die Feuerwehr gerufen, sobald er das Feuer gesehen habe. Dazu sei er schließlich verpflichtet gewesen. Aber angerührt habe er nichts, er sei bloß mit ein bisschen Abstand stehen geblieben – schließlich habe er sich keine Rauchvergiftung zuziehen wollen – und habe gewartet. Und seinen Hund habe er angeleint, nicht dass der am Ende dem Feuer zu nahe gekommen wäre. Wo sie gerade von Feuer sprächen: Ob wohl jemand eine Zigarette für ihn habe? Er habe zwar vor über zehn Jahren mit dem Rauchen aufgehört, aber das hier habe ihn jetzt doch ein bisschen nervös gemacht. Sein Filemón hätte um die Uhrzeit längst seine Rheumatabletten und seine Frühstücksration bekommen müssen, und er selbst habe auch noch nichts im Magen, weshalb er einen Mordshunger habe.

Ich lasse ihn fast die ganze Zeit reden, ohne ihn zu unterbrechen, nehme nur zwischendurch seine Personalien auf und warte ansonsten ab, bis sein Redefluss von selbst verebbt. Irgendwann verstummt er tatsächlich, fragt bloß noch, ob er jetzt in die Bar gehen dürfe, ein Stück weit die Zufahrtsstraße hinauf, um endlich seinen Morgenkaffee zu trinken.

Dann zieht er in Begleitung seines Hundes ab, und ich zücke mein Mobiltelefon und wähle eine Nummer. Wo bleibt nur dieser verflixte Gerichtsmediziner? Schließlich gilt es herauszufinden, ob wirklich nur ein böser Zufall für den Tod dieser armen Frau verantwortlich ist oder doch etwas anderes dahintersteckt.

Ursula

Inzwischen ist das Feuer gelöscht, der Bereich mit gelbem Flatterband abgesperrt, und ich brauche mich nicht mehr der Kälte und den Blicken von Pedro und der Kommissarin auszusetzen. Gerade war sie bei mir und hat gefragt, seit wann ich hier bin, wo ich normalerweise wohne, ob ich am Vorabend mit Ursula zusammen war und ob ich eine Ahnung habe, was in den letzten Stunden in der Nachbarhütte vorgefallen sein könnte. Ich habe gesagt, wir hätten am frühen Abend etwas getrunken, seien später zu einem Strandspaziergang aufgebrochen und hätten uns zuletzt, ein wenig angeheitert, noch eine Weile bei ihr in der Hütte unterhalten, bevor ich schließlich zu mir rüber und ins Bett gegangen sei. Sie habe eigentlich einen ganz normalen Eindruck gemacht, ja. Etwas Ungewöhnliches sei mir jedenfalls nicht aufgefallen, nein. Den Brand hätte ich erst bemerkt, als ich aufgewacht sei und den Lärm draußen gehört hätte. Dann hätte ich auch durchs Fenster die Flammen gesehen.

Eigentlich habe ich damit bloß die Wahrheit gesagt.

Sie hat mich nachdenklich angestarrt, wie Polizisten Verdächtige vermutlich immer anstarren. Und sie hat versprochen beziehungsweise damit gedroht, dass wir uns noch ein weiteres Mal unterhalten werden.

Ich betrachte das Chaos, in das sich die Nachbarhütte verwandelt hat – ineinander verknäulte Stromkabel, verkohltes Holz, Reste von Möbeln, verschmorte Plastikteile, rußgeschwärzte Bettfedern, halb verbranntes Papier. All das wird mittlerweile beschienen von der Morgensonne, deren Licht die Arbeit der Leute von der Spurensicherung erleichtert, die herausfinden wollen, was das Feuer ausgelöst hat. Obwohl jeder im Umkreis von hundert Kilometern weiß, in was für einem katastrophalen Zustand sich die elektrischen Anlagen dieser Hütten befinden.

Ich muss an Vanessa denken, an das, was von ihr übrig ist, eine den Blicken ausgesetzte verkohlte Leiche, die, bislang vergeblich, auf die Ankunft des Gerichtsmediziners wartet. Ich frage mich, ob sich Würmer über verbranntes Fleisch eigentlich mit der gleichen Begeisterung hermachen? Mit einem Achselzucken antworte ich mir, dass ich mir über die Zukunft von etwas, das nicht mehr existiert, nicht den Kopf zu zerbrechen brauche. Erst recht nicht, wo die Welt inzwischen ein klein bisschen besser geworden ist. Und eine andere, angenehmere Zukunft wünschen wir uns doch eigentlich alle – bloß bringt so gut wie niemand den Mut auf, dem Schicksal dafür ein wenig nachzuhelfen.

Ich betrete meine neue Hütte. Lasse die Feuerwehrleute, die Polizisten, Pedro und die Gaffer hinter mir zurück, die sich angesichts der Tatsache, dass nichts Aufregendes mehr passiert, daran erinnern, dass sie eine Menge wichtige Dinge zu erledigen haben, weshalb sie sich nun ihrerseits auf den Heimweg machen oder zu ihren Arbeitsstellen aufbrechen. Ich wandere unterdessen in meinem kleinen Heim hin und her und nehme die darin befindlichen Dinge in Besitz. Neben dem Waschbecken steht immer noch das Haarfärbemittel, das ich letzte Nacht benutzt habe. Ich stelle die Packung an ihren früheren Platz zurück. Dann nehme ich mir die Cremes und die übrigen Kosmetikartikel vor, öffne sie, rieche daran, trage probeweise etwas davon auf meine Haut auf. Vanessa wurde von alldem noch schöner, bei mir bewirkt es dagegen nichts, das weiß ich schon jetzt. Wie ich auch weiß, dass ich das ganze

Zeug, wenn mich an einem einsamen und hungrigen Abend wieder einmal die Wut packt, in den Müll werfen werde.

Ich nehme die Fernbedienung und schalte den Fernseher an. Wie immer, Nachrichten.

Ich öffne den kleinen Kühlschrank und beuge mich vor, um den Inhalt zu inspizieren. Dann knie ich mich hin, um alles ganz genau in Augenschein zu nehmen. Ein Stück Brie. Ich packe es aus und knabbere daran. Köstlich. Als Nächstes tunke ich den Finger in ein Glas Preiselbeermarmelade, *made in England*. Ich schlecke ihn ab und lasse ihn zu der bereits geöffneten Dose mit Gänseleberpastete wandern. Danach bohre ich ihn in ein Schälchen mit Dulce-de-Leche-Eis. Hervorragend. Ich hole etwas Tarteartiges heraus, das an eine Quiche erinnert. Es ist eine Quiche, stelle ich fest, als ich hineinbeiße. Danach kaue ich eine Weile auf einem Speckstreifen herum, verschlinge ein Stück gebratene Hühnerbrust, noch ein Stück Brie, Schokoladeneis mit Schokoladensauce und mehrere zusammengerollte Schinkenscheiben, die ich in Mayonnaise tunke und mir in den Mund schiebe. Ich bin erschöpft, gestern war ein langer Tag, ich sollte nicht so viel essen. Also richte ich mich auf, trete ans Waschbecken und wasche mir Hände, Gesicht und Hals.

Auf dem Nachttisch entdecke ich ihr Handy, ich selbst habe es gestern Abend dort liegen lassen. Ich nehme die SIM-Karte raus – Vorsicht ist die Mutter der Porzellankiste. Was genau bedeutet das in diesem Fall? Ich weiß es nicht, ich kann schließlich nicht alles wissen. Jedenfalls zerbreche ich die SIM-Karte, und den Apparat selbst entsorge ich bei nächster Gelegenheit, so wie ich es schon mit den anderen Handys gemacht habe.

Auf dem Tisch liegt ein einsamer Lippenstift, eine teure Marke, wie ich bei genauerem Ansehen feststelle. Kein Wunder. Ich stelle mich damit vor den Spiegel und verpasse meinen

Lippen einen seidig roten Glanz. Nicht schlecht, sieht geradezu schön aus. Auf der Hülle steht: *Kirschsatin*. Ab sofort präsentiert mein Mund sich also als Satinkirsche.

Ich streiche mit der Hand über das Nachthemd, das ich anhabe, spüre den weichen geschmeidigen Stoff. Bis vor Kurzem hat sie noch in diesem Kleidungsstück geschlafen. Müsste es mir nicht eigentlich unangenehm sein, die Sachen der Toten zu tragen? Ich habe weder ein schlechtes noch ein gutes Gefühl dabei. Ich eigne mir ihre Dinge mit der Selbstverständlichkeit einer rechtmäßigen Erbin an. Schließlich habe ich durch ihren Tod weder etwas gewonnen noch verloren. Und wenn ich jetzt Vanessa Steel bin und das mein Nachthemd ist und dieser Lippenstift mir gehört, genau wie das viele Essen im Kühlschrank, und draußen ihr Luxuswagen für mich bereitsteht, dann ist das bloß ein unbeabsichtigter Nebeneffekt der Tatsache, dass ich getan habe, was ich zu tun hatte.

In den Nachrichten wird einmal mehr über den Gefängnisausbruch berichtet, es beginnt mit einer Großaufnahme von Rocco Morabitos Gesicht, dann folgen Bilder von Zellen, durchgesägten Eisenstäben, Seilen, Gurten. Ich weiß nicht, ob ich über die geschilderten Einzelheiten und Vermutungen in Bezug auf die Flucht lachen oder mich schämen soll, denn jedem, der die Fotos dieses Mannes sieht, muss klar sein, dass er aufgrund seines Alters und seiner körperlichen Verfassung niemals zu derartigen Kletterabenteuern imstande gewesen wäre.

Als Rocco aus Vanessas Hütte kam, trug er dieselbe Tasche über der Schulter, die ich zuvor ebendort durchgesehen hatte. Ich vergewissere mich, dass sie sich tatsächlich nicht mehr in dem Kleiderschrank befindet, und so ist es auch: Außer ihren persönlichen Dingen – Kleider und Schuhe – entdecke ich nichts darin. Außer *meinen* persönlichen Dingen, verbessere ich mich. Und atme erleichtert auf. Dem Kerl würde ich ungern noch einmal über den Weg laufen. Was hatten die beiden wohl miteinander zu tun? Und wer weiß, was mir aufgrund dieser rätselhaften Beziehung noch alles blüht?

Ich lasse mich auf der Bettkante nieder, als wäre dies schon seit Ewigkeiten mein Schlafplatz. Neben dem Bett steht der Stuhl, und auf dem Stuhl liegt der verflixte Koffer mit dem Vorhängeschloss. Und auf dem Tisch daneben das Köfferchen mit dem Zahlenschloss und dem ekligen Inhalt. Soll ich ihn mir wirklich erneut vornehmen? Ich stelle die Zahlenkombination ein und hole zuerst das Adressbuch heraus. Ich blättere eine Weile darin. Vor- und Nachnamen, Adressen, Daten, in drei Spalten nebeneinander aufgelistet. In welcher Beziehung stehen sie zu den Fotos in den Umschlägen? Als Nächstes arbeite ich mich langsam von hinten nach vorn durch die Seiten. Lauter Männernamen; neben manchen stehen mehrere Daten, neben anderen sehr viele.

Beim A angekommen, fällt mir plötzlich ein Name ins Auge: Antinucci. Der Vorname fehlt, aber dafür steht dort: *Doktor Antinucci,* und mir ist klar, dass niemand sonst gemeint sein kann. Ihm sind viele Daten zugeordnet, sehr viele, genauer gesagt.

Einzelne Fotos aus dem Umschlag steigen vor meinem inneren Auge auf, und ich drehe fast durch.

Bis mir irgendwann klar wird, dass ich sie noch einmal komplett werde durchsehen müssen, sosehr mir auch davor ekelt.

Ich hole tief Luft.

Dann richte ich den Blick auf den Koffer mit dem Vorhängeschloss. Irgendwo in der Hütte muss der Schlüssel dafür sein. Sehen wir doch mal in Vanessas Handtasche nach, ein edles Lederobjekt, von Meisterhand angefertigt, mit dem Symbol einer exklusiven Marke, ein Gegenstand, der etwas über seine Besitzerin aussagen, uns die Worte »Geld«, »Macht«,

»guter Geschmack« zuflüstern soll. Und einen Hang zur Protzerei verrät, würde ich hinzufügen.

Ich leere die Tasche über dem Tisch aus: ein Portemonnaie, passend im Farbton und ebenfalls von einer sündhaft teuren Marke, eine Packung Kaugummi, noch ein Lippenstift, allerdings in einer Farbe, die ich niemals verwenden würde, ein Handy – noch eins? Kein Wunder, wenn man bedenkt, welchen Geschäften diese Frau nachgegangen ist. Auch hier nehme ich die SIM-Karte raus. Bei der ersten Gelegenheit werde ich den gesamten Elektroschrott entsorgen. Taschentücher, Rechnungen, Kosmetikartikel, tausend Dinge, die ich mir jetzt aber nicht genauer ansehe. Die einzigen Schlüssel, die darunter sind, gehören offensichtlich zum Auto und wahrscheinlich zu dem Haus in Punta del Este. Einen Kofferschlüssel kann ich dagegen nirgendwo entdecken.

Egal, ich habe alle Zeit der Welt, dämlicher Scheißkoffer. Am besten, ich gönne mir erst mal einen weiteren kleinen Imbiss. Ich kehre also zum Kühlschrank zurück, öffne die Tür und fange an zu essen – Hühnchen, einen großen Löffel holländisches Schokoladeneis, eine Scheibe Wurst, zwischendrin ein ordentlicher Schluck Cola, der Brie schmeckt auch jetzt wieder vorzüglich, ich verzehre den Rest, begleitet von einem Stück Quiche, dann tunke ich den Finger erneut in die Preiselbeermarmelade. Wo ist denn die Gänseleberpastete geblieben? Nur noch ein bisschen, dann bin ich fertig. Ich wasche mir Mund, Gesicht und Hände.

Ich lege mich hin, ich muss mich ausruhen. Ich schließe die Augen, es gelingt mir aber nicht, einzuschlafen, meine Gedanken wandern unaufhörlich zu dem Koffer.

Irgendwo muss der verdammte Schlüssel doch sein.

Ich stehe wieder auf und sehe die gesamte Kleidung in dem Schrank durch, wo auch Roccos Tasche versteckt war. Ein Woll- und ein Seidenkleid, sechs Blusen, ebenso viele Hosen, eine Strickjacke, zwei lange Mäntel, noch eine Jacke. Ich durchwühle sämtliche Taschen, stoße aber nur auf ein Döschen Süßstoff, Maut-Tickets, eine Packung Schmerzmittel, Kopfhörer und vier zusammengerollte Ein-Dollar-Scheine. Von irgendwelchen Schlüsseln keine Spur.

Vor Wut kochend, lege ich mich wieder hin.

Nur um fünf Minuten später erneut aufzustehen und mich an die gründliche Durchsuchung meines gut zwanzig Quadratmeter großen Raubtierkäfigs zu machen. Dazu serviere ich mir einen Campari on the rocks. Um diese Uhrzeit? Um diese Uhrzeit. Fand ich Campari nicht immer schon eklig? Stimmt. Aber das ist vorbei, ich bin jetzt jemand anders.

Wie zum Teufel soll ich bloß das Schloss aufbekommen? Mit einer Zange ginge es, aber ich habe ja kein Werkzeug dabei. Und im Auto? Auf dem Parkplatz der Ferienanlage steht doch meine Luxuskarosse! Und den dazugehörigen Schlüssel habe ich.

Ich leere mein Glas mit einem Schluck, ziehe mir die Jacke an und gehe hinaus, an den Polizisten und an Pedro vorbei, die mich kaum beachten. Armer Pedro, sage ich mir, auf den kommt jetzt wirklich was zu – aufwendige Ermittlungen, jede Menge Papierkram von der Versicherung, Verhandlungen mit Baufirmen und Handwerkern, um die Bude wieder flottzukriegen, und zwar rechtzeitig vor Beginn der Sommersaison. Mit Scheitern kenne ich mich aus, würde ich ihm am liebsten zurufen, ich weiß, was es heißt, immer wieder von vorn anzufangen, Pedro, auch wenn ich mich nie mit Prostatabeschwerden werde herumschlagen müssen.

Im Vorbeigehen betrachte ich die verkohlten, jetzt aber tropfnassen Überreste der Nachbarhütte. Die Feuerwehrleute haben die Schläuche wieder aufgerollt und ihr Einsatzgerät weggeräumt, ihre Arbeit ist wahrscheinlich abgeschlossen, jetzt sind die Polizisten an der Reihe, obwohl ich mir kaum vorstellen kann, dass sie etwas Besonderes entdecken werden. Die Reste von Ursula López' Papieren – den Führerschein, den uruguayischen Personalausweis, die Kreditkarten, falls etwas davon übrig war – hat bestimmt die Kommissarin an sich genommen, die hier die Befehle erteilt und inzwischen am Strand umherspaziert, wahrscheinlich auf der Suche nach irgendwelchen Fußspuren, die aber längst von der Flut beseitigt worden sind. In der Asche werden bestenfalls ein verschmorter Deostick und eine rußgeschwärzte Zahnpastatube zu finden sein, jedoch keine Zahnbürste. Die habe ich am Vorabend beim Weggehen eingesteckt, da sind viel zu viele DNA-Spuren drauf. »Frau López hatte kaum Gepäck«, wird der indiskrete Pedro auf die Frage nach meinen persönlichen Gegenständen verkünden, »gerade einmal eine kleine Tasche.« Ich zwinge mich erneut, in Gedanken die wenigen paar Sachen aufzulisten, die ich dabeihatte. Ein Telefon wird nirgendwo auftauchen, was den Ermittlern womöglich seltsam vorkommen wird. Aber ein Telefon enthält bekanntlich mehr Informationen als jede DNA.

Apropos Handys – soeben habe ich den letzten der in Chuy gekauften Apparate in Gang gesetzt und Luz eine Nachricht geschickt: *Glaub kein Wort, egal, was sie dir erzählen. Ich bin nicht tot. Bald hörst du mehr von mir.*

Ich gehe zum Parkplatz und bleibe andächtig staunend vor meinem neuen Auto stehen. So ein luxuriöses Gefährt habe ich noch nie besessen. Bei der Vorstellung, wie es sein muss, es zu lenken, befällt mich ein leises Kribbeln. Ich zücke den Schlüssel und drücke auf die Fernbedienung. Begleitet von dem unverwechselbaren Geräusch, lösen sich die Verriegelungen sämtlicher Türen. Als ich den Kofferraum öffne, schlägt mir ein Geruch nach Kiefernwald entgegen. Ein Blick genügt, um inmitten des mustergültig sauberen und aufgeräumten Inneren den Werkzeugkoffer auszumachen. Selbstverständlich enthält er auch eine Zange, die ich verstohlen einstecke, um die Klappe anschließend wieder zuzumachen und zur Hütte zurückzukehren.

Drinnen bleibe ich mit dem Rücken zur Tür stehen und presse mir die Zange an den Bauch. Ist das alles wirklich wahr? Habe ich tatsächlich den Platz eines anderen Menschen eingenommen? Und wird sich mein Leben dadurch zum Besseren oder vielleicht doch zum Schlechteren wenden? Was solls, Hauptsache, die Dinge ändern sich; nichts wäre jedenfalls schlimmer, als mein Übersetzerinnendasein wieder aufzunehmen, umgeben von den alten Möbeln der Wohnung, in der ich zwischen Suppendiät und qualvollen Erinnerungen meine Tage zugebracht habe. Ich bin nicht mehr die Frau, die, in ein Appartement in der Altstadt eingeschlossen, wo niemals das Telefon klingelte, Gedichte aus Haiti übersetzte. Jetzt bin ich reich, und schon bald werde ich auch schlank sein. Obwohl mir an Letzterem womöglich gar nicht mehr so viel liegt, denn seit ich mich in Vanessa Steel verwandelt habe, komme ich mir, ohne dass ich darüber hinaus etwas Besonderes getan hätte, schöner vor. Einfach so.

Mithilfe der Zange kneife ich das Schloss auf. Auch dieser Koffer ist von einer luxuriösen Marke, wie auch nicht – manche Leute haben ein geradezu zwanghaftes Bedürfnis, den anderen mit allem, was sie besitzen, zu zeigen, dass sie zu den Gewinnern gehören. Die in seinem riesigen Inneren herrschende Ordnung würde Marie Kondo vor Neid erblassen lassen. Die oberste Schicht enthält jedoch nichts, was meine Aufmerksamkeit auf sich ziehen, geschweige denn den Schutz durch das dicke Schloss rechtfertigen würde, das ich soeben aufgebrochen habe. Ich entnehme dem Koffer eine schier endlose Menge Kleidung, Schuhe und Kosmetikartikel, alles teuer und edel, bis mir der ganze angehäufte Luxus auf einmal unglaublich vulgär vorkommt. Damit könnte man sämtliche

Frauen dieses Ortes mit einer neuen Garderobe ausstatten. Stattdessen werfe ich all die Jacken und Hosen rücksichtslos auf den Boden.

Ganz unten, auf dem Kofferboden, entdecke ich schließlich ein Adressbuch, das dem aus dem Köfferchen zum Verwechseln ähnlich ist.

Ich schlage es auf, blättere darin.

Vor- und Nachnamen, Adressen, Daten.

Lauter Frauennamen?

Ausnahmslos.

Eine Menge Fotos, zwei Adressbücher, eins mit Männer- und eins mit Frauennamen.

Ich gleiche die beiden Bücher miteinander ab und stoße auf alle möglichen Verbindungen. Meine Fantasie geht mit mir durch. Zugleich befällt mich ein seltsames und starkes Gefühl, die Gewissheit, dass sich mir hier noch ganz andere Möglichkeiten eröffnen.

Pintos Cunha

Kommissarin Dirley Pintos Cunha ist es gewohnt, dass ihre Befehle sofort ausgeführt werden, zu Hause wie bei der Arbeit, weshalb sie äußerst irritiert ist, dass der Gerichtsmediziner dermaßen auf sich warten lässt. Bei diesem wechselhaften Wetter ist der Strand zudem ein wenig einladender Aufenthaltsort – bald nieselt es und ist kalt, bald lösen sich die Wolken auf, und es wird unangenehm schwül.

»Habt ihr Souza noch mal angerufen? Wo bleibt der denn?«

»Er ist gleich da. Die anderen sind dafür alle nach Porto Alegre, von dort haben sie Unterstützung angefordert, wegen dem Überfall.«

»Sieben Tote, stimmts? In dem Shopping Center? Sind die Kerle wirklich mit der Beute entwischt?«

»So ist es. Und jetzt werden alle dorthin abbeordert. Souza ist unser letzter verbliebener Gerichtsmediziner. Uns gehen allmählich die Leute aus, Frau Kommissarin.«

»Na gut. Habt ihr schon in der Nachbarschaft herumgefragt? Einer der Leute hat mir erzählt, er hätte ein komisches graues Auto gesehen, eine chinesische Marke, mit Kennzeichen Montevideo. Geht der Sache mal nach.«

»Meirele sieht sich in der näheren Umgebung um, und Dos Santos klappert die einzelnen Häuser ab, bis jetzt haben sie aber noch von nichts Verdächtigem gehört.«

»Meirele soll Toni mitnehmen. Und schaut euch auch am Strand weiter um, irgendwelche Fußabdrücke oder Reifenspuren oder was auch immer müssten da doch zu finden sein. Aber seid vorsichtig, passt auf, wo ihr langgeht.«

»Wie gesagt, der Regen und die Flut haben alles fortgespült. Falls da überhaupt was war.«

»Vielleicht ist trotzdem noch irgendwo was übrig. Und was die Frau angeht, habt ihr irgendwelche Papiere gefunden, bei den … Resten?«

»Ist offenbar alles verbrannt. Aber Pedro hat ja für alle Fälle ihre Daten.«

»Das weiß ich selbst. Aber das kann doch nicht alles sein! Ist auch kein Handy aufgetaucht? Oder zumindest irgendwelche Überbleibsel davon?«

»Nein, nichts, nicht das Geringste.«

»Komisch. Also, alle Mann die Augen aufhalten!«

Die Kommissarin sieht zu, wie ihr Untergebener sich entfernt. Der Fotograf war schon da, hat seine Bilder gemacht, ihr kurz zugewunken und ist gleich darauf mit quietschenden Reifen wieder davongerast. Der will also auch nach Porto Alegre, sagt sich die Kommissarin. Trotz des schlechten Wetters haben sich wieder Leute eingefunden, stiefeln neugierig herum und versuchen, einen Blick auf die Reste von Hütte acht und ihrer Bewohnerin zu erhaschen. Nur Souza ist immer noch nicht da.

Da taucht er endlich auf. Er sieht blass und müde aus, wie er, sich gegen den auffrischenden Wind in seinen Mantel hüllend, näher kommt. Er steigt über das gelbe Absperrband und fängt an, die Brandstelle zu inspizieren. Vor der verkohlten Leiche geht er in die Hocke, betrachtet sie aufmerksam, macht sich Notizen, steht dann wieder auf und geht einmal um die Überreste herum, um sich irgendwann erneut vorzubeugen und eine Hand – oder das, was einmal eine Hand war – zu ergreifen. Er fordert einen Polizisten auf, ihm zu helfen, die Leiche umzudrehen.

»Schön vorsichtig.«

Er hebt einige rußgeschwärzte Kleiderfetzen an, betastet den Hals, danach den Mund, öffnet ihn, wirft einen Blick hinein, macht sich erneut Notizen, sieht sich schließlich suchend nach der Kommissarin um.

»Ich glaube, sie ist hier gestorben, an Ort und Stelle.«

»Um wie viel Uhr?«

»Dazu kann ich erst nach der Autopsie Genaueres sagen, aber ich würde mal denken, so gegen sieben.«

»Todesursache?«

»Wahrscheinlich Kohlenmonoxidvergiftung. Mund und Nase sind voller Ruß. Offensichtlich ist sie aufgewacht und hat versucht, die Tür zu erreichen. Dabei ist sie ohnmächtig geworden. Ich schicke Ihnen noch diese Woche den Bericht. Jetzt muss ich aber sofort nach Porto Alegre.«

»Wie alt war sie ungefähr?«

»Um die fünfzig, würde ich sagen.«

Die Kommissarin nimmt das Gefäß aus Glas in den Blick, das neben der Leiche am Boden liegt. Sie streift sich Handschuhe über, hebt es hoch und liest, was auf dem Rest des Etiketts steht: *Somnium.* »Was ist hiermit?«, fragt sie.

Souza scheint sich wenig dafür zu interessieren. »Ein Schlafmittel. In Uruguay wird das viel verkauft. Könnte der Grund dafür sein, dass sie es nicht bis zur Tür geschafft hat.«

Die Kommissarin steckt das Gefäß in einen Plastikbeutel.

Irgendwie tut ihr die Tote leid, die jetzt auf einer Trage abtransportiert wird. Das Tuch, das sie verdecken soll, ist ein Stück zu kurz. Die Kommissarin sieht dem davonfahrenden Krankenwagen hinterher, der sich auf den Weg zur Gerichtsmedizin macht. Das Leben meint es nicht immer gut mit uns, sagt sie sich, und was schlussendlich dabei rauskommt, ist eigentlich immer negativ.

Leonilda

Als es vor drei Minuten klingelte, hat sie den Anruf nicht angenommen. Sie war viel zu beschäftigt mit dem Bericht zu einem Verhafteten, der im Verdacht steht, einen anderen Menschen zerstückelt zu haben – wahrscheinlich als dieser noch am Leben beziehungsweise bei Bewusstsein war. Ein grausiger Fall, der nicht nur ihre volle Aufmerksamkeit erfordert; sie muss sich auch große Mühe geben, sich nicht an Ort und Stelle beziehungsweise auf die vor ihr liegenden Akten zu übergeben.

So hatte sich unsere Kommissarin ihren Beruf nicht vorgestellt, als sie seinerzeit bei der Polizei anfing. Papierkram und noch mehr Papierkram und dazu jede Menge Aussagen von Zeugen, die für gewöhnlich nichts gesehen und nichts gehört haben. Aber jeder weiß ja, wie es zugeht im Leben, und dass es nie so verläuft, wie wir uns das gewünscht oder erhofft haben. Alle Träume und Illusionen Leonildas erstickten bald unter der Last der Vorschriften und der Pflicht, endlose Berichte zu verfassen und unsinnige Verhöre durchzuführen. Aus ihren ursprünglichen Plänen wurde nichts, und keines ihrer Vorhaben konnte sie umsetzen, denn die Wirklichkeit und unsere Träume sind nun einmal zwei völlig verschiedene Dinge. Der Kommissarin, die inzwischen über vierzig ist, ist das schon seit Längerem klar, und dennoch kann sie es nicht lassen, sich weiterhin nach dem zu sehnen, was sie nie bekommen hat.

Da klingelt es erneut. Leonilda betrachtet gerade eins der Fotos aus der Untersuchungsakte, schluckt, streckt, ohne den schreckstarren Blick von dem Bild abzuwenden, die Hand suchend nach dem Telefon aus, und stößt die Kaffeetasse um. Leise fluchend sieht sie auf und nimmt seufzend die Überschwemmung zur Kenntnis, die sie angerichtet hat. Sie weiß, dass es sich bei dem Anrufer nur um Clemen halten kann, ihren Chef. Wenn er wütend ist oder dringend ihre Hilfe benötigt, kann er unglaublich hartnäckig sein. Vielleicht ist gerade beides der Fall, sagt sie sich, womit sie recht behalten soll. Als Nächstes streckt sie die Hand in die richtige Richtung aus und nimmt den Hörer ab. Das Grauen und der Ekel auf ihrem Gesicht werden dabei vom Widerschein ihres Computerbildschirms beleuchtet. Aber seien wir nachsichtig mit ihr, sie ist nun mal eine ganz gewöhnliche Frau, die an Horoskope, die Macht des bösen Blicks und den Wert der parlamentarischen Demokratie glaubt, wohingegen sie sich durchaus schwer damit tut, die animalische Rohheit zu ertragen, die die vor ihr liegenden Fotos einer zerstückelten Leiche präsentieren.

»Kommissarin Lima.«

»Inspektor Clemen? Was gibts?«

»Können Sie mal rüberkommen, in mein Büro? Und zwar sofort, wenn ich bitten darf.«

»Alles klar, Inspektor.«

Sie sieht auf die Uhr, dann zur Decke – wieder so ein Tag, der kein Ende nehmen will. Sie greift nach dem Handy, um Jack anzurufen, überlegt es sich jedoch anders, steht auf und steckt den Apparat unverrichteter Dinge in die hintere Hosentasche.

Bevor sie hinausgeht, zieht sie die Hülle über die Tafel. In der Sache mit dem Überfall auf den Geldtransporter ist sie kein bisschen weitergekommen. So oder so will sie aber nicht, dass jemand anderes beim Betreten ihres Büros Zeuge ihrer vergeblichen Bemühungen wird.

Mit ausgreifenden Schritten eilt sie durch den Flur bis zur

Treppe, dann, immer zwei Stufen auf einmal nehmend, hinauf in den dritten Stock. Vor Clemens Tür angekommen, bleibt sie stehen, zieht sich die Bluse glatt und die Jackenärmel zurecht.

Sie klopft.

»Herein!«

»Guten Abend, Inspektor.«

Clemen kommt wie immer sofort zur Sache: »Ich habe heute eine Mitteilung erhalten, aus Brasilien, aus einem Grenzort. Aus Chuy, genauer gesagt. Und jetzt frage ich mich, wer diese Information wohl angefordert hat. Vielleicht haben Sie ja eine Idee, Kommissarin Lima …«

Leonilda steht vor Clemens Schreibtisch und betrachtet das Phantombild, das der Inspektor mit theatralischer Gebärde in ihre Richtung schiebt. Die Augen sind eigentlich ein bisschen groß ausgefallen, sagt sich die Kommissarin, und der Mund ist in echt etwas breiter, das Haar und die breite Stirn sind dagegen perfekt getroffen. Wirklich eine schöne Frau, trotz des leichten Doppelkinns. Ursula López ist hier auf jeden Fall für jedermann ohne Weiteres zu erkennen, wie Leonilda nicht ganz ohne Stolz feststellt.

»Und, was sagen Sie dazu, Kommissarin Lima?«

»Das Phantombild habe ich anfertigen lassen, das will ich nicht bestreiten. Ich dachte, es könnte uns bei den Ermittlungen weiterhel…«

Wütend schlägt der Inspektor mit der Faust auf den Tisch. »Von was für einer Ermittlung reden Sie da? Und was Sie denken, spielt überhaupt keine Rolle, Ihre Aufgabe ist es, zu gehorchen. Ich habe Ihnen befohlen, die Finger von dem Fall zu lassen. Wie Sie sich vielleicht erinnern werden, ist der schon seit Längerem offiziell abgeschlossen.«

»Ja, das weiß ich, und ich bitte um Entschuldigung, falls ich …«

»Ich nehme Ihre Entschuldigung nicht an, diesmal sind Sie entschieden zu weit gegangen. Einfach so, auf eigene Faust, drauflos ermitteln – wo gibts denn so was? Ich habe Ihre Detektivspielchen endgültig satt, Kommissarin Lima! Ab sofort sind Sie für dreißig Tage freigestellt, ohne Lohnausgleich. Und es wird ein Dienstaufsichtsverfahren gegen Sie eingeleitet, das versteht sich von selbst.«

»Inspektor Clemen, ich …«

»Seien Sie still.«

Folgsam kneift Leonilda die Lippen zusammen, auch, damit sie nichts durchlassen, was die Sache nur verschlimmern würde.

»Und seien Sie dankbar, heute ist nämlich Ihr Glückstag.«

»So was nennen Sie Glückstag?«

»Alles, was ich gerade gesagt habe, ist noch nicht endgültig entschieden.«

Clemen will offenbar Katz und Maus spielen. Leonilda versteht und beschließt, sich auf das Spiel einzulassen. »Darf ich fragen, warum?«

»In der Mitteilung aus Brasilien heißt es, dass sie die Frau von dem Phantombild identifiziert haben. Es handelt sich um eine gewisse Ursula López. Sie ist in einem Bungalow in Barra gestorben, auf der brasilianischen Seite.«

»Ist sie ermordet worden?«

»Wer redet hier von Mord? Das haben Sie jetzt gesagt.«

»Ich meine, es wäre doch kein Wunder, schließlich hat sie sich die Beute von dem Überfall geschnappt.«

Clemen senkt den Kopf, fasst sich mit den Händen an die Schläfen, macht einen müden, um nicht zu sagen, lebensmüden Eindruck. Vielleicht ist aber auch eine stinknormale Migräne für diese etwas theatralische Geste verantwortlich.

»Von wegen, Kommissarin, Sie liegen völlig falsch. In der Mitteilung ist von einem Haushaltsunfall die Rede. In der

Hütte, in der sie gewohnt hat, in einer Ferienanlage, ist es zu einem Kurzschluss gekommen.«

»Kurzschluss? Finden Sie das nicht seltsam? Wie gesagt, sie hatte sich die Beute von dem Überfall auf den Geldtransporter unter den Nagel gerissen, und natürlich gibt es da Leute, die …«

»Was heißt hier seltsam? Ständig sterben Menschen bei irgendwelchen Unfällen im Haushalt, oder etwa nicht?«

»Ja, Herr Inspektor.«

»Und wenn ich Sie daran erinnern darf: Der Fall mit dem Geldtransporter ist längst abgeschlossen. Das Geld ist bei dem Überfall verbrannt, komplett. Oder haben Sie den Abschlussbericht und die Pressemitteilung nicht gelesen?«

»Doch, Herr Inspektor.«

»Na also, was soll dann das Gerede von Beute? Es gibt keine Beute, weil das Geld verbrannt ist. Vollständig. Kapiert?«

Leonilda sieht den Inspektor aus ihren ein wenig schielenden, dunklen, gelb gesprenkelten Augen an. Heuchelt Geduld.

»Wissen Sie, Lima, seit Tagen machen mich alle hier total verrückt wegen der Geschichte mit dem Ausbruch von diesem Rocco Morabito. Ständig melden sich irgendwelche Pressefritzen, und die Politiker setzen mich extrem unter Druck, auch wegen der internationalen Auswirkungen. Inzwischen sind alle meine Leute mit der Sache beschäftigt, ausnahmslos.« Clemen räuspert sich. Womöglich, um anzudeuten, dass noch mehr hinter der Sache steckt. Leonildas Aufgabe besteht jedoch darin, vorläufig brav zu schweigen. »Ich habe mir jedenfalls gedacht, dass Sie nach Chuy fahren könnten, also auf die brasilianische Seite. Um den Unfalltod einer uruguayischen Staatsbürgerin mit Namen Ursula López zu verifizieren. Aber nur das, kapiert? Irgendwelche Dinge, mit denen diese Person in der Vergangenheit zu tun gehabt haben könnte, spielen in diesem Fall keine Rolle. Ist das klar?«

»Völlig klar, Inspektor Clemen.«

»Gut, dann fahren Sie nach Chuy und lassen sich von den Kollegen aus Rio Grande do Sul erklären, wie die Frau zu Tode gekommen ist – was genau passiert ist, weshalb sie dort war, ob jemand sie begleitet hat und so weiter. Sie lassen sich alle Unterlagen aushändigen und kümmern sich um die Überführung der Leiche nach Montevideo. Aber das brauche ich Ihnen ja eigentlich nicht zu erklären, Sie wissen selbst, wie in einem solchen Fall vorzugehen ist, das haben Sie oft genug bewiesen, einmal abgesehen von dieser Geschichte mit dem verbrannten Geld … Und achten Sie darauf, dass man Ihnen tatsächlich die gesamten Habseligkeiten der Verstorbenen aushändigt. Womöglich ist ja doch der eine oder andere, sagen wir mal, verdächtige Gegenstand darunter.«

»Verdächtig? Wie meinen Sie das? So was wie verbrannte Geldscheine?«

»Ihre sarkastischen Kommentare können Sie sich sparen, Kommissarin Lima.«

»Entschuldigung, Inspektor. Ich verstehe einfach immer noch nicht, was ich in Chuy eigentlich soll. Halten Sie es wirklich für nötig, für eine simple Leichenüberführung extra jemanden dorthin zu schicken? Dafür genügt doch ein Anruf oder sogar eine E-Mail.«

»Schluss mit der Besserwisserei. Wie gesagt, vor Ort arbeiten Sie mit den lokalen Behörden zusammen, in diesem Fall mit Kommissarin Pintos Cunha von der Polizei im brasilianischen Teil von Chuy. Und dabei halten Sie sich strikt an die internationalen Vorschriften, keine Extrawurst, verstanden?«

»Verstanden.«

»Versprechen Sie mir, dass Sie sich darauf beschränken, die Informationen entgegenzunehmen, die unsere brasilianischen Kollegen Ihnen zukommen lassen.«

»Versprochen, Herr Inspektor.«

Nach einem langen unbehaglichen Schweigen räuspert Clemen sich erneut und fährt fort: »Es gibt da noch etwas auf der brasilianischen Seite.«

Welch Wunder ... Als ob sie sich das nicht hätte denken können, sagt sich Leonilda.

»Wir sind zusammen mit den brasilianischen Kollegen an einer größeren Sache dran.«

Ach nein, was für eine Überraschung.

»Worum genau geht es denn?«

»Sexueller Missbrauch Minderjähriger. Eine Frau aus Uruguay und ihre Bande, sie betätigen sich vor allem in Punta del Este und Umgebung und in der Grenzregion. Wir überwachen sie schon eine ganze Weile, in der letzten Zeit ist sie nur noch auf der brasilianischen Seite unterwegs. Dadurch ist es nicht so einfach, sie festzunehmen.«

»Aber dafür bräuchte man doch bloß ihre Verhaftung und Auslieferung zu beantragen.«

»Sehr witzig, Kommissarin. Das würde Jahre dauern, bis dahin wäre der Vogel längst ausgeflogen. Umso wichtiger ist es, dass so schnell wie möglich unser Zugriff erfolgt. Wir haben mit den Kollegen von der brasilianischen Seite schon etwas Entsprechendes vereinbart, eine kleine Abkürzung, sozusagen.«

»Eine Abkürzung? Was soll das heißen?«

»Die Beamten aus dem brasilianischen Teil von Chuy nehmen die Frau fest, übergeben sie Ihnen, und Sie schaffen sie auf die uruguayische Seite. Dort gehen Sie dann vor wie immer. Sie erklären sie für verhaftet – auf uruguayischem Gebiet natürlich – und veranlassen ihre Überführung nach Montevideo. Das ist natürlich nicht die streng vorschriftsmäßige Vorgehensweise, wir bewegen uns da in einem Graubereich, schon klar. Aber wissen Sie, die Kollegen aus Rio Grande sind uns was schuldig, wir haben denen mal auf ähnliche Weise einen wichtigen Mafiaboss aus São Paulo ausgeliefert. Die werden auf jeden Fall mitspielen, keine Sorge. Und jetzt sehen Sie mich nicht so an, alles wird gut, Leonilda. Und die Sache mit der Freistellung und dem Dienstaufsichtsverfahren können Sie dann vergessen.«

Pintos Cunha und Ursula

Hallo, Senhora Steel. Ich habe doch gesagt, wir sehen uns wieder. Hier bin ich.«

»Hätte nicht gedacht, dass es so schnell gehen würde.«

»Wenn es recht ist, stelle ich Ihnen gern ein paar Fragen.«

»Und wenn es mir nicht recht ist, könnte ich mich dann weigern, mit der Polizei zusammenzuarbeiten?«

»Können Sie. Ich würde es Ihnen aber nicht empfehlen.«

»Dachte ich mir. Eine wirklich freie Wahl haben wir nur äußerst selten.«

»Ich würde es Ihnen nicht empfehlen, weil wir Sie auch gegen Ihren Willen mit auf die Wache nehmen könnten, vorausgesetzt, wir halten Sie für verdächtig oder für eine wichtige Zeugin.«

»Und wofür halten Sie mich? Für eine wichtige Zeugin oder für verdächtig?«

»Vorläufig halten wir Sie für gar nichts.«

»Das hört sich an wie die Zusammenfassung meines ganzen bisherigen Lebens.«

»Wie bitte?«

»Sie sind ein Nichts. Was meinen Sie, wie oft man mir das schon vermittelt hat? Aber egal, kümmern Sie sich nicht um mein Gerede.«

»Ich wollte bloß sagen, dass Sie für uns weder eine wichtige Zeugin noch verdächtig sind. Sie waren bloß der einzige Gast der Ferienanlage, als das Feuer ausbrach. Von der Verstorbenen abgesehen, natürlich.«

»Das heißt, ich komme nicht drum herum, mit Ihnen zusammenzuarbeiten.«

»Am besten, wir bringen es so schnell wie möglich hinter uns.«

»Einverstanden. Kommen Sie doch rein, hier draußen ist es ganz schön windig.«

»Danke. Können wir uns dorthin setzen?«

»Wo sonst? Sie sehen ja selbst, das hier ist gleichzeitig Wohn- und Schlafzimmer und Küche und Verhörraum.«

»Ich habe schon an schlimmeren Orten gearbeitet.«

»Wie auch immer, fangen Sie an. Ich nehme an, Sie wollen erst mal meine Papiere sehen.«

»Richtig. Wenn ich bitten darf …«

»Hier. Sonst noch etwas? Möchten Sie einen Kaffee? Ich habe gerade einen gemacht.«

»Gern, Senhora Steel. Ich glaube, das wird ein langer Tag, und er hat gerade erst angefangen.«

»Das glaube ich auch. Schließlich brennt nicht jeden Tag gleich neben meinem Bett ein Haus ab.«

»Wo Sie gerade davon sprechen: Waren Sie wach, als das Feuer ausbrach?«

»Nein, ich schlafe normalerweise tief. Entweder bin ich von dem Geschrei draußen wach geworden oder weil es im Zimmer immer stickiger wurde. Irgendwann bin ich jedenfalls hustend aufgewacht und habe bemerkt, dass es draußen seltsam hell war. Da bin ich aus dem Bett gesprungen, habe den Vorhang aufgemacht und die brennende Hütte gegenüber gesehen.«

»Wann war das?«

»Um sieben, kurz nach sieben.«

»Und dann? Ich nehme an, Sie sind gleich rausgelaufen. Das da draußen war ja bestimmt kein besonders beruhigender Anblick …«

»Irgendwer hat an meine Tür gehämmert. Da habe mich mir meinen Mantel übergezogen, direkt übers Nachthemd, und bin raus, ja. Draußen herrschte das reinste Chaos. Mehrere Nachbarn sprühten mit Feuerlöschern in die meterhohen Flammen – ein aussichtsloses Unterfangen.«

»Und da ist Ihnen klar geworden, dass Ihre Nachbarin von dem Feuer eingeschlossen war.«

»Ich habe mich nach ihr umgesehen, aber sie war nirgendwo. Da habe ich gleich das Schlimmste angenommen, wie immer. Und ich habe mich nicht getäuscht, auch wie immer.«

»Soweit ich weiß, haben Sie Senhora López gekannt, richtig?«

»Ja, wir haben uns hier kennengelernt, vor ein paar Tagen.«

»Aha. Und dann haben Sie sich angefreundet, ja?«

»Nein, mehr als eine oberflächliche Bekanntschaft war das nicht.«

»Pedro hat gesagt, dass Sie beide sich gestern hier unterhalten und dabei etwas getrunken haben.«

»Pedro misst der Tatsache, dass man zusammen etwas trinkt, zu viel Bedeutung bei.«

»Ist ja auch egal. Wissen Sie, was Senhora López beruflich gemacht hat?«

»Nein, keine Ahnung. Oder doch, ich glaube, sie hat mal gesagt, sie ist Übersetzerin. Aber sicher bin ich mir nicht.«

»Sie wohnte in Montevideo, oder?«

»Ja, das hat sie zumindest gesagt. Ich nehme an, Pedro hat das Anmeldeformular von ihr, da hat sie bestimmt auch ihre Adresse eingetragen.«

»Hat sie was von irgendwelchen Lebensgefährten oder Kindern erzählt?«

»Sie hat gesagt, sie habe weder Kinder noch einen Mann.«

»Und ihre übrige Familie? Eltern, Geschwister?«

»Wir haben zusammen einen Campari getrunken, aber wir hatten nicht vor, uns gegenseitig unser Leben zu beichten. Im Gegenteil, eigentlich hat sie so gut wie nichts über sich selbst erzählt. Umso neugieriger war sie auf alles, was mich angeht. Eine Sache könnte ich Ihnen über meine Ex-Nachbarin allerdings verraten. Nur wenn es Sie interessiert, natürlich.«

»Nur zu.«

»Ich glaube, Sie hatte voyeuristische Neigungen. Ich habe nicht nur einmal bemerkt, dass sie heimlich durch den Vorhang nach draußen gespäht hat. Anders gesagt, sie war eine richtige Spannerin. Und für mich hat sie sich, glaube ich, auch interessiert.«

»Inwiefern?«

»Das weiß ich nicht genau, vielleicht wusste sie es selbst nicht. Ich glaube, es hatte mit einer Art Bewunderung zu tun.«

»Was meinen Sie mit Bewunderung?«

»Möglicherweise sah sie mich als eine Frau, die Erfolg im Leben hat.«

»Aha. Wissen Sie, warum sie hier war, und dazu um diese Jahreszeit?«

»Ich glaube, sie wollte sich einfach nur ausruhen, egal, wo. Andererseits hat sie erklärt, auf sie wirke dieser Ort ein bisschen schäbig.«

»Schäbig?«

»Ja, so hat sie sich ausgedrückt. Wahrscheinlich meinte sie damit gewöhnlich, vulgär, wenig elegant. Ich nehme an, sie war Besseres gewohnt.«

»Jetzt noch ein paar Fragen zu Ihnen, Senhora Steel. Sie wohnen in Uruguay, richtig?«

»Ja, in Punta del Este. Kennen Sie das?«

»Nein.«

»Was, Sie waren noch nie in Punta del Este? Das lohnt sich, und so weit weg von Chuy ist es nun auch wieder nicht.«

»Ich glaube, Strandurlaub ist nicht so meins. Wie ist denn Ihre Adresse?«

»Calle Cannes, Ecke Calle Guanabara. Mein Haus heißt Portokalada, schreiben Sie sich den Namen auf, Hausnummern gibt es dort nämlich nicht. Wenn ich meine Fotos hier hätte, würde ich sie Ihnen zeigen.«

»Mir reicht die Adres…«

»Es ist wirklich sehr schön. Wissen Sie, ich wollte nicht wie eine von diesen Frauen enden, die erzählen, sie ziehen nach Punta del Este, und zuletzt landen sie dann in einer kleinen Wohnung irgendwo in der Nähe, auf der Halbinsel. Darum habe ich mir ein richtig großes Haus mit Garten gekauft. Im Winter lasse ich mir immer Brennholz liefern und setze mich dann mit meinem Campari vors Kaminfeuer. Und das Viertel drum herum ist himmlisch ruhig, und so was von friedlich! Außer im Sommer ist dort kaum jemand auf der Straße unterwegs.«

»Das muss ja wirklich was ganz Besonderes sein. Was machen Sie denn beruflich, Senhora Steel?«

»Ich organisiere Partys, Meetings, Feierlichkeiten. Da stehe ich dann in der Küche und überwache das Catering, inspiziere die Smokingjacken der Kellner und halte die gespülten Gläser zur Kontrolle gegen das Licht. Während die anderen ihren Spaß haben.«

»Ich kann es mir vorstellen. Haben Sie irgendwelche besonderen Leute hier in der Gegend herumlaufen sehen?«

»Jetzt, wo Sie danach fragen, ja. Da war so ein Mann, eher kräftig, um die fünfzig, Brille mit Metallgestell, dunkles Haar und dunkler Bart.«

»Und wo haben Sie den gesehen?«

»Am Strand, er hat sich in der Nähe der Ferienanlage herumgetrieben. Nicht nur einmal.«

»Und hat er sich dabei auffällig verhalten?«

»Eigentlich nicht. Ich habe mich allerdings gefragt, was er hier will.«

»Wer am Strand spazieren geht, ist jedenfalls nicht automatisch verdächtig, würde ich sagen.«

»Der Mann interessiert Sie also nicht?«

»Ich fürchte, jeder zweite Mann hier in der Gegend ist eher kräftig, weder alt noch jung und Bartträger. Haben Sie vielleicht auch ein graues Auto gesehen, eine von diesen chinesischen Marken, deren Namen sich kein Mensch merken kann, mit getönten Scheiben und Kennzeichen Montevideo?«

»Nein.«

»Dann sind wir jetzt fertig.«

»Tut mir leid, Sie wollten etwas über Ursula erfahren, aber ich habe Ihnen kaum weiterhelfen können. Allzu gut kennengelernt haben wir uns nun mal nicht, wir hatten einfach nicht genug Zeit.«

»Alles Übrige werden wir in Montevideo in Erfahrung bringen, keine Sorge.«

»Bestimmt haben Sie auch ihr Handy gefunden, oder? Um Kontakt zur Familie aufzunehmen und so, meine ich.«

»Wieso fragen Sie?«

»Heutzutage ist doch jeder mit so einem Apparat unterwegs.«

»Eine letzte Frage noch: Wann reisen Sie ab?«

»Darüber habe ich noch gar nicht nachgedacht. Warum fragen Sie?«

»Pedro hat gesagt, dass Sie hier sind, um zu arbeiten. Aber jetzt sehe ich an Ihrem Koffer da drüben, dass Sie offenbar gerade am Packen sind. Heißt das, Sie wollen weg?«

»Heißt das, ich darf diesen Ort vorläufig nicht verlassen, wie im Film?«

»Keineswegs, wir sind so weit fertig. Sie können gehen, wohin Sie wollen. Danke für den Kaffee.«

»Dann wünsche ich Ihnen noch einen schönen Tag, Frau Kommissarin.«

»Wenn er nicht noch schlimmer wird, als er schon ist, bin ich zufrieden. Auf Wiedersehen.«

Ursula

Die Befragung durch die Kommissarin hatte mir noch einmal vor Augen geführt, dass es in Los Troncos eigentlich nichts mehr für mich zu tun gab. Was hielt mich zurück? Pintos Cunha hatte gesagt, ich könne gehen, wann ich wolle.

Ich war nervös. Vor meinem inneren Auge erschien immer wieder das Gesicht des Mannes, den ich auf den Fotos im Fernsehen und auf der Terrasse gesehen hatte, sein dunkler Bart, die Metallbrille. Ich hatte das Gefühl, seine boshafte Miene unmittelbar vor mir zu haben und seinen unangenehmen Atem zu spüren. Ich wusste nicht, welche Beziehung zwischen ihm und Vanessa bestand, war mir aber sicher, dass er zurückkehren würde.

Verzweiflung befiel mich.

Mein Verstand sagte mir, dass ich mich unverzüglich davonmachen sollte. Ich stopfte meine Sachen in den großen Koffer, steckte den .38er Revolver in die Manteltasche, ergriff zusätzlich den kleinen Koffer mit dem Zahlenschloss und machte mich auf den Weg zum Parkplatz, nicht ohne mich vorher zu vergewissern, dass die Luft rein war. Ich verstaute das Gepäck im Kofferraum und fuhr, ohne mich noch einmal umzusehen, davon, ließ das verfluchte Barra so schnell wie möglich hinter mir.

Mit wild klopfendem Herzen rase ich jetzt die Straße Richtung Chuy entlang und verspüre unendliche Erleichterung, als die ersten schäbigen Hütten am Rand des brasilianischen Teils der Stadt vor mir auftauchen.

Ohne nachzudenken, steuere ich wie selbstverständlich das Hotel an, in dem ich bei meinem ersten hiesigen Aufenthalt übernachtet habe. Bis mir plötzlich klar wird, dass die Frau an der Rezeption sich womöglich an mich erinnern und verdutzt feststellen würde, dass sie auf einmal dieselbe Frau, aber mit anderem Namen und Ausweis vor sich hat. Da entdecke ich am Straßenrand ein Hinweisschild zu einer offenbar ziemlich guten und nicht weit entfernten Unterkunft auf der brasilianischen Seite. Ich folge der angegebenen Richtung und stehe in nicht einmal einer Minute vor der Zufahrt auf das Gelände des Belladonna Chuí Hotels. Zwischen ausgedehnten Rasenflächen, schönen alten Bäumen, sorgfältig gestutzten Hecken und gepflegten Blumenrabatten hindurch gelange ich auf einem gewundenen Schotterweg zum Eingang des efeubewachsenen Steinhauses. Es wirkt wie ein Landhotel für Leute aus dem mittleren Management, Vertreter auf Erfolgsspur oder Besitzer von Rinderfarmen, die sich ein romantisches Wochenende gönnen wollen. Geradezu idyllisch und weitab vom Lärm der Straßen und dem Gewimmel des Zentrums. Außerdem umgeben von einer hohen Mauer und durch eine Einlasskontrolle geschützt. Was könnte es Besseres geben für eine Frau auf der Suche nach Diskretion und Ungestörtheit? Ich stelle das Auto nicht weit vom Eingang ab und steige aus. Auf dem Rasen spielen mehrere Kinder Fangen, auf einer Bank sitzt ein Paar, das sich leise unterhält, und in der Ferne bewegt sich jemand gemächlich auf einem Fahrrad durchs Gelände.

Der junge Mann an der Rezeption macht einen gleichermaßen gelangweilten und hochnäsigen Eindruck.

»Guten Tag, was kann ich für Sie tun?«

Was für eine Frage, wenn eine Frau mit einem schweren Koffer an der Seite vor einem steht? Vielleicht ist mir ja die leise Ironie, die womöglich in seinen Worten mitschwingt, entgangen. So oder so kann ich es mir in diesem Moment nicht erlauben, meinem Hang zum Sarkasmus nachzugeben und es meinem Gegenüber in gleicher Münze heimzuzahlen, schließlich will ich keinesfalls auffallen, weshalb ich mich darauf beschränke, mit zusammengebissenen Zähnen und verkrampft lächelnd zu erwidern: »Ein Zimmer, bitte, wenn Sie so freundlich sind.«

»Für eine Person?«

Offensichtlich hatte er es darauf abgesehen, mich zu provozieren. »Ja, für eine Person, Señor …«

Wortlos deutet er auf das Namensschildchen an seiner Brust.

»Ja, Señor Martin, bitte ein Zimmer nur für mich allein.«

Daraufhin wendet er sich seinem Computer zu. Offensichtlich kann nur der ihm Aufschluss darüber geben, ob in diesem Fünfzig-Betten-Hotel noch ein Zimmer frei ist, obwohl draußen auf dem Parkplatz bloß drei Autos stehen, meins eingerechnet. Seufzend sehe ich mich um. Die altmodischen Sessel und Ablagetischchen, der flauschig weiche, stellenweise allerdings abgetretene Teppich, die für den heutigen Geschmack viel zu weit oben angebrachten Lampen, all das erinnert an ein gutes Hotel von vor dreißig Jahren, das nur mit Mühe seine Würde aufrechterhält. Mich rührt es, wenn ich erlebe, dass Menschen und Dinge sich mit aller Kraft an die Vergangenheit klammern, ich werde dann jedes Mal ganz weich, vielleicht, weil ich selbst eine durch und durch den alten Zeiten verhaftete Frau bin, die offensichtlich dabei ist, die Lebensmitte hinter sich zu lassen. Obwohl ich eigentlich gar nicht weiß, wonach ich mich zurücksehne, sage ich mir als Nächstes achselzuckend und richte die Aufmerksamkeit auf das Licht, das sich zwischen den Vorhängen der sich auf den Garten öffnenden Fenster hindurchstiehlt. Im Grunde ein schöner Ort, der mithilfe einer ordentlichen Stange Geld sogar richtig schön werden könnte. Wie fast alles auf dieser Welt, auch ich.

»Mit Blick auf den Swimmingpool oder auf den Park?«

»Das ist mir egal, Martin, Hauptsache, das Bett hat eine gute Matratze und die Dusche einen richtig kräftigen Strahl.«

Zu spät wird mir klar, wie lächerlich meine Forderung sich anhören muss – als verhandelte ich mit dem Betreiber einer billigen Pension. Der Seufzer und der strenge Blick, mit dem mein Gegenüber mich bedenkt, geben mir mehr als deutlich zu verstehen, dass man sich in diesem Hotel seines eigenen Wertes, so stark er im Abnehmen begriffen sein mag, sehr wohl bewusst ist. Ich gehöre aber nicht zu den Leuten, die so leicht einen Rückzieher machen, weshalb ich Martins Blick standhalte, als gäbe es für mich nichts Wichtigeres auf der Welt als eine makellose Matratze.

»Darf ich Sie um Ihren Ausweis bitten?«

»Bitte schön, hier. Ich heiße Vanessa Steel.«

Er klappt den Ausweis auf und tippt den Namen ein. »Adresse?«

Ich wiederhole die Story von den angeblich nicht existierenden Hausnummern in Punta del Este, schmücke sie diesmal allerdings nicht ganz so ausführlich aus, weil sie mir allmählich selbst langweilig wird.

Er füllt währenddessen weiter das Anmeldeformular aus, mit einem Stirnrunzeln, das gleichermaßen Konzentration und Überdruss ausdrückt, auf jeden Fall aber erkennen lässt, dass meine Worte ihn nicht im Geringsten interessieren, was nicht weiter verwunderlich ist – ich kann mir auch Spannenderes vorstellen, als zu erfahren, wie die vor mir stehende Person heißt, wo sie wohnt, wie lange sie zu bleiben gedenkt und wann sie morgens geweckt werden will.

»Zimmer 305. Der Lift ist in dem Flur dort drüben. Dritter Stock. Hier, bitte.«

Während er mir den Schlüssel entgegenhält, verrät sein Blick einen geradezu lebensbedrohlichen Überdruss. Für derlei bin ich durchaus empfänglich.

»Suchen Sie sich eine andere Arbeit, Martin«, sage ich, »hauen Sie ab, ehe es zu spät ist. Begehen Sie nicht denselben Fehler wie ich, nehmen Sie das Leben nicht einfach schicksalsergeben hin, Sie werden es sonst früher oder später bereuen. Die Jahre vergehen schneller, als Sie denken, auf gehts, fort von hier, solange Sie noch können.«

Die Tage der Zukunft stehen vor uns wie eine Reihe angezündeter Kerzen, hätte ich am liebsten hinzugefügt, aber mir ist klar, dass dieser Mann von einem gewissen Konstantinos Kavafis wohl kaum je etwas gehört, geschweige denn gelesen hat.

Pintos Cunha

Guten Abend, Frau Kommissarin, ich möchte Anzeige erstatten.«

»Guten Abend. Wie war noch mal Ihr Name?«

»Pedro Malerbi, ich bin der Besitzer der Ferienanlage Los Troncos.«

»Ah ja, jetzt weiß ich es wieder. Und was möchten Sie anzeigen?«

»Ehrlich gesagt, weiß ich nicht, wie ich es erklären soll, es kommt Ihnen bestimmt ziemlich seltsam vor …«

»Versuchen Sie es doch. Worum geht es denn?«

»Also, ich glaube, diese Senhora Vanessa Steel ist nicht die Person, die sie zu sein vorgibt.«

»Ich glaube, ich verstehe Sie nicht.«

»Ich weiß nicht, wo ich anfangen soll …«

»Am Anfang, vielleicht …«

»Es war bei dem Feuer. Als Hütte acht bereits lichterloh brannte, kam Vanessa aus ihrer Hütte gerannt, stürzte sich auf mich und rief irgendwas von wegen Ursula retten. Sie wissen schon, die Frau, die in den Flammen ums Leben gekommen ist. Ihre Stimme, also die von Vanessa, kam mir irgendwie seltsam vor, verstehen Sie? Anders, vielleicht ein bisschen tiefer, als ich sie kannte.«

»Und dann?«

»Zuerst war ich mir unsicher, womöglich war sie nur erkältet oder so. Denn wenn ich sie ansah, sah ich Vanessa, ja, aber wenn ich sie reden hörte, war sie es nicht. Verstehen Sie?«

»Ich bin mir nicht sicher, ob ich Sie verstehe. Aber erzählen Sie weiter.«

»Zuerst hatte ich also bloß den Verdacht, dass da irgendwas nicht stimmt. Aber nach dem, was dann geschah, bin ich mir sicher, dass diese Frau nicht die ist, die sie zu sein vorgibt.«

»Und was geschah?«

»Sie hat mich umarmt.«

»Sie hat Sie umarmt.«

»Ja. Aber Vanessa Steel hätte mich niemals umarmt. Sie ist vornehm und elegant, aber stets distanziert. Kein Mensch, der sich anderen einfach so anvertraut. Wissen Sie, ich kenne sie, seit ich die Ferienanlage gekauft habe, sie gehörte schon zu den Stammkunden des Vorbesitzers, Ayrton, er hat mich damals gewarnt, ich soll vorsichtig mit ihr sein. Komm ihr bloß nicht zu nah, Pedro, Senhora Steel mag das nicht. Nichts da von wegen duzen, und keine unnötigen Fragen, kein überflüssiges Gerede. Guten Tag, guten Abend, das reicht. Sie ist sehr zurückhaltend, Pedro, sie kommt hierher, um zu arbeiten, und will dabei von nichts und niemandem gestört werden. Später habe ich festgestellt, dass sie genau so war, wie Ayrton gesagt hatte: Wortkarg, zurückhaltend, kontrolliert. Und genau diese Frau kommt bei dem Brand auf mich zu und schließt mich in die Arme, verstehen Sie?«

»Ehrlich gesagt, nein. Kann es nicht einfach an der Situation gelegen haben?«

»Wenn Vanessa tatsächlich aufgewühlt gewesen wäre, hätte sie das mir gegenüber niemals so zum Ausdruck gebracht.«

»Verstehe ich Sie richtig? Sie meinen also, jemand hat sich unrechtmäßig Vanessas Identität angeeignet, ja?«

»Wenn man das so nennt, ja.«

»Sehen Sie mal, Pedro, so ein Brand ist doch eine wirklich traumatische Erfahrung. Vielleicht stand sie einfach unter Schock.«

»Da ist aber noch mehr, Frau Kommissarin. Nachdem sie mich umarmt hatte, hat sie versucht, sich davonzustehlen, das heißt, sie hat sich unter die anderen Anwesenden gemischt, als wollte sie möglichst nicht mehr gesehen werden. Ich glaube, sie hat irgendwie gemerkt, dass ich misstrauisch geworden war.«

»Als ich mich mit ihr unterhalten habe, kam sie mir nicht so vor, im Gegenteil. Sie hat mich sogar aufgefordert, zu ihr in die Hütte zu kommen, auf eine Tasse Kaffee.«

»Sehen Sie? Da wollte sie sich wohl auch vor mir verstecken, weil ich der Einzige war, dem hätte auffallen können, dass sie nicht Vanessa ist. Sie dagegen kannten sie ja noch nicht.«

»Worauf wollen Sie hinaus, Pedro?«

»Warten Sie. Was sagen Sie dazu? Am Tag vor dem Brand hatte Ursula López sich eine Schere von mir ausgeliehen.«

»Und?«

»Könnte doch sein, dass sie sich damit die Haare schneiden wollte. Um dieselbe Frisur wie Vanessa zu haben.«

»Verstehe ich Sie richtig? Sie wollen behaupten, dass die Person, die sich Vanessas Identität angeeignet hat, Ursula López ist?«

»Ja, Frau Kommissarin, genau der Meinung bin ich.«

»Und wer wäre dann die Tote?«

»Ich bin mir ziemlich sicher, dass das nur Vanessa Steel sein kann.«

»Wann genau soll das denn passiert sein? Dass sie sich ihre Identität angeeignet hat, meine ich.«

»Das weiß ich auch nicht. Vielleicht in der Brandnacht?«

»Das ist aber eine ziemlich gewagte Theorie. Warum hätten die beiden das tun sollen?«

»Keine Ahnung.«

»Es hört sich jedenfalls ein bisschen wirr an …«

»Nur eins noch: Heute ist sie verschwunden.«

»Sie ist abgereist, ohne die Rechnung zu begleichen?«

»Nein, nein, die war längst beglichen. Ich meine, sie ist abgereist, ohne Bescheid zu geben. Das hätte Vanessa nie gemacht. Die echte Vanessa, meine ich.«

»Sie haben gerade selbst gesagt, dass Vanessa keine Nähe zugelassen hat, dass sie kühl und distanziert war. Warum hätte sie dann Bescheid geben sollen, dass sie abreist? So ungewöhnlich ist es wahrscheinlich doch auch nicht, dass ein Gast abreist, ohne sich zu verabschieden, oder?«

»Diese Frau ist geflohen!«

»Na gut, weswegen genau möchten Sie also Anzeige erstatten? Und was erwarten Sie von uns, von der Polizei?«

»Ich möchte anzeigen, dass diese Frau nicht Vanessa ist, und dass die Frau, die sich für Vanessa ausgibt, in Wirklichkeit Ursula López ist. Irgendwann hat es da einen Tausch gegeben, aber wie der zustande gekommen ist, kann ich nicht sagen.«

»Und was für Beweise haben Sie, Pedro? Ich sehe Ihnen an, dass Sie noch ein Ass im Ärmel haben.«

»Ich weiß, wie die Polizei in solchen Fällen vorgeht, Frau Kommissarin. Ich habe die Hütte, in der Vanessa gewohnt hat, abgeschlossen. Wenn Sie möchten, können Sie dort jede Menge Fingerabdrücke und DNA-Proben einsammeln. Und zwar von der echten Vanessa. Und die müssten dann mit denen von der anderen Frau abgeglichen werden. Ich weiß, für so was haben Ihre Leute alle möglichen Pulver und chemischen Substanzen, die anschließend ins Labor geschickt werden, zur Untersuchung. In der Hütte gibt es jedenfalls Material in Hülle und Fülle …«

»Hören Sie, Senhor Malerbi, wie soll ich das erklären? Sie stellen sich wahrscheinlich vor, wir wären hier in New York und ich vom FBI. ›Einen Moment, bitte, ich ruf mal eben die Kollegen aus Quantico an.‹ Und die kommen dann im

Hubschrauber angeflogen und landen in Los Troncos und packen ihre Sachen aus, und in null Komma nichts ist der Fall aufgeklärt. Von wegen, Senhor Malerbi, ich bin Kommissarin Pintos Cunha, und wir sind hier in Chuí, und auf unserer Polizeiwache ist noch nicht mal das Dach richtig dicht, wenn es regnet, müssen wir jedes Mal Eimer aufstellen … Mehr Leute als die, die Sie hier sehen, habe ich nicht zur Verfügung, und da draußen gibt es jede Menge Drogenhändler und Gewalttäter und Schmuggler und Dreck und Elend und Menschen, die sich ihr Essen im Müll suchen und im Müll übernachten. Ich würde ja gern *CSI Chuí* mit Ihnen spielen, Senhor Malerbi, aber mir fehlen nun mal die passenden Kollegen und die nötige Ausrüstung dafür. Darum entschuldigen Sie bitte, aber ich kann auf Ihr Anliegen nicht eingehen. Einen schönen Abend noch.«

»Sie wollen die Anzeige also nicht aufnehmen?«

»Nein, erst wenn Sie halbwegs nachvollziehbare Beweise vorlegen.«

Sie sieht dem davongehenden Mann hinterher.

Das hatte ihr gerade noch gefehlt – eine Anzeige, genau jetzt, wo sie losmuss, um ebendiese Vanessa aufzuspüren. Ja, genau die, um ihren Kollegen aus Uruguay einen Gefallen zu tun. Sollen sie doch herausfinden, ob die Frau tatsächlich diejenige ist, die sie zu sein vorgibt. Das ist dann aber auf jeden Fall nicht mehr ihr Problem.

Morgen wird sie eine Runde durch die Stadt drehen und sich den erstbesten vom Klebstoff zugedröhnten Loser schnappen – einen der üblichen Verdächtigen – und ihn fragen, ob er etwas über diesen Brand in Barra weiß und ob er von einer gewissen Ursula López oder Vanessa Steel gehört hat. Was dieser verneinen wird, woraufhin sie den Fall mit dem Feuer in Los Troncos für abgeschlossen erklären wird.

So macht man das hierzulande nun mal.

Rocco

Er ist ihr im Auto von Barra bis nach Chuy gefolgt, hat gesehen, wie sie die Zufahrt zum Gelände des Belladonna Chuí Hotels passiert hat, und hat gewartet. Zwei Stunden später ist sie wieder erschienen.

Jetzt fährt er in angemessenem Abstand hinter ihr her, bis sie auf den Parkplatz eines brasilianischen Supermarkts einbiegt, aussteigt und im Inneren verschwindet. Er fährt ein Stück weiter und parkt schließlich in einer Straße, die direkt auf die Grenzallee zwischen den beiden Teilen von Chuy zuführt. Er holt sein rotes Notizbuch hervor, trägt das Kennzeichen und die Marke seines eigenen Autos ein, wie auch die Hausnummer und den Namen der Straße – und sogar den Namen der Stadt –, wo er es abgestellt hat. Danach, wenn auch zögernd, was er hier vorhat und wo er hinwill, wenn er damit fertig ist. Alles in der ordentlichen Handschrift der Nonnen von der Klosterschule in Africo im heimatlichen Kalabrien. Wie der Arzt ihm geraten hat, schreibt er auf, was er wissen muss, falls das Gedächtnis ihn wieder einmal im Stich lässt. Über einen anderen Ersatz für sein Erinnerungsvermögen verfügt er vorläufig nicht. Und darüber, was er tun soll, wenn es sich für immer verabschiedet, denkt er lieber nicht nach. Verfluchtes Gedächtnis.

Seufzend sagt er sich, dass er die Sache so schnell wie möglich erledigen muss, um endlich nach João Pessoa aufbrechen zu können, wo sich die Organisation um seine Gesundheit kümmern und für alles Nötige sorgen wird – mit entsprechender ärztlicher Hilfe wird er dort bestimmt wieder der Alte werden. Aber zuvor muss er sämtliche Spuren seiner Anwesenheit hier tilgen.

Er sieht auf die Uhr, steigt aus und macht sich auf den Weg zur Grenzallee, hört aber schon nach wenigen Schritten eine atemlos keuchende Stimme hinter sich: »Soll ich auf Ihren Wagen aufpassen?«

Nicht umsonst hat er so lange in Uruguay gelebt, diese Art der Bettelei ist ihm bestens vertraut. Er holt einen Hundert-Pesos-Schein hervor und hält ihn dem Mann hin, um sich auf diese Weise nervtötende Diskussionen jeder Art zu ersparen. Zugegebenermaßen hat der ihm aufgedrängte Wachschutz, der in Wirklichkeit wohl kaum je konkrete Form annehmen wird, eine derart hohe Entlohnung eigentlich nicht verdient – zwanzig Pesos wären mehr als genug. Vielleicht macht der Empfänger ebendeshalb auf der Stelle kehrt und verschwindet mit seiner Trophäe, ohne ihn auch nur eines Blickes zu würdigen, in der Richtung, aus der er gekommen ist. In einem verlassenen Hauseingang in der Nähe hat sich ein Hund auf einem Lumpen zusammengerollt, und neben ihm streckt sich nun der glückliche Gewinner aus, um sich von den Mühen des Gelderwerbs zu erholen.

Rocco schenkt ihm ebenso wenig Beachtung und setzt seinen Weg fort. Dabei blickt er sich aufmerksam um. Um diese Uhrzeit ist hier kaum jemand unterwegs; außer dem Bettler, der in Kürze seinem Cachaça-Rausch nachgeben und in tiefen Schlaf versinken wird, hat ihn wohl kaum jemand gesehen. Und verfolgt wird er offensichtlich auch nicht. Er gelangt zu einem Straßenmarkt, der sich gerade zu leeren beginnt, es ist schon nach zwölf, weshalb die Einheimischen sich, ihrer Gewohnheit folgend, zur Siesta zurückziehen. Sich immer wieder umsehend, wandert er zwischen den Ständen umher. An dem einen werden Raubkopien von CDs angeboten, am nächsten indigene Hängematten made in China, daneben gibt es billige Hotdogs mit billigem Senf und gleich dahinter einen Stand mit Handtüchern, auf denen die Blaue Moschee oder Szenen aus *Die Schöne und das Biest* abgebildet sind.

An einem Kiosk kauft er eine Flasche Wasser, leert sie auf einen Zug, wirft sie auf einen Müllhaufen gleich am Straßenrand und wischt sich mit dem Handrücken den Mund ab.

Da steigt einmal mehr aus der Dunkelheit seiner Erinnerungen das Bild Salvatores vor ihm auf, so wie er sich ihm bei ihrer ersten Begegnung präsentierte – bleich und übergewichtig bei ihnen zu Hause in dem bordeauxroten Sessel am Tisch sitzend. Schon bald sollte er erfahren, wie streng und bestimmend er sein konnte, und dennoch hatte er, Rocco, als Kind stets das Gefühl, von Salvatore im Wesentlichen gerecht behandelt zu werden. Aber warum muss er ausgerechnet hier und jetzt wieder an ihn denken? Hat Salvatore ihn tatsächlich gerecht behandelt? Und wenn nicht, warum bemüht sich Rocco dann, ihn weiterhin mit einem Heiligenschein zu versehen? Aus irgendeinem Grund fühlt er sich bis heute auf besondere Weise mit dieser Zeit seines Lebens verbunden, das ist ihm klar – damals war er manchmal glücklich, meistens unglücklich und vor allem noch sehr, sehr jung. Es ist, als lastete weiterhin eine alte Schuld auf ihm, die er begleichen muss, um sich zu befreien, auch das ist ihm klar.

Schließlich erreicht er den Supermarkt und läuft zu Fuß die Zufahrtsrampe zu dem riesigen Parkplatz hoch, der für einen so kleinen Ort eigentlich viel zu groß wirkt. Zeitweilig – und das muss man wissen – wird er allerdings von massenhaft Kundinnen und Kunden überrannt. Im Augenblick steht dort aber einzig und allein Vanessas Wagen.

Er stellt sich hinter eine dicke Säule und überwacht von dort aus den Eingang, durch den sie vorhin das Gebäude betreten hat. Auf einmal verspürt er Lust, zu rauchen. Er betastet seine Jackentaschen, dann die Hemdtasche, schließlich die Hosentaschen, und muss sich zuletzt sagen, dass er die Zigaretten offensichtlich im Auto vergessen hat. Oder hat er längst aufgehört zu rauchen? Vielleicht raucht er gar nicht mehr, kann sich in diesem Augenblick aber nicht daran erinnern. Besser so, jedenfalls – der Rauch könnte ihn verraten.

Drei Frauen kommen aus dem Supermarkt. Eine trägt grellrote Leggins, eine andere zwei Plastikbehälter, offenbar voller Lebensmittel. Wahrscheinlich arbeiten sie hier und haben gerade Mittagspause. Leise fluchend verzieht sich Rocco hinter die Säule, aber obwohl sie ganz nahe an ihm vorbeigehen, bemerken sie ihn nicht, sie sind viel zu sehr damit beschäftigt, sich ausgelassen zu unterhalten und immer wieder laut zu lachen. Warum nur fällt ihm gleich darauf erneut Salvatore ein, wie er großmütig lächelnd bei ihnen zu Hause in dem bordeauxroten Sessel sitzt? Schon wieder läuft der trügerische Dokumentarfilm seiner Kindheit vor ihm ab. Bis sich ein Schleier darüberlegt, ebenso plötzlich, wie die Vorstellung begonnen hat.

Ihm ist warm, er öffnet die Jacke, fängt an, heftig zu atmen.

Allmählich wird er müde. Und das, wo ihm fast fünftausend Kilometer Fahrt bis zu dieser Stadt in Brasilien bevorstehen. Wie heißt die noch mal? Er sieht in seinem Notizbuch nach: João Pessoa. Nicht vergessen, João Pessoa!

Aber das Wichtigste zuerst. Die Frau, die ihn durch das Fenster ihrer Hütte beobachtet hat, ist aus dem Spiel, die kann niemandem mehr etwas erzählen. Jetzt ist die andere an der Reihe. Er sieht vor sich, wie sie in einem Cabriolet die Strandpromenade von Monte Carlo entlangfährt, in einem Dior-Kostüm über einen roten Teppich spaziert, eine Marmortreppe hinabsteigt oder in einem Park am Ufer eines Teichs entlangschlendert. Dass er eines Tages – als alternder Mann – dermaßen sentimental werden würde …

Rund um die Brandstelle waren viel zu viele Polizisten unterwegs, das zwang ihn, sich davonzumachen – nicht, dass am Ende jemandem sein seltsames graues Auto auffiel. Trotzdem muss er seine Spuren verwischen. Die Gegenwart säubern, um die Zukunft zu sichern, wie Salvatore immer gesagt hat. Er hat sich den Spruch zu eigen gemacht und sich jederzeit daran gehalten.

Aber eilig hat er es inzwischen nicht mehr, im Gegenteil, jetzt hat er alle Zeit der Welt. Und so steht er da und wartet.

Ursula und Rocco

Noch nie hatte mir jemand eine Waffe ans Genick gehalten, den kalten runden Druck der Mündung auf der Haut erkannte ich trotzdem sofort. Ich drehte mich nicht um, das war nicht nötig, ich wusste auch so – oder glaubte zu wissen –, wer hinter mir stand. Vor mir sah ich die Heckscheibe meines neuen Autos. Weiter hinten die mit einer Kletterpflanze bewachsene, weiß gestrichene Mauer des um diese Uhrzeit völlig leeren Parkplatzes. Fast hätte ich meinem Impuls nachgegeben und wäre einfach weggelaufen, machte mir aber gerade noch rechtzeitig klar, dass das so leichtsinnig wie zwecklos wäre.

Eine Waffe mit kurzem Lauf, dachte ich, ob er zu einer Pistole oder einem Revolver gehörte, hätte ich jedoch unmöglich sagen können, auch nicht, welche Marke oder welches Kaliber, aber das spielte keinerlei Rolle, denn so, wie wir dastanden – ich völlig reglos, den Lauf im wahrscheinlich 45°-Winkel fest ans Genick gedrückt –, hätte das abgefeuerte Geschoss dafür gesorgt, dass die Heckscheibe mit einer wunderschönen Mischung aus Hirnmasse, Schädelknochensplittern und versengten Haaren verziert worden wäre.

Ich wusste sofort Bescheid, obwohl mir noch nie jemand eine Waffe ans Genick gehalten hatte. Es war kurz nach Mittag, gerade war ich aus dem Supermarkt gekommen und zum Auto gegangen, um die Einkaufstüten im Kofferraum zu verstauen. Wenn ich wieder im Hotel wäre, wollte ich erneut duschen, und zu Abend essen wollte ich ebenfalls dort. Weiter reichende Pläne hatte ich mir noch nicht zurechtgelegt. Die

Tüten hatte ich bereits abgesetzt und die Türen des Wagens entriegelt, ich schaffte es aber nicht mehr, die Kofferraumklappe zu öffnen, weil sich plötzlich ein großer Schatten auf das Auto legte. Gleich darauf spürte ich das kalte Metall am Hals. Ich wusste sofort Bescheid. Bevor mich die Angst überwältigte, versuchte ich, mir das Gesicht des Mannes zu vergegenwärtigen, das ich im Fernsehen, auf mehreren Passfotos wie auch in der Wirklichkeit gesehen hatte, als ebendieser Mann mit der Tasche über der Schulter aus Vanessas Hütte gekommen war. Die Tüten standen immer noch auf dem Boden und würden dort wohl auch bleiben – schade um die Schokolade, die Turrones und die Flasche Campari. Ich machte mir bewusst, dass sich der Supermarkt genau an der Grenze zwischen den beiden Teilen Chuys befand, aber noch auf brasilianischer Seite, dass gerade Mittagszeit war und ich die Türen meines Wagens entriegelt hatte, weil ich die Einkäufe im Kofferraum verstauen wollte. Eine Waffe mit kurzem Lauf, dachte ich, kurz bevor mich Angst befiel; ob er zu einer Pistole oder einem Revolver gehörte, hätte ich jedoch unmöglich sagen können, auch nicht, welche Marke oder welches Kaliber, aber das spielte keinerlei Rolle, denn so, wie wir dastanden, hätte das abgefeuerte Geschoss dafür gesorgt, dass die Heckscheibe mit einer wunderschönen Mischung aus Hirnmasse, Schädelknochensplittern und Blut verziert worden wäre.

Ich rührte mich nicht, verspürte gleichermaßen Neugier und Furcht und war unfähig, zu entscheiden, ob ich die Augen schließen und laut um Hilfe rufen oder aber mich umdrehen und dem Angreifer ins Gesicht sehen sollte. Ich entschied mich für etwas dazwischen – ohne mich von der Stelle zu bewegen, holte ich tief Luft und sagte: »Mitten in der Stadt und am helllichten Tag – ich muss ja ganz schön wichtig sein, dass Sie nur wegen mir so ein Risiko eingehen.«

Die Antwort ließ nicht auf sich warten, heftig und feucht hörte ich dicht an meinem linken Ohr: »Planänderung, Süße.«

Jetzt war ich mir endgültig sicher, dass es sich um den Kerl aus den Nachrichten und auf den Passfotos handelte. Wie voraussehbar ist doch alles im Leben! Warum war ich bloß so unvorsichtig gewesen und hatte nicht nur durch mein Hüttenfenster gespäht, sondern mich dabei auch noch erwischen lassen? Und warum befand ich mich jetzt hier, mit Einkaufstüten auf dem Parkplatz eines Supermarkts, statt in der Sicherheit des Hotels oder längst weit weg, fern dieser Stadt? Einmal mehr musste ich mir eingestehen, was für ein lächerliches Bild ich regelmäßig abgebe – eine fettleibige Betrügerin, eine übergewichtige Madame, die sich mehr vornimmt, als sie bewältigen kann, die einfach nicht auf der Höhe der Situation ist! Was in den verlassen auf dem Parkplatz stehenden Tüten voller Turrones sinnbildlich Gestalt annahm. Aber hatte er wirklich Süße gesagt? Ich lachte kurz auf und bereute es sofort.

»An deiner Stelle würde ich lieber nicht lachen.«

Wieder spürte ich die Speicheltröpfchen an meinem Ohr, drehte mich aber auch jetzt nicht um, den Gefallen wollte ich ihm nicht tun. Stattdessen starrte ich weiter die weiße Wand an, die sich in der Heckscheibe meines Autos spiegelte, die ich ungern mit meiner Gehirnmasse beschmutzen wollte …

»So, und jetzt Abmarsch, aber immer schön langsam. Und der Mund bleibt zu!«

Na, hör mal, was bist du denn für ein Macho?, sagte ich mir und hätte ihm am liebsten empört eine gepfefferte Antwort entgegengeschleudert und auf meinen Rechten bestanden, machte mir aber gleich darauf klar, dass jetzt wohl doch nicht der richtige Zeitpunkt für derlei war, weshalb ich den Gedanken sogleich verwarf. Stattdessen drehte ich mich erwartungsvoll um.

Er war es, tatsächlich.

Ich blickte mich um – weit und breit keine Menschenseele. Was nur logisch war, um diese Uhrzeit war die ganze Stadt (bis auf die paar Angestellten des Supermarkts) damit beschäftigt, Mittag zu essen oder Siesta zu halten. Und weder vom Inneren des Supermarkts noch von der angrenzenden Straße aus waren wir hier zu sehen. Er hätte mich also auch in aller Ruhe an Ort und Stelle in tausend Stückchen zerhacken können, niemand hätte es mitbekommen.

Ich hätte wissen müssen, dass dieser Mann früher oder später in Vanessas Leben auftauchen würde, bewaffnet und übergriffig, wie alle Männer, wenn sie glauben, sich nehmen zu können, was ihnen ihrer Überzeugung nach zusteht.

»Ich bin dir gefolgt, seit du die Hütte verlassen hast, die ganze Zeit, bis hierher. Ganz schön aufmerksam von mir, oder? Schade drum, aber da, wo ich dich jetzt hinbringe, werden dir deine ganze Schokolade und der Campari nichts nützen. Also los jetzt, Vanessa, auf gehts!«

Und wenn ihm klar wurde, dass ich gar nicht Vanessa war? Aber ich trug ja ihre Kleider und fuhr mit ihrem Auto durch die Gegend, und jetzt hatte er mich auch noch ganz aus der Nähe gesehen und offensichtlich nichts Seltsames bemerkt – wie sollte er da auf die Idee kommen, ich könnte eine Hochstaplerin sein?

Rocco und Ursula

Los jetzt, und nicht vergessen: Der Mund bleibt zu!«

»Wohin gehen wir denn?«

»Ich stelle hier die Fragen, kapiert? Du hörst zu und gehorchst.«

»Ich habs befürchtet: nicht nur mafiös, sondern auch noch frauenfeindlich.«

»Was hast du gesagt? Sprich lauter, Vanessa, ich gehe hinter dir und kann dich nicht verstehen.«

»Ich habe gesagt, Sie sollen mir verraten, wohin wir gehen.«

»Zu meinem Wagen.«

»Und die ganze Zeit wollen Sie mir Ihr Ding in den Nacken drücken? Ist das nicht ein bisschen auffällig?«

»Sei still. Die Waffe stecke ich jetzt weg. Aber mach bloß keinen Blödsinn, von der Tasche aus ziele ich weiter auf dich.«

»Na gut. Zu Ihrem Wagen also. Und dann? Das muss ich einfach wissen.«

»Das musst du wissen? Willst du mir jetzt erklären, dass du ein Recht darauf hast, zu erfahren, wohin ich dich bringe? Und wenn ichs dir nicht sage? Also, Mund zu und Abmarsch!«

»Ich formuliere es jetzt mal anders: Würden Sie bitte so freundlich sein und mir sagen, wohin wir gehen?«

»Du bist eine wunderschöne Frau, aber du redest zu viel.«

»Meinen Sie das ernst?«

»Ja. Nicht zu fassen, ich ziele mit meiner Waffe auf dich, aber du hörst trotzdem nicht auf zu quatschen.«

»Nein, so habe ich das nicht gemeint. Ich meine das, was Sie davor gesagt haben. Dass ich wunderschön bin.«

»Weißt du das etwa nicht selbst? Du bist sehr hübsch, ja.«

»Nein, das wusste ich nicht. Außer Ihnen hat das noch niemand zu mir gesagt.«

»Natürlich bist du schön, das sieht doch jeder.«

»Das muss ich meinem Papa erzählen!«

»Lebt der auch in Punta del Este?«

»Nein, in Montevideo. Auf dem Friedhof von Buceo. Ein wunderschönes Plätzchen, ein Grab mit Meerblick. In unserer riesigen, gemütlichen Familiengrabstätte. Er kommt aber oft zu Besuch zu mir.«

»Sprichst du mit den Toten?«

»Eigentlich nur mit einem. Mit meinem Papa.«

»Kann schon sein, dass dir wirklich noch nie wer gesagt hat, dass du schön bist. Aber dass du verrückt bist, haben dir die Leute bestimmt schon zig Mal gesagt, oder?«

»Ja, stimmt, schon mein ganzes Leben lang, ich kann es nicht mehr hören. Also zurück zum Thema: Wohin sind wir unterwegs?«

»Zu meinem Auto. Zu meinem Auto. Zu meinem Auto. Und jetzt mach zu und frag nicht so viel.«

»Aber in welche Richtung, meine ich. Wir laufen nämlich im Kreis. Können Sie mir das nicht wenigstens verraten?«

»Also … hier lang … Moment … Nein, da, glaube ich.«

»Was jetzt? Hier oder da?«

»Sag ich doch, die Straße da.«

»Gerade haben Sie genau das Gegenteil gesagt. Wissen Sie was? Ich glaube, Sie haben sich verlaufen.«

»Halt den Mund.«

»Wie Sie meinen.«

»Kanntest du die Frau, die bei dem Brand umgekommen ist?«

»Soll ich jetzt den Mund halten oder nicht? Na gut, ich beantworte Ihre Frage. Ja, ich habe sie gekannt, aber erst seit Kurzem. Wir haben uns ein paar Mal unterhalten, eigentlich nur über belangloses Zeug. Was zwei einsamen Frauen in einer halb verlassenen Ferienanlage außerhalb der Saison eben so einfällt. Viel mehr war da nicht. An dem Abend vor dem Brand haben wir zusammen ein paar Camparis getrunken.«

»Dann war sie also gar nicht deine Schwester? Das hatte ich nämlich gedacht. Wie hieß sie denn?«

»Natürlich war sie nicht meine Schwester. Sie hieß Ursula López.«

»Und woher war sie?«

»Angeblich aus Montevideo.«

»Und was hat sie beruflich gemacht?«

»Das hat sie mir nicht verraten. Oder doch? Ich glaube, sie hat was von Übersetzerin gesagt.«

»Ganz schön seltsam, jedenfalls. Wie kann es sein, dass so viel Polizei aufkreuzt, nur weil eine Übersetzerin stirbt?«

»Und wenn diese Ursula eine Mörderin war?«

»Sei nicht so zynisch …«

»Ich bin nicht zynisch. Ich bin nur eine Frau, die ihre Unschuld verloren hat. Aber ich verzeihe Ihnen, dass Sie so schlecht von mir denken, weil Sie gesagt haben, ich sei schön.«

»Ich habe meine Unschuld auch schon vor langer Zeit verloren, aber deshalb sehe ich nicht gleich in jedem Mitmenschen einen Mörder.«

»So lange, wie Sie im Gefängnis waren … Da ist es natürlich kein Wunder, dass Sie Ihre Unschuld verloren haben.«

»Mach dich nicht über mich lustig, Vanessa. Ich glaube nicht, dass deine Lage das gerade hergibt.«

»Da haben Sie recht. Aber wollen Sie wirklich die ganze Zeit mit Ihrem Ding auf mich zielen? Bis Sie endlich Ihr Auto gefunden haben?«

»Ich weiß, wo es ist! Dahinten irgendwo … rechts die Straße lang. Und wenn ich es doch nicht weiß, na und? Ist dir so was noch nie passiert?«

»Mir? Ständig. Aber können Sie Ihr Ding jetzt nicht mal wegtun? Stellen Sie sich vor, ein Schuss löst sich. Dann treffen Sie mich direkt im Rücken, und ich falle tot um. Oder bin für immer gelähmt.«

»Keine Sorge, Vanessa. Bei mir hat sich noch nie ein Schuss versehentlich gelöst. Wenn ich abgedrückt habe, dann wollte ich auch abdrücken.«

»Ich frage mich sowieso, warum Sie die ganze Zeit auf mich zielen.«

»Ich kenne dich nicht, ich habe keinen Grund, dir zu trauen. Du hast gewusst, dass ich nach Barra kommen würde, und mein Kopf ist eine Menge wert. Vielleicht hat dir ja jemand Geld geboten, damit du was ausplauderst oder mich ans Messer lieferst.«

»Keine Sorge, ich habe Sie nicht für dreißig Silberlinge verschachert. Ehrlich gesagt, hat mir auch niemand ein entsprechendes Angebot gemacht. Aber warum sollte ich das tun? Ich bin eine wohlhabende Frau, ich habe es nicht nötig, Ihre ganze Organisation gegen mich aufzubringen. Wie heißt Ihr Mafiaverein eigentlich genau? Ihre Gaunerfreunde, meine ich. Und fällt Ihnen immer noch nicht ein, wo Ihr Auto sein könnte?«

»Natürlich weiß ich das. Hier lang! Ich bin bloß ein bisschen durcheinander, weil ich mich hier nicht auskenne.«

»Besonders groß ist der Ort aber nicht …«

»Schluss mit dem Gequatsche, es reicht. Halt jetzt endlich den Mund und geh zu.«

»Ist ja gut, regen Sie sich nicht so auf. Sie brauchen mich nicht anzuschreien, das gehört sich nicht. Aber was solls, ich muss mir schließlich keine Sorgen machen, ich habe alle Zeit der Welt. Wenn es jemand eilig haben müsste mit dem Abhauen, dann Sie, Rocco.«

»Nenn mich nicht beim Namen. Wir sind mitten auf der Straße.«

»Sehen Sie sich doch um, keine Menschenseele weit und breit. In diesem Land halten um die Uhrzeit 99,9 Prozent der Bevölkerung Siesta.«

»Da ist mein Wagen, wusste ich doch, dass ich ihn hier irgendwo abgestellt habe.«

»Umso besser, mir tun nämlich die Knie weh.«

»Du fährst. Los, setz dich ans Lenkrad.«

»Nett, dass Sie mir so viel Vertrauen entgegenbringen.«

»Von wegen, das mache ich, damit ich weiter mit der Pistole auf dich zielen kann.«

»Schade, ich hatte mir schon Hoffnungen gemacht.«

»Unter anderen Umständen, wer weiß … Mit so einer schönen Frau an meiner Seite.«

»Meinen Sie mich?«

»Hier, der Schlüssel. Lass den Motor an und fahr los, in die Richtung.«

»Dahin?«

»Sag ich doch.«

»Und wohin gehts da?«

»Aufs Land, Vanessa. Wir machen eine Landpartie.«

»Kann ich erfahren, was wir da vorhaben, auf dem Land?«

»Nein.«

»Das macht mich jetzt aber nervös. Ich glaube, ich möchte aussteigen.«

»Das würdest du bereuen.«

»Wenn Sie das sagen …«

»Der Russe hat behauptet, du wärst nicht sonderlich gesprächig. Entweder hat er sich geirrt, oder ich habe die falsche Frau aufgegabelt.«

»Sehen Sie nicht, dass ich unter Druck stehe? Wenn einem jemand eine Pistole ins Genick hält, darf man wohl ein bisschen nervös werden.«

»Fahr zu dem Eukalyptuswald dort.«

»Der da drüben?«

»Hier abbiegen, in den Feldweg.«

»Aber warum? Da ist doch nichts.«

»Noch ein Stück, bis zu den Bäumen. Da hältst du an.«

»Sie sind ja verrückt. Was wollen Sie da?«

»Mach den Motor aus und gib mir den Schlüssel. Und jetzt steig aus. Und mach bloß keinen Quatsch.«

»Hat Ihnen schon mal jemand gesagt, dass Sie ganz schön einschüchternd wirken können?«

»Nicht nur das. Vergiss nicht, ich hab mein Leben bei der 'Ndrangheta verbracht.«

»Genau, so hieß die Organisation, die ich meinte! 'Ndrangheta. Warum machen Sie den Kofferraum auf?«

»...«

»Was soll das? Und jetzt?«

»Jetzt gibst du mir den Schlüssel von deinem Wagen, der noch auf dem Parkplatz vom Supermarkt steht.«

»Mein Wagen? Ach nein, den habe ich doch gerade erst bekommen, und er gefällt mir so gut.«

»Genau den meine ich, mit dem fahr ich künftig. Stimmt, er ist wirklich schön. Vielen Dank. Und jetzt rein in den Kofferraum.«

»Das glauben bloß Sie, dass ich da reinsteige! Ich leide unter Klaustrophobie, ich habe panische Angst vor geschlossenen Räumen. Und vor der Dunkelheit.«

»Immer mit der Ruhe. Von wegen Klaustrophobie.«

»Nach der Genfer Konvention ist Geiselnahme verboten.«

»Für mich gelten eigene Regeln.«

»Seien Sie kein solcher Schuft, Rocco!«

»Muss ich dir mit dem Pistolenknauf eins überziehen, damit du endlich Ruhe gibst, Vanessa?«

»...«

»Fein. Und jetzt rein da. Leg dich hin. Beine anziehen. So ist gut. Wenn du nicht redest, bist du noch viel schöner. Kopf runter, ich mach jetzt die Klappe zu. Hier kommst du nie raus.«

Rocco

Auf einmal passiert es wieder. Er sieht sich um und weiß nicht, wo er ist.

Etwas sagt ihm, dass das nicht zum ersten Mal geschieht. Er kann sich an nichts erinnern, konzentriert sich, zwingt sich, die Augen zu schließen, öffnet sie erneut. Als könnte man einfach so aus einem Albtraum erwachen.

Er sieht sich um, ein Eukalyptuswald, ein Feldweg, nichts, was ihm irgendeinen Anhalt geben, ihm erklären könnte, was er hier macht. Ungefähr hundert Meter von ihm steht ein Auto, das ihm vage bekannt vorkommt. Wie ein Kind ballt er die Fäuste, um seine Angst in den Griff zu bekommen, buchstäblich, aber zuletzt entringt sich seiner Kehle doch ein Schrei.

»Ich weiß nicht, wo ich bin.«

Die Erinnerungen sind verschwunden und haben ihn in einer unbekannten Welt ausgesetzt, voller Furcht, er könne für immer so dastehen – ohne Vergangenheit, ohne Gedächtnis. Was macht er hier in einem Wald aus Eukalyptus und Kiefern, am Rand eines Feldwegs? Etwa dreihundert Meter entfernt sind mehrere schäbige Hütten zu sehen, offensichtlich gehören sie zum Rand oder Vorort einer Stadt, die sich, ihrem kaputten und elenden Aussehen nach zu schließen, irgendwo in Lateinamerika oder Afrika befinden muss.

Er spürt die Kälte des Metalls, öffnet die Hand – es liegt ein Autoschlüssel darauf. Um ihn herum ist es still. Ruhig steht er da und betrachtet die Umgebung, wie ein Außerirdischer, der soeben auf dem Planeten Erde hat notlanden müssen.

Er hört eine dumpfe Stimme, wundert sich aber nicht darüber, warum auch immer.

Wieso muss er ausgerechnet jetzt an Salvatore denken? Weshalb nimmt seine Beklemmung weiterhin zu? Salvatore war ein ernster und strenger Mann, zu Rocco als Kind war er aber stets gerecht und großmütig, sagt er sich. Oder etwa nicht? Oder hat er sich da eine Geschichte ausgedacht, die ihn vor der Vergangenheit schützen soll? Vergeblich versucht er, Gestern und Heute zusammenzubekommen, es gelingt ihm nicht.

Er hat den Verdacht, dass sich seine Erinnerungen, auch wenn sie sich wieder einstellen sollten, verändert haben könnten, dass sein Gedächtnis, wenn es aus der Leere, dem schwarzen Loch zurückkehrt, nicht mehr so sein wird wie früher. Irgendwie ist ihm klar, dass sich Abgründe aufgetan haben werden, in denen bestimmte Dinge verschwunden sein werden, Orte, wo er einmal war; ganze Epochen seiner Vergangenheit könnten ausgelöscht sein oder sich miteinander vermischt oder eine ganz andere Bedeutung angenommen haben.

Als gäbe es auf einmal verschiedene Versionen seines Lebens.

Er dreht sich einmal im Kreis und nähert sich dann dem Auto, der Stimme, die bei jedem Schritt lauter wird. Bis dorthin sind es ungefähr hundert Meter, und der Wagen kommt ihm vage bekannt vor. Aus dem Inneren sind Hilferufe zu hören. Anfangs sagt er sich, dass sie von der Rückbank ausgehen, als er näher kommt, wird ihm jedoch klar, dass sie aus dem Kofferraum dringen. Es scheint sich um eine Frauenstimme zu handeln, ganz sicher ist er sich aber nicht, denn durch die Kofferraumklappe und die Entfernung wird sie verzerrt.

Er betrachtet den Schlüssel in seiner Hand, wahrscheinlich gehört er zu dem Auto vor ihm.

Er weiß nicht mehr, ob er raucht oder zu rauchen aufgehört

hat; dies, sagt er sich, wäre jedenfalls ein guter Moment, um sich eine Zigarette anzuzünden.

Es handelt sich um eine Frauenstimme, jetzt ist er sich sicher, und ihre Hilferufe machen ihn traurig, warum auch immer. Wieder steigt das Bild Salvatores in ihm auf, wie aus dem Nichts, und er fängt an zu zittern. Er muss daran denken, wie er ihm von seiner Wahl zum Boss der Bosse erzählt hat, da war Rocco noch ein Kind. An den Schwur, den er bei dem Initiationsritual leisten musste, erinnert sich Rocco Wort für Wort, so oft hat Salvatore ihn ihm seinerzeit vorgesprochen: *Unter dem Licht der Sterne und der Schönheit des Mondes werde ich ein Glied der heiligen Kette. Im Namen Garibaldis, Mazzinis und La Marmoras werde ich demütig ein Teil der heiligen Gemeinschaft. Ich schwöre, meiner Vergangenheit zu entsagen, bis in die siebte Generation, um die Ehre meiner weisen Brüder zu bewahren.* Er weiß nicht, wo er sich befindet, er kann nicht sagen, warum er hier ist, aber den ganzen langen Schwur kann er auswendig aufsagen, er hat ihn immer wieder aus Salvatores Mund gehört, damals, als er noch jung war und ihn sich schließlich selbst zur Lebensregel erwählte.

Die Stimme klingt verzweifelt, die Rufe aus dem Inneren des Autos wollen einfach nicht verstummen. Warum ist die Frau im Kofferraum? Wer ist sie, und weshalb weint und schreit sie dermaßen? Und was macht er hier, mit dem Schlüssel in der Hand?

Auch ihn überkommt Verzweiflung – und unbändige Lust auf eine Zigarette.

»Ich will eine rauchen«, schreit er in die Leere des Waldes.

Er weiß nicht mehr, ob er raucht. Früher hat er geraucht, das weiß er, angefangen hat er damals mit Salvatore. Er lächelt, als sähe er vor sich, wie dieser in dem bordeauxroten Armsessel bei ihnen zu Hause am Tisch sitzt und *frittole* und *sozizza* isst, aus den riesigen weißen Schüsseln, die die *mamma* ihm servieren ließ. »Er wohnt jetzt bei uns«, hat die Witwe ihrem Sohn damals erklärt. Und so war es dann auch, er verließ ihr Haus erst wieder in einem Sarg aus edlem Holz Richtung Dorffriedhof. Salvatore, ein gerechter und großmütiger Mann. Er konnte allerdings auch gewalttätig sein, erinnert sich Rocco jetzt ein wenig beklommen und versucht, die Szene zu verdrängen.

Aber er hört die Schreie aus dem Auto, und seine Anspannung nimmt wieder zu.

Als Kind hat er die beiden damals durch den Türspalt beobachtet.

Sie versucht, sich von ihm loszumachen, weicht zurück, aber er packt sie am Haar, zieht sie zu sich heran und ohrfeigt sie, mit dem Handrücken. Dann schlägt er ihr mit der Faust ins Gesicht, stößt sie aufs Bett und wirft sich auf sie.

Ihr Gesicht konnte Rocco nicht sehen, aber bevor er sich umdrehte und davonlief, sah er noch, wie sich ihre langen schwarzen Haare auf dem weißen Laken ausbreiteten. Als sie Salvatore am nächsten Tag wieder das Essen auftischen ließ, das er, in dem samtbezogenen Sessel sitzend, in sich hineinschlang, war ihr Gesicht voll blauer Flecken.

Seine Brust schwillt an.

»Figlio di puttana!«, schreit er.

Wieder hört er die Stimme aus dem Kofferraum, die Rufe, jetzt aber vermischt mit dem fernen Rauschen des Verkehrs, das von der Straße herandringt, und mit Musik – Cumbia oder Plena. Da nähert er sich dem Wagen, während sich ihm immer stärker die Brust abschnürt.

Er möchte rauchen, weiß aber nicht, ob er Zigaretten hat und ob er immer noch raucht oder eigentlich längst damit aufgehört hat. Er öffnet die Beifahrertür, sucht in der Ablage, im Handschuhfach, entdeckt ein Päckchen samt Feuerzeug. Auf der Rückbank liegt ein Kanister, offenbar enthält er Benzin, er kann sich aber nicht daran erinnern, ihn dorthin gelegt zu haben. Er schraubt ihn auf und riecht daran. Dann nickt er. Wozu hat er ihn mitgenommen?

Er tritt neben das Auto, zündet sich die Zigarette an, atmet den Rauch ein. Wieder sieht er Salvatore vor sich, das Gesicht seiner *mamma* kann er nicht sehen, dafür aber ihr langes schwarzes Haar auf dem Laken. Er schließt die Augen, doch als sich daraufhin der Abgrund unter ihm auftut, öffnet er sie wieder. Die Brust schnürt sich ihm immer noch mehr zu, bis er spürt, dass er gleich zu weinen anfangen wird.

»Salvatore, figlio di puttana!«, schreit er.

Er fängt an zu zittern, wie das Kind damals, das die Esszimmertür aufmacht, den Mann in dem bordeauxroten Sessel am Tisch sitzen sieht, ihn lachen hört, roh, brutal, unerbittlich, daneben seine Mutter mit dem Gesicht voll blauer Flecken. Wieder dreht es sich um, läuft davon, flieht.

Rocco hält das Feuerzeug in der Hand, entzündet es, starrt in die Flamme, sieht das lange schwarze Haar vor sich, das weiße Laken, die blauen Flecken. Da wird ihm sein Fehler auf einmal klar: Man kehrt seinem Gegner nicht den Rücken zu, es sei denn, er ist tot. Der, der jetzt das Esszimmer bei ihm zu Hause betritt, ist kein Kind mehr, er ist nicht schwach und unentschlossen, er drückt die Klinke, stößt die Tür auf, das Feuerzeug mit der tanzenden Flamme in der Hand, und Mordlust verwandelt sich in wilde Freude.

Er muss sich beeilen, er muss sie retten. Hastig holt er seinen Mantel, die Ausweise und die Tasche mit dem Geld aus dem Auto, steckt sich die Pistole hinten in den Hosenbund. Er hört, dass jemand gegen das Autoblech tritt, immer heftiger. Diesmal entkommst du mir nicht, verdammter Salvatore. Er greift nach dem Kanister, schraubt ihn auf, gießt Benzin auf die Sitze, die Karosserie, bis er leer ist, wirft ihn dann ins Auto, den Schlüssel auch, anschließend tritt er einen Schritt zurück, sucht nach dem Feuerzeug in seiner Tasche, holt es heraus, hört das trockene Klicken, sieht die Flamme. Geschieht dir recht, Salvatore.

Der Wagen wird zu brennen und zu knistern anfangen, und Rocco wird das Geschrei und Gehämmer hinter sich zurücklassen, genauso wie den Rauch und die sengende Luft, er wird zu Fuß zu den schäbigen Hütten gehen. Stehen sie auf der uruguayischen oder der brasilianischen Seite? Egal.

Weinend läuft Rocco den Feldweg entlang.

In seiner Jacke ertastet er noch mehr Schlüssel, und auf einmal geht ihm ein Licht auf.

Ursula

Eingezwängt in den Kofferraum, wird dein Körper allmählich ganz taub und steif vor Angst und Enge. Der Mann, der den Deckel zugeklappt und dich hier eingesperrt hat, schreit irgendwelche Wörter, in einer Sprache, die du nicht verstehst, wahrscheinlich handelt es sich um einen süditalienischen Dialekt, du bist aber gerade nicht in der Stimmung für ausgefeilte linguistische Analysen.

In der Dunkelheit ergreift dich Panik, die Klaustrophobie überwältigt dich, und du wünschst dir, du könntest bis zu dem Moment zurückspulen, in dem du aus dem Supermarkt gekommen bist. Schluchzend und Rotz und Wasser heulend sagst du dir, wenn es in deiner Hand läge, würdest du in die Vergangenheit eingreifen und beim Verlassen des Supermarkts nach links abbiegen statt nach rechts, zur anderen Tür hinausgehen und dann weiter in die entgegengesetzte Richtung und damit der schrecklichen Zukunft den Rücken zukehren, die sich auf diese Weise niemals einstellen würde.

Denn die Angst, die du jetzt verspürst, mutterseelenallein in die gnadenlose Dunkelheit des Kofferraums gesperrt, ist dieselbe Angst, die du als kleines Kind in deinem verdunkelten Zimmer verspürt hast.

Du weißt, dass du die Zeit nicht zurückdrehen und nicht in die Vergangenheit eingreifen kannst, aber ach, wenn du es doch könntest, würdest du noch weiter zurückgehen, bis zu deinem Aufbruch in Montevideo. Du würdest einen anderen Bus nehmen, der anderswohin fährt, egal wohin, Hauptsache, nicht in diesen beschissenen Ort hier mit seinem schäbigen Strand. Dann würdest du weder Vanessa noch Rocco über den Weg laufen und befändest dich jetzt nicht in diesem schwarzen Loch. Was hat dich hergeführt? Was wolltest du hier? Und was hat dich davon abgehalten, früher von hier aufzubrechen? Deine Kehle brennt vom zwecklosen, ziellosen Schreien und Heulen, denn in diesem Wald, in dem du in einem Kofferraum gefangen bist, ist niemand außer dem verrückten Rocco.

Der draußen weiter wirres Zeug in irgendeinem süditalienischen Dialekt von sich gibt. Er schreit, er wolle rauchen, heult wegen seiner *Mamma* und beschimpft und bedroht einen gewissen Salvatore. Dass er völlig durchgedreht ist, ist klar, womöglich vergisst er noch, dass er dich eingesperrt hat, so wie er davor vergessen hatte, wo sein Auto stand.

Nein, wirklich Angst hattest du nicht, als er dir die Pistole ins Genick gedrückt und dich bedroht hat, echte Panik befiel dich erst, als es dunkel wurde und du mutterseelenallein in diesem winzigen stockschwarzen stickigen Loch stecktest; da hast du zu flehen begonnen: Nein, Papa, ich verspreche dir, ich tue es nie wieder, sperr mich bitte nicht ein, mach bitte nicht das Licht aus, hast du immer wieder gesagt, bis er all deine Hoffnungen zunichtemachte und rausging und hinter sich die Zimmertür abschloss.

Wenn du könntest, würdest du zurückspulen und so den Moment umgehen, in dem der Mann dich gezwungen hat, in den Kofferraum zu steigen und deinen Körper dem eigentlich für Gepäckstücke gedachten Raum einzufügen – du konntest es gar nicht glauben, dass du tatsächlich hineingepasst hast. Ebenso wenig hättest du erleben müssen, wie die Hände des Mannes dich geschubst, hochgehoben, zusammengestaucht, deinen Kopf nach unten gedrückt und zuletzt mit einem trockenen Klicken die Klappe geschlossen haben.

Jetzt kannst du deinem Schicksal nicht mehr entfliehen. Deine Schreie hallen in dem finsteren Loch wider, genau wie damals in der pechschwarzen Gruft, in die sich dein Zimmer verwandelte, wenn Papa dich allein dort zurückließ, nachdem er die Rollos heruntergelassen und das Licht ausgeschaltet hatte, woraufhin das trockene Klicken der sich schließenden Tür alle deine Hoffnungen eines verängstigten kleinen Tieres zunichtemachte.

Ein Mädchen, du warst ein kleines Mädchen, das weinend einschlief, die Augen fest zugekniffen. Auf einmal siehst du die Ursula von damals vor dir, das kleine hungrige Kind, das immerzu ans Essen dachte, beim Aufwachen und beim Zubettgehen, bevor es sich am Tisch niederließ und während es die winzigen Portionen verschlang, die Papa oder Tante Irene ihm aufgaben. Um deinen Hang, es mit allem zu übertreiben, in den Griff zu bekommen, sagten sie; damit du so schön und schlank würdest wie deine Mutter einst, und wie Tante Irene und deine Schwester Luz jetzt waren. Das kleine Mädchen, das auch nach dem Essen und dem Aufstehen vom Tisch an nichts anderes dachte als daran, weiterzuessen. Das es trotz der Angst vor Papa wagte, Essen zu stehlen.

Du liegst zusammengerollt im Kofferraum eines Autos und erinnerst dich daran, wie du dich ängstlich dem Kühlschrank näherst, das Händchen ausstreckst, dich zitternd und zögernd immer weiter vorwagst, dich dabei aufmerksam umblickst, bis deine Finger schließlich über die kalte verchromte Oberfläche streichen und zuletzt den Griff packen und daran ziehen. Die Kühlschranktür öffnet sich, das kleine Mädchen verliert die Beherrschung, greift nach allem, was es vorfindet, verschlingt, was es herausholt, stopft es sich in den Mund, beißt hastig zu, verschluckt sich.

Da hörst du ein Geräusch, lauschst aufmerksam, erkennst die Schritte.

Zitternd schließt du die Kühlschranktür. Drehst dich um, dein Mund ist mit Bratensaft und Schokoladeneis verschmiert, dein Kleid voller Fettflecken. Sachte geht die Küchentür auf, der Mann bleibt auf der Schwelle stehen und betrachtet dich, das kleine Mädchen.

»Ursula.«

»Nein, Papa.«

Du streifst das Tomatenmark, das an deinen Fingern klebt, am Kleid ab, versuchst, dir mit dem Ärmel die Mayonnaise und das Dulce de Leche von den Wangen zu wischen.

»Papa, nicht … Ich tu es nie wieder.«

Der große schlanke Mann trägt einen dunklen Anzug und Krawatte, seine polierten Schuhe verbreiten einen aggressiven Glanz. Er sieht dich mit ruhigem, stahlhartem Blick an.

»Komm her, Ursula.«

»Ich versprechs dir, Papa.«

Weit weg von der Wohnung in der Altstadt von Montevideo schluchzt das in einem Kofferraum in sich zusammengekrümmte Mädchen genau wie damals, versucht, die Tränen zu unterdrücken, die ihr aber trotz allem über die verschmierten Wangen rollen und auf das fleckige Kleid fallen, und von da auf die Matte auf dem Boden des Kofferraums. Ihr ist klar, welche Strafe ihr bevorsteht, Panik steigt in ihr auf. Sie spürt, wie die Angst ihr die Kehle zuschnürt, macht ein paar Schritte auf ihren Vater zu, weicht seinem Blick aber aus. Sie denkt an das dunkle Zimmer, und in ihrem Kopf beginnt sich alles zu drehen.

»Nicht, Papa, bitte«, flüstert das Mädchen im Kofferraum.

Du bist wie gelähmt, weil du weißt, was jetzt kommt. Gnadenlos fällt die Angst in deinem winzigen Gefängnis über dich her. Papa wird dich am Kinn packen, dich zwingen, aufzusehen, er wird sich räuspern, mehrmals. Bis er schließlich sagen wird: Ich tus nur für dich.

»Ich tus nur für dich, Ursula. Ich muss dir helfen, deine Schwächen in den Griff zu bekommen.«

Die Tränen laufen dir über die fettglänzenden Wangen, fallen auf das Kleid mit den Soßen- und Rotzflecken. Papa nimmt dich behutsam am Arm, zieht dich zu sich her, zwingt dich sanft, ihm in die Augen zu sehen.

»Nicht, Papa …«

Es ist zwecklos, dass du ihn anflehst, dein Vater ist durch nichts zu erweichen, er hört dir nicht einmal zu. Dafür drängt er dich jetzt mit sanfter Gewalt zu deinem Zimmer, an dein Bett mit der roten Chenille-Decke, dem Teddybären und den Puppen, schiebt all das behutsam zur Seite. Die Dunkelheit macht sich im Raum breit, während dein Vater die Fensterläden schließt, das Rollo herunterlässt und die Vorhänge mit den Feen darauf zuzieht, sodass nicht ein Lichtstrahl von außen hereindringen kann.

Zitternd liegst du, fest in dich zusammengerollt, im Bett und im Kofferraum.

»Bitte, Papa, ich tus nie wieder!«, sagst du.

Schluchzend und in der stickigen Enge des Kofferraums nach Luft ringend, wirst du das ernste Gesicht deines Vaters sehen, die gerunzelte Stirn, die dünnen angespannten Lippen, die ganze hochgewachsene schlanke Gestalt mit den schwarzen Schuhen. Du wirst Angst haben, Angst vor dem, was dir bevorsteht, vor der Dunkelheit, doch in die salzigen Tränen wird sich ein bitterer Geschmack mischen, der die wütende Auflehnung vorwegnimmt und dich noch heftiger zittern lässt.

Dein Vater, der an diesem sonnigen Nachmittag deiner Kindheit noch am Leben ist, wird den Schlüssel aus dem Schloss deiner Zimmertür ziehen und einen Augenblick innehalten. Vielleicht vergibt er dir ja doch, sagst du dir mit verzweifelter Hoffnung, vielleicht macht er das Fenster wieder auf, sodass die Sonne hereinscheint, und du darfst aufstehen. Papa ist gut, und du hasst ihn nicht mehr, oder bloß noch ein bisschen, wenn er über deinen Körper spricht, über deinen Hang, es mit allem zu übertreiben.

»Deine Strafe dauert einen Tag, Ursula, einen Tag ohne Essen und Licht. Die Dunkelheit macht dich stark, und das Fasten reinigt deinen Körper.«

Leise schaben seine Schuhsohlen über den Boden.

»Morgen um acht ist deine Strafzeit zu Ende.«

Dein Vater schließt die Tür, und das letzte bisschen Sonne dieses Tages ist verschwunden. Du hörst, wie er den Schlüssel zweimal im Schloss dreht. Du rollst dich noch enger im Bett zusammen, machst dich ganz klein, presst das tränennasse Gesicht ins Kissen und versuchst, die Dunkelheit um dich herum auszublenden, während eine Stimme dir zuflüstert, dass er irgendwann für all das wird bezahlen müssen.

Du hörst Schritte. Das muss Rocco sein, und dein Weinen lässt nach. So verkrampft deine Muskeln inzwischen auch sind – deine Sinne sind hellwach. Du hörst, dass eine Autotür geöffnet wird, hörst, wie jemand Papiere und andere Sachen durchwühlt, als suchte er nach etwas. Du lauschst aufmerksam, nimmst Gerüche wahr, versuchst, sie zuzuordnen – feuchte Stellen auf der Matte, rostiges Metall, saure Aromen, die du bis in die Backenzähne hinein spürst. Aber da ist auch etwas Neues, das dir langsam in die Nase dringt, leicht und flüchtig.

Könnte es sich um Benzin handeln? Nicht gerade beruhigend, in der Falle zu sitzen und Benzin zu riechen. Wieder hörst du die Autotür, diesmal wird sie geschlossen.

Wenn du dich in die richtige Position bringen, das Knie anwinkeln könntest, würdest du alle Kraft zusammennehmen und mit Wucht gegen den Kofferraumdeckel treten. Du probierst es, bist kurz davor, winkelst das Knie an – da riechst du

Zigarettenrauch und hörst einen Schrei: *»Salvatore, figlio di puttana!«*

Dann entfernen sich die Schritte.

Du drehst dich hin und her, um dein Bein in die passende Position zu bringen, damit es genug Platz hat, um auszuholen und die Klappe da zu treffen, wo sich das Schloss befindet – um sie aufzutreten. Du rutschst ganz nach hinten, findest schließlich den richtigen Winkel. Ein heftiger Tritt, aber nichts tut sich. Noch einer. Und noch einer. Nach mehreren Tritten gibt das Blech ein seltsames Geräusch von sich. Kann es sein, dass das Schloss allmählich nachgibt? Da hörst du draußen wieder die Schritte, sie kehren zurück. Offenbar steigt Rocco erneut ins Auto. Dann wird eine Flüssigkeit vergossen, eindeutig. Und es riecht nach Benzin.

Danach ist es für einen Augenblick ganz still. Und dann hörst du – Feuer! Eindeutig.

Du schreist, so laut du kannst, trittst gegen das Blech, immer wieder und immer heftiger. Als dir der Geruch der brennenden Sitzbezüge in die Nase dringt, stellen sich dir sämtliche Haare zu Berge. Jetzt knistern die Flammen unmittelbar hinter deinem Kopf, ein grauenvolles Geräusch, das näher und näher kommt. Wie verrückt trittst du gegen die Klappe; um dich herum wird es heiß; jetzt riecht es nach versengtem Haar – nach deinem Haar. Die Hitze brennt auf deiner Haut. Und du trittst und trittst gegen die Klappe, die einfach nicht nachgeben will. Dein Fuß tut weh, und du spürst, dass deine Kraft nachlässt.

Da hörst du Papas Stimme: Hier kommst du nie raus, Ursula.

Du trittst ein weiteres Mal dermaßen wütend und hasserfüllt zu, dass die Klappe tatsächlich aufspringt. Gelobt seien die chinesischen Billigprodukte! Du richtest dich auf, versuchst, in dem Qualm etwas zu erkennen. Um dich herum lodern die Flammen.

Mit ungeahnter Geschwindigkeit schwingst du erst ein, dann das andere Bein über den Rand, setzt die Füße auf dem Boden auf. Und rennst in einem Wahnsinnstempo davon, gerade noch rechtzeitig, bevor deine Kleider und dein Körper und deine Haare in Brand geraten. In ziemlicher Entfernung siehst du Rocco, auch er rennt. Und verschwindet schließlich zwischen den schäbigen Hütten.

Ursula und Pintos Cunha

Beim Eintreffen der Polizei saß ich auf der Terrasse eines Cafés an der Grenzlinie, vor mir eine Tasse Kaffee.

Nachdem ich am Tag zuvor aus dem Kofferraum des brennenden Autos entkommen war, rannte ich wie verrückt drauflos, quer durch einen Wald aus Eukalyptus und Kiefern und danach immer weiter, völlig verwirrt und mit leerem Kopf, bis ich irgendwann beim Hotel ankam, wo ich mich in meinem Zimmer aufs Bett warf und zwölf Stunden ohne Unterbrechung schlief.

Als ich aufwachte, stieg mir ein unerträglicher Brandgeruch in die Nase, ich fasste mich an den Kopf und betastete mein struppiges zerrauftes Haar. Ich trat vor den Spiegel, um das Ausmaß der Schäden zu begutachten, erblickte die angekokelten Strähnen – eine Lappalie im Vergleich zu dem, was aus mir geworden wäre, hätte ich es nicht geschafft, die verfluchte Klappe gerade noch rechtzeitig aufzutreten. Meine Knie taten weh, mein Gesicht glühte, die Füße waren voller blauer Flecken. Nichts, was nicht wieder gut werden würde, nichts, was sich nicht wieder in Ordnung bringen ließe.

Ich duschte, zog mich an und sagte mir, dass es allmählich reichte. Papa hatte mir immer wieder erklärt, die Welt der Gauner und Verbrecher sei nichts für mich, und dieses eine Mal musste ich ihm tatsächlich recht geben. Jählings sehnte ich mich nach der Wohnung in der Altstadt zurück, mit den alten Möbeln, den Chenille-Decken, den immer gleichen Gewohnheiten und langweiligen Übersetzungen und einsamen

Spaziergängen durchs Viertel. Es war ein Fehler gewesen, hierherzukommen, ich hatte wieder einmal alles falsch gemacht.

Da fiel mein Blick auf Vanessas Köfferchen mit den Fotos. Und wenn ich doch noch etwas Gutes bewirken konnte?

Ich schnappte mir das Köfferchen und verließ das Hotel, um irgendwo in Ruhe zu frühstücken. Und landete schließlich in dem Café an der Grenzlinie, auf der brasilianischen Seite.

An einem kleinen Tisch sitzend, holte ich die Notizbücher und die Umschläge hervor, schluckte und machte mich beklommen erneut an die Durchsicht. In dem einen Notizbuch waren, wie ich schon wusste, die Namen der Kunden aufgelistet, in dem anderen die der missbrauchten Mädchen, eine strikt heterosexuelle Einteilung, falls der Eindruck nicht täuschte. Die entsprechenden Daten und Adressen waren sorgfältig verzeichnet. Abermals stieß ich auf den Namen Antinucci wie auch auf die weiterer mir bekannter Persönlichkeiten.

Da saß ich also bei frühlingshaftem Wetter in diesem Café – und wusste schier nicht wohin mit meinem Entsetzen. Immer wieder sah ich auf und versuchte, mein klopfendes Herz und den heftig gehenden Atem zu beruhigen.

Irgendwann brach ich die Lektüre ganz ab und ließ den Blick über die Grenzstraße oder Straßengrenze schweifen, die die zwei Länder trennt und zugleich vereint. Zu beiden Seiten sah es gleichermaßen schmutzig und heruntergekommen aus, wie auch hier wie dort jede Menge Menschen unterwegs waren, die sich an prall gefüllten Einkaufstüten, riesigen Kartons mit chinesischen Elektrogeräten, zu Sechserpacks zusammengeschweißten Ein-Liter-Colaflaschen und Stapeln von mit Tigerköpfen, dem Zuckerhut oder der kleinen Meerjungfrau bedruckten Handtüchern oder Bettbezügen abschleppten. Dazu der Gestank der Autoabgase und das Geschrei der Straßenverkäufer. Alles ein einziges chaotisches Durcheinander, das erst am Abend schlagartig von geisterhafter Stille und Leere abgelöst werden würde.

Regnen würde es heute nicht mehr, am blauen Himmel strahlte die Sonne, und ich beschloss, eine Flasche Wasser zu bestellen, um auf dem Rückweg ins Hotel etwas zu trinken dabeizuhaben. Der verfluchte Rocco hatte sich schließlich Vanessas Auto geschnappt, sodass ich mir nun ein neues Transportmittel beschaffen musste.

Als ich gerade nach der Kellnerin rufen wollte, kamen plötzlich drei Polizeiautos die Grenzallee entlanggerast und hielten mit quietschenden Reifen und wild rotierenden Blinklichtern vor dem Café. Was mochte der Grund für einen derartigen Aufwand sein? Über sehr viel mehr Streifenwagen verfügte die örtliche Polizei womöglich gar nicht … Als ginge mich das Ganze nichts an, trank ich erst einmal ungerührt den nächsten Schluck Kaffee. Da sprangen die Autotüren auf, zehn, wenn nicht zwölf Uniformierte in voller Kampfmontur stürmten hervor – und näherten sich dem Café, auf dessen Terrasse ich saß.

Erst jetzt schrillten bei mir die Alarmglocken.

Ich ließ den Blick über die einsamen Tische unter der Pergola schweifen, dann ins Innere des Cafés, zur Theke und von dort in den Flur, der zu den Toiletten und zur Küche führte – ich war der einzige Gast, kein anderer Mensch weit und breit.

In weiser Voraussicht steckte ich rasch die Fotos in die Umschläge, legte diese, zusammen mit den Notizbüchern, in das Köfferchen mit dem Zahlenschloss, klappte es zu und verstellte die Kombination. Dann trank ich hastig den letzten Schluck Kaffee und deponierte einen Geldschein auf dem Tisch.

Währenddessen riegelten die Polizisten zu beiden Seiten des Cafés den Bürgersteig ab und bildeten einen Kreis um mich. Auf einmal machte ich unter ihnen auch die Kommissarin aus. Hieß sie nicht Pintos? Von zwei riesigen muskelbepackten Kollegen flankiert, kam sie auf mich zu. Ich hatte genug Krimis gesehen, um zu wissen, dass meine Aufgabe jetzt darin bestand, reglos sitzen zu bleiben, die Hände gut sichtbar auf dem Tisch. Sie auch noch in die Höhe zu heben, ließ meine Selbstachtung jedoch nicht zu.

Pintos marschierte mit festem, militärisch gleichmäßigen Schritt voran, erfüllt von einer Selbstsicherheit, wie man sie erst durch jahrelange Übung erlangt. Mehr war nicht nötig, um ihre Macht und Überlegenheit zu beweisen, weder der Gummiknüppel noch die .45er Pistole, die an ihrem Gürtel hingen. So oder so sprachen diese für sich selbst – wir können deinen Schädel in null Komma nichts in Brei verwandeln, Kleine.

Falls sie tatsächlich beabsichtigte, mich festzunehmen, so hatte sie in diesem Augenblick sämtliche Planetenkonstellationen auf ihrer Seite. Mir blieb dagegen nichts anderes übrig, als die Hände reglos auf dem Tisch liegen zu lassen.

An meinem rechten Ohr hörte ich Papas flüsternde Stimme: »Hast du nicht behauptet, du bist nicht mehr die Frau, die in einer Wohnung in der Altstadt sitzt und Gedichte aus Haiti übersetzt?« Er lachte gehässig. »Hab ichs dir nicht gesagt, Ursula? Verbrechen zahlt sich nicht aus. Jetzt gibt es kein Zurück mehr, jede Reue kommt zu spät, wer sich einmal mit Gaunern einlässt, bleibt für immer einer von ihnen.« – »Sei still, Papa, ständig meinst du, du kannst mir eins überbraten, jedes Mal, wenn ich scheitere. Aber du bist mausetot, vergiss das nicht, was du zu sagen hast, interessiert keinen Menschen! Außerdem komme ich auch diesmal davon, du wirst schon sehen. Also, husch, husch ins Särgchen, mit Kommissarin Pintos habe ich schon alle Hände voll zu tun.«

Ich brauchte mich nicht umzusehen, um zu begreifen, dass jede Flucht ausgeschlossen war. Irgendwas in der Art wie in dem Einkaufszentrum in Montevideo, als ich Antinucci durch einen alten Tunnel entwischt war, war hier undenkbar. Jetzt hieß es, die schweißnassen Hände brav auf dem Tisch lassen und ergeben abwarten, bis die Polizisten vor mir standen. Auf dem Namensschild der Kommissarin las ich: *Com. D. N. Pintos Cunha.* Wofür wohl das D und das N standen? Dora, Natalia? Bei einer Brasilianerin wie dieser hier war eigentlich etwas Fantasievolleres, Ausgefalleneres, für alle übrigen Bewohner dieses Planeten Unvorstellbareres zu erwarten. Diomar, Noralisa? Aber jetzt war nicht der Augenblick, um sich über die Namen anderer lustig zu machen.

»Senhora Vanessa Steel, Sie sind verhaftet.«

Im Augenwinkel sah ich die Kellnerin, die aus der Küche angelaufen kam, um sich die Szene nicht entgehen zu lassen. Vielleicht wollte sie aber auch nur, dass ich den Kaffee bezahlte, bevor man mich abführte.

Mittlerweile völlig erstarrt saß ich da, während die schneidend harte Stimme fortfuhr: »Stehen Sie auf.«

Die Kommissarin löste ein Paar Handschellen von ihrem Gürtel und blickte mich wortlos an, woraufhin ich ihr ebenso wortlos die aneinandergelegten Handgelenke hinhielt. Ein anderer Polizist ergriff das Köfferchen, das immer noch auf dem Tisch lag.

Damit war ich verhaftet – wegen sexuellen Missbrauchs Minderjähriger.

Das Klicken, mit dem sich die Handschellen um meine Gelenke schlossen, war das akustische Signal, dass die Szene an ihr Ende gelangt war.

Pintos Cunha und Ursula

Wie eine waschechte Kriminelle trifft Ursula auf der Polizeiwache ein – in Handschellen und mit einem Polizisten an jeder Seite.

Was im Empfangsraum nicht beige ist, ist verchromt, eine Kombination, die ursprünglich auf Eleganz abzielte, mit der Zeit aber an Glanz verloren hat. Offensichtlich hat hier jemand einst viel Mühe auf die Gestaltung verwandt – womöglich stand damals ausnahmsweise ein unerwartet großzügiger Etat zur Verfügung; letztlich ist man damit aber gescheitert. Im wie gewohnt gnadenlosen Neonlicht wird die Vulgarität, um nicht zu sagen, Dekadenz des Vorhabens überdeutlich sichtbar. Alle in dieser Polizeiwache befindlichen Möbel oder sonstigen Einrichtungsgegenstände bezeugen, zu welchen Missgriffen die brasilianische Industrieproduktion der Achtzigerjahre imstande war, und das will etwas heißen.

Eine Polizistin leert Ursulas Taschen, stapelt den Inhalt zu einem kleinen Haufen, gibt ihr aber die Armbanduhr zurück, die sie sogleich wieder anlegt. Ihre übrigen Besitztümer wandern in einen großen Plastikbeutel mit Verschluss: das Köfferchen mit dem Zahlenschloss, eine Handvoll Dollar und ein wenig uruguayisches Bargeld, mehrere Kreditkarten und Ausweispapiere, alle auf den Namen Vanessa Steel, ein paar Münzen, ein Kassenbon aus einem Supermarkt und jede Menge Verpackung von Süßigkeiten aller Art.

»Bitte unterschreiben, einmal hier, und einmal hier«, sagt die Polizistin.

Ein anderer Polizeibeamter fordert Ursula auf, sich auf den Stuhl vor seinem Schreibtisch zu setzen. Seufzend lässt sie sich auf dem angewiesenen Platz nieder, was bleibt ihr auch anderes übrig? Nervös wirkt sie nicht, eher gefasst; vielleicht steht sie aber auch unter Schock, kein Wunder, nach all dem, was seit ihrer Ankunft mit dem Bus aus Montevideo passiert ist.

Ein Stück hinter dem Beamten sitzt eine weitere Frau in Uniform – das Haar hat sie zu einem Dutt zusammengeknotet – und gibt konzentriert etwas in ihren Computer ein. Sie wird während der ganzen Zeit nicht einmal vom Bildschirm aufblicken, als wäre es für sie das Normalste der Welt, sich mit einer Frau in Handschellen und mit einem Polizisten an jeder Seite im selben Raum zu befinden.

Aber genug der Abschweifungen und Nebensächlichkeiten und zurück zum eigentlichen Kern der Geschichte: Zum ersten Mal in ihrem Leben befindet sich Ursula in Haft, auf einer Polizeiwache. Sie, die es ja vielleicht schon seit Langem verdient gehabt hätte, im Gefängnis zu landen, wird nun wegen der Vergehen eines anderen Menschen festgehalten. Wirklich seltsam, es könnte einem vorkommen wie ein Akt poetischer Gerechtigkeit. Als wollte das Schicksal an ihrem Beispiel etwas vorführen oder versinnbildlichen.

Der Polizeibeamte beginnt mit den Fragen zur Person, in einem eher bescheidenen Spanisch. Ursula gibt an, sie heiße Vanessa Steel und wohne in Punta del Este, Calle Cannes, Ecke Calle Guanabara, im Stadtteil San Rafael. Der seltsame Name des Hauses fällt ihr nicht mehr ein. Sie blickt auf und sieht den Beamten an. »Kennen Sie das?«

»Nein. Ist das in Montevideo?«

»Nein, in Punta del Este, kennen Sie das nicht?«

Der Beamte schüttelt den Kopf. Offensichtlich fällt es ihm schwer, in einer Sprache zu sprechen, die nicht seine Muttersprache ist, und gleichzeitig in einer anderen, soll heißen: in seiner Muttersprache zu schreiben. Wenn sie wirklich Vanessa wäre, sagt sich Ursula, würde sie jetzt nachhaken und dem Mann (der offenkundig in seinem Leben kein bisschen herumgekommen ist) erklären, dass Punta del Este ein lohnendes Ziel und gar nicht weit entfernt ist. Was sie aber ganz ohne Herablassung oder Hochmut verkünden würde, dafür mit umso mehr Charme und Begeisterung, und dazu mit ihrer einnehmenden und durchaus sinnlichen Stimme. Ursula verzichtet jedoch darauf, sie hat es längst satt, Vanessa Steel zu sein, mehr als satt.

Weshalb sie einfach verstummt.

Als Nächstes nimmt der Polizist ihr die Fingerabdrücke ab – die Handschellen allerdings nicht. Ursula sagt sich, dass sie damit bald herausfinden werden, wer sie in Wirklichkeit ist. Anschließend zaubert der Beamte, woher auch immer, eine Kamera und ein Schild mit Zahlen darauf hervor. Letzteres stellt er vor ihr auf den Tisch. Klick, klick, bitte einmal zur Seite drehen, und noch mal klick, klick. Da betritt Kommissarin D. N. Pintos Cunha den Raum und sieht ihren Kollegen an, als wollte sie fragen, was er da mache.

»Was machen Sie denn da?«

»Ich nehme die Fingerabdrücke und mache Fotos, Frau Kommissarin.«

»Löschen Sie sofort alles, was Sie gerade in Ihren Computer getippt haben, und die Fotos auch. Aber gründlich, da darf nichts übrig bleiben. Und dann führen Sie die Verhaftete ab, bitte.«

Der Beamte geleitet Ursula durch einen Flur. An der Wand entlang zieht sich eine rote Linie; zu den Seiten sind Feuerlöscher angebracht. Vor einer Tür fordert er sie auf, stehen zu bleiben. Obwohl Ursula noch nie in einem Verhörraum war, ist ihr, als die Tür des Zimmers aufgeht, dessen Bestimmung sofort klar. Vor sich sieht sie einen Tisch mit drei Stühlen und auf einem Beistelltischchen eine Thermoskanne Kaffee, einen Laptop, eine Videokamera und ein Aufnahmegerät. Eine Wand besteht aus Spiegelglas, dahinter postieren sich für gewöhnlich mehrere Polizeibonzen, in diesem Fall Angehörige der Sicherheitsbehörden des brasilianischen Bundesstaates Rio Grande do Sul. Ursula kennt sich diesbezüglich aus, denn obwohl sie kein übermäßig aufregendes Leben geführt hat – ganz so uninteressant, wie man von einer Literaturübersetzerin fortgeschrittenen Alters annehmen könnte, war es allerdings auch wieder nicht –, ersetzt sie ihre mangelnde Lebenserfahrung durch den Konsum von Kriminalfilmen und Kriminalromanen. Sie weiß also gleich beim ersten Anblick Bescheid, wie ihr auch klar ist, dass man jetzt die Tür hinter ihr schließen und sie allein lassen wird, und zwar mehr oder weniger lange, sorgen Einsamkeit und Stille doch angeblich dafür, dass man Lust zu sprechen bekommt. Irgendwann wird dann Kommissarin Pintos Cunha eintreten, ihr Kaffee oder Wasser anbieten, die Kamera und das Aufnahmegerät einschalten, sich ihr gegenüber am Tisch niederlassen und mit dem Verhör beginnen.

Ganz so wird es jedoch nicht ablaufen.

Mehr oder weniger lange bedeutet in diesem Fall allerdings mehrere Stunden. Mit diesbezüglichen Einzelheiten halten wir uns hier aber nicht auf. Wir konzentrieren uns lieber auf den Moment, in dem die Kommissarin tatsächlich erscheint und sich der Verhafteten gegenüber niederlässt.

Ursula sieht, dass sie ein Heft aufschlägt und sich mit einem Kugelschreiber darin Notizen macht. Die Kommissarin ist groß und schlank, jung ist sie nicht mehr, und ihre Haut ist fast schwarz. Ihre Kleidung ist sorgfältig gebügelt, die Schuhe sind blank geputzt. Lange bleibt es still im Raum, die Kommissarin ist eine Weile mit ihrem Heft beschäftigt. Von draußen ist ein Brummen zu hören, es könnte von einem vorbeifahrenden

Auto stammen, aber auch von der Klimaanlage. Zu Ursulas Verwunderung, um nicht zu sagen, Ärger, schaltet die Frau ihr gegenüber weder die Kamera noch das Aufnahmegerät ein.

»Möchten Sie einen Kaffee, Senhora Steel?«, fragt die Kommissarin schließlich. »Letztes Mal haben Sie mich eingeladen, jetzt bin ich an der Reihe. So gut wie Ihrer wird er nicht sein, aber etwas anderes haben wir hier nicht.«

Ursula wird bewusst, dass sie, anders als ihr Kollege, sehr gut Spanisch spricht, fließend und mühelos. Wieso ist ihr das nicht schon früher aufgefallen, bei ihrer ersten Begegnung? Ob man wacher, aufmerksamer wird, wenn man verhaftet in einem Verhörraum sitzt?

»Danke, Frau Kommissarin, eine Tasse Kaffee wird mir bestimmt guttun, die letzte konnte ich ja nicht zu Ende trinken, weil Sie mich verhaftet haben …«

Ursulas bemühter Witz ruft kein Lächeln hervor, die Falten auf der Stirn der Kommissarin glätten sich in keinem Moment. Sie ist mindestens fünfundvierzig und, wie schon gesagt, im Grunde genommen eine Schwarze – Frauen wie sie schaffen es nur zur Polizeikommissarin, wenn sie niemals lächeln und stets eine strenge Miene an den Tag legen.

Ursula seufzt. Letztlich hat es niemand leicht im Leben.

»Ich nehme an, Sie werden mich jetzt verhören.«

»Da täuschen Sie sich, ich werde Sie nicht verhören.«

Nach diesen Worten klopft es an der Tür. Die Kommissarin steht auf, öffnet und lässt eine Person in Zivilkleidung eintreten.

»Lang nicht mehr gesehen, Leonilda! Wir haben dich schon erwartet. Hast du eine Kopie von dem Bericht über die Frau, die bei dem Brand ums Leben gekommen ist? Gut. Wie gesagt, eine Autopsie im strengen Sinne ist nicht gemacht worden. Der Brand ist durch einen Kurzschluss ausgelöst worden, und neben der Verstorbenen haben wir ein Fläschchen Beruhigungsmittel gefunden. Da ist also mehreres zusammengekommen … Und das hier ist Senhora Vanessa Steel.«

Kommissarin Leonilda Lima bleibt stumm. Sie sieht Ursula an und klammert sich an die Tischkante. Dann lässt sie sich, ohne den Blick von ihr abzuwenden, auf einen Stuhl sinken.

»Ist was, Leonilda? Fühlst du dich nicht gut?«

Das Schweigen der Angesprochenen zieht sich noch eine ganze Weile in die Länge. Schließlich erwidert sie: »Ich glaube, mir ist ein bisschen schwindlig geworden, Dirley.«

»Ich wollte Senhora Steel gerade Kaffee einschenken, möchtest du auch einen?«

»Ja, gern. Mit viel Zucker, bitte.«

»Ich sehe schon, Reisen macht müde, Kollegin.«

»Du sagst es, Dirley, ich bin müde, und wie!«

Die Brasilianerin verlässt den Raum, um noch eine Tasse zu holen. Die anderen beiden Frauen bleiben allein zurück.

Sehen sich an, messen einander mit Blicken.

Ursula hat das Gefühl, der Himmel stürze auf sie herab.

Die Luft wird unerträglich stickig, und die Zeit scheint stehen zu bleiben. Ursula kneift die Augen zu und versucht mit aller Kraft, Leonilda einfach wegzuwünschen.

Aber selbst dem stärksten Willen ist nicht alles möglich, wenn er es mit der Wirklichkeit zu tun bekommt.

Nachdem die drei Frauen schweigend Kaffee getrunken haben, verlassen sie das Zimmer und begeben sich in den Empfangsraum aus Beige und Chrom. Kommissarin Pintos Cunha übergibt Kommissarin Lima den Beutel mit Ursulas Sachen. Leonilda bespricht die Überstellungen nach Uruguay – die Leiche soll auf direktem Weg an die Gerichtsmedizin in Montevideo geliefert werden, die Begleitung der verhafteten Ursula wird sie selbst übernehmen. Sie will diese regelwidrige Situation schnellstmöglich beenden, erklärt sie, erst die Grenze überqueren und dann formell die Verhaftung vornehmen, Vanessa Steel aufs Kommissariat bringen, dem zuständigen Haftrichter den Bericht aushändigen, und fertig. Kommissarin Pintos Cunha kennt Kommissarin Lima gut genug, um zu wissen, dass diese sich nur äußerst ungern außerhalb der Legalität bewegt und gegen ihren Willen in diese Lage gebracht worden ist.

Inzwischen ist es dunkel. Als sie das Kommissariat verlassen und über den asphaltierten Vorplatz zum Auto gehen, ist es fast sommerlich warm. Ursula, immer noch in Handschellen, geht voran, Leonilda folgt ihr in kurzem Abstand. Sie hat die überraschende Tatsache, anstelle jener Vanessa Ursula vorzufinden, noch immer nicht richtig verdaut. Außerdem kreisen ihre Gedanken weiterhin um die Frage, die sie seit dem Aufbruch in Montevideo beschäftigt: Warum schickt man sie mit diesem illegalen Auftrag an die Grenze? War es nicht schon genug, ihr den Überfall auf den Geldtransporter zu entziehen? Was wollen sie sie noch alles anstellen lassen? Denn dass Clemen ihre Karriere ruinieren will, ist mittlerweile klar. Diesmal wird er damit aber nicht durchkommen, dafür sorgt sie selbst.

Kommissarin Pintos Cunha hat sie bis zum Ausgang begleitet und Kommissarin Lima dort zum Abschied die Hand geschüttelt. Für Ursula gab es bloß ein angedeutetes Kopfnicken. Anschließend hat sie sich umgedreht und ist, leise über diesen verrückten Pedro vor sich hin fluchend, in ihre ganz in Beige und Chrom gehaltene Polizeiwache zurückgekehrt. Nach Fingerabdrücken und Genmaterial suchen, nur weil diese Frau angeblich nicht genau die Stimme und den Charakter besitzt, die sie besitzen sollte, und sich bei der Abreise nicht verabschiedet hat – das hätte ihr gerade noch gefehlt! Mit der Dame darf sich ab sofort liebend gern ihre Freundin Leonilda herumschlagen.

Die kommt mittlerweile zusammen mit Ursula beim Auto

an, und obwohl die Kommissarin weiß, dass die Vorschriften vorsehen, dass Verhaftete in Polizeiautos mit auf dem Rücken gefesselten Händen auf der Rückbank Platz zu nehmen haben, fordert sie Ursula auf, sich auf dem Beifahrersitz niederzulassen.

Die Vorschriften sehen noch alles Mögliche andere vor, worum sie sich heute ebenso wenig kümmern wird.

Als sie selbst ihren Platz hinter dem Lenkrad eingenommen hat, vergewissert sie sich durch einen Seitenblick auf Ursula, dass alles nach Plan verläuft.

Ursula sitzt mit fest verschlossenem Mund da und starrt finster vor sich hin, wie ein Zirkuszauberer, dem ein Trick gründlich danebengegangen ist.

Leonilda und Ursula

Die einzige Bewegung, die sich im Inneren des Autos bemerkbar macht, ist die der Stoßdämpfer des dahinrollenden Wagens. Draußen ist alles ruhig, die ganze Stadt ist mit Abendessen beschäftigt, nur Insekten sind unterwegs, deren Summen durch die Ritzen der fest verschlossenen Autofenster dringt. Außerdem drehen sich kleine rote Staubwirbel auf der Straße.

»Brauchen Sie noch etwas aus dem Hotel, Ursula?«

»Nein, eigentlich nicht.«

Nach diesen Worten steigt das Bild ihres .38er Revolvers in ihr auf, und sie ist sich auf einmal nicht mehr ganz sicher, will die Kommissarin aber um nichts bitten und auch keine unnötigen Risiken eingehen.

»Na gut, dann fahren wir weiter.«

»Haben Sie mich gleich erkannt?«

»Sofort, auf den ersten Blick.«

»Und wohin bringen Sie mich jetzt? Auf die Wache in Chuy oder nach Montevideo?«

»Ich möchte gleich mal etwas klarstellen: Ich werde Sie nirgendwohin bringen.«

Nach dieser Ankündigung hält die Kommissarin am Straßenrand, holt einen Schlüssel hervor, zeigt ihn Ursula und wartet, bis diese ihr die aneinandergefesselten Unterarme entgegenstreckt, woraufhin Leonilda die Handschellen aufschließt. Dann dreht sie sich um, greift nach dem Beutel mit Ursulas Sachen auf der Rückbank und übergibt ihn ihr. Ursula macht ihn auf, nimmt das Köfferchen mit dem Zahlenschloss heraus und klemmt es sich zwischen die Beine.

»Sie sind frei, Sie können gehen.«

»Warum machen Sie das, Frau Kommissarin?«

»Nennen Sie mich bitte Leonilda.«

»Ich werds versuchen, versprechen kann ich aber nichts. Sie sind das Gesetz, und ich bin nun mal, was ich bin. Warum lassen Sie mich laufen?«

»Das ist schwer zu erklären. Es hat mit ganz persönlichen Erfahrungen zu tun, durch die sich mein Verhältnis zur Macht verändert hat. Irgendwann habe ich entdeckt, wie ungerecht und gesetzlos es innerhalb des Systems zugeht, an das ich glaube, oder geglaubt habe. Für die Beteiligten hat es keinerlei juristische Folgen … Wie Sie sehen, sind das große Themen, mehr was für Philosophen als Polizisten.«

»Ich weiß nicht, ob ich Sie verstehe. Könnten Sie das nicht ein bisschen genauer erklären?«

»Das könnte ich schon, aber nicht jetzt. Dafür müsste ich meine Erfahrungen erst einmal richtig verarbeiten, im Augenblick ist das alles noch viel zu schmerzhaft.«

»Und was hat Ihre Enttäuschung mit meiner Freiheit zu tun?«

»Dazu kann ich Ihnen vorläufig nur eines sagen: Ich habe nicht vor, den Auftrag meines Vorgesetzten zu erfüllen, ich werde Sie also nicht auf gesetzeswidrige Art festnehmen.«

»Und das heißt?«

»Das heißt, dass ich endlich einmal tue, was ich, wie ich glaube, tun muss.«

»Ist das dann so was wie Befehlsverweigerung?«

»Ich werde meinem Vorgesetzten einfach sagen, dass Sie nicht die Gesuchte waren, das reicht. Verstehen Sie? Sie waren sozusagen die falsche Frau. Und das stimmt ja auch, oder etwa nicht?«

»Darf ich fragen, was danach kommt? Wie ist das für Sie, diese Befehlsverweigerung, wie gehen Sie damit um, dass Sie Ihrer Institution nicht mehr vertrauen?«

»Ich glaube, mein Umgang damit wird so aussehen, dass ich eine ganze Flasche Whisky trinke. Das hilft bestimmt. Sind Sie dabei?«

»Das wäre ich gerne, aber so wie es aussieht, hat um die Uhrzeit hier nirgendwo was geöffnet.«

»Wissen Sie, vor ein paar Jahren habe ich auf der Polizeiwache von Chuy gearbeitet, im uruguayischen Teil. Seit damals kenne ich Kommissarin Pintos Cunha und diese beiden Städte, die ja eigentlich zusammengehören. Wir müssen jetzt bloß bis zur Calle Samuel Priliac fahren und dann immer geradeaus. Die Kneipe heißt *Schau, wie sie weint, die Ärmste.*«

»Soll das ein Witz sein?«

»Von wegen, das Lokal kennt hier jeder, in der ganzen Provinz Rocha und sogar in einem Gutteil von Rio Grande do Sul, würde ich behaupten. Der Dichter Martín Palacio hat ihm einige seiner schönsten Zeilen gewidmet.«

»Na gut, dann nichts wie hin, Leonilda!«

Es dauert nicht lange, bis sie dort sind. In dieser Stadt dauert es nirgendwohin lange. Sepiafarbene, unasphaltierte Straßen, von der Zeit, dem Dreck und dem Elend gezeichnete Häuser, und dann auf einmal die grellviolette Fassade der Kneipe, ein echter Farbschock in dieser Umgebung.

Das Gedränge rings um den Eingang steht ebenfalls in krassem Gegensatz zur dörflichen Ruhe auf den angrenzenden Straßen. Viele Leute wollen durch die schmale Tür, ganz Chuy, der uruguayische wie auch der brasilianische Teil, scheint sich heute Abend hier verabredet zu haben – Arbeiter, Dörfler, Duty-free-Shop-Angestellte, pensionierte Polizisten, die im Alter als Wachleute arbeiten.

Drinnen ist es laut und dunkel, es riecht nach Zuckerrohrschnaps und Bier, und dazu erklingt die Musik von Pinky Costa y los Mogambo.

Kaum berühren Ursulas Hände die klebrige Tischplatte, zieht sie sie erschreckt zurück, als wäre sie von einem kleinen Raubtier gebissen worden oder hätte einen elektrischen Schlag abbekommen. Leonilda geht zur Theke und grüßt, umarmt und küsst unterwegs alle möglichen Leute. Anschließend kehrt sie mit einer Flasche Whisky und zwei Gläsern zurück und lässt sich Ursula gegenüber auf einem Stuhl nieder.

Gleich darauf nähern sich ihnen zwei hochhackige schwarze, blank polierte Schuhe, ein Paillettenkleid samt dazu passenden langen Handschuhen und eine platinblonde Perücke. Die Körpergröße von einem Meter fünfundachtzig, für die das X- und das Y-Chromosom ihres Besitzers verantwortlich zeichnen, nimmt der Aufmachung nichts von ihrer Würde. Die dazugehörige Stimme ist angenehm warm und leise, nur wenig affektiert, dafür aber mit einem umso auffälligeren Grenzregion-Akzent ausgestattet.

»Lang nicht gesehen, Leonilda. Was führt dich her?«

»Das glaubst du mir sowieso nicht … Ich sollte hier eine Tote abholen. Aber sie war noch am Leben.«

»Da hast du recht, hier gibts jede Menge lebende Tote, Leo.«

»Ich weiß. Aber ich war nach dem Falschen auf der Suche, nach der falschen Person, meine ich.«

»So gehts uns allen, Leo.«

»Jessi, das ist Ursula. Ursula, darf ich vorstellen? Jessica Moreno, eine Freundin aus alten Zeiten, als ich noch in Chuy gearbeitet habe. Und ein künstlerisches Ausnahmetalent!«

»Freut mich, Ursula.«

»Ganz meinerseits, Jessica.«

»Dann gehe ich jetzt mal rauf, zum Singen.«

Jessica steigt auf die Bühne, von da an folgt ein Scheinwerfer ihren Bewegungen. Als sie schließlich »Fiesta« von

Raffaella Carrà anstimmt, bricht frenetischer Jubel los, und das Publikum singt mit.

Ja, diese Nacht wird ihr Leben verändern, sagt sich Leonilda angesichts der Begeisterung um sie herum. Denn nicht erst seit sie die Tür des Verhörraums geöffnet und anstelle der Frau, die eigentlich dort hätte sitzen müssen, Ursula erblickt hat, quälen sie all die enttäuschten Hoffnungen und Erwartungen, die ihr jedes Vertrauen in die Welt und ihre Mitmenschen geraubt haben. Sie weiß auch nicht, wie sie mit ihren so widersprüchlichen Empfindungen zurechtkommen soll – auf der einen Seite sind da ihr Verantwortungsgefühl gegenüber der Polizei und ihr Glaube an die Gerechtigkeit, auf der anderen die Enttäuschung und der Widerwille, einer Institution anzugehören, in der sich die Korruption breitmacht wie ein Krebsgeschwür.

Doch diese Nacht wird ihr Leben verändern, und sie wird tun, was sie für richtig und angebracht hält.

Ursula sieht zu, wie Leonilda die zwei Gläser bis an den Rand füllt und das ihre in einem Zug halb leer trinkt. Sie überlegt, ob sie das Gespräch mit den Worten »Dann erzählen Sie doch mal« eröffnen soll, verwirft ihr Vorhaben jedoch sogleich wieder. Viel zu platt und offensichtlich. Inzwischen findet sie die Kommissarin gar nicht mehr so unsympathisch, ja, sie wäre sogar imstande, ihr einen gut gemeinten Rat zu erteilen oder ihr zumindest diskret nahezulegen, dass es so nun mal nicht geht im Leben – man darf sich nicht dermaßen unschuldig und naiv irgendwelchen feuchten Träumen von Gerechtigkeit und Anstand hingeben. »Ich habe nicht vor, den Auftrag meines Vorgesetzten zu erfüllen, ich werde Sie also nicht auf gesetzeswidrige Art festnehmen«, hat Leonilda im Auto zu ihr gesagt. Sollte es jetzt also tatsächlich zu einem tiefer gehenden Gespräch zwischen ihnen kommen – was keineswegs sicher ist –, wird sich an den Gründen, weshalb die

Kommissarin sie laufen lässt, nicht mehr so viel ändern. Denn da sind noch viel gewichtigere Dinge im Spiel. Wie hat sie sich vorhin ausgedrückt? »Es hat mit ganz persönlichen Erfahrungen zu tun, durch die sich mein Verhältnis zur Macht verändert hat.« Unschlüssig betrachtet Ursula ihr Whiskyglas. Vielleicht hätte sie besser etwas anderes bestellt, einen Campari zum Beispiel. Aber Campari mag sie nicht mehr, eigentlich hat sie das Zeug noch nie gemocht.

Leonilda lässt sich unterdessen reichlich Zeit.

Erst nach dem ersten Schluck von ihrem zweiten oder dritten Glas Whisky – eine halbe Stunde sitzen die beiden inzwischen zusammen am Tisch – sagt sie schließlich: »Hören Sie zu, Ursula, hören Sie gut zu.«

Um erst weiterzusprechen, als die Flasche halb leer ist: »Ich hab mich getäuscht. Passiert Ihnen das nie?«

»Ständig.«

»Jetzt ist mir klar, dass ich nicht Sie hätte verfolgen sollen. Sie sind mit dem Geld durchgebrannt, das stimmt, aber insgesamt gesehen spielt das für diese Angelegenheit kaum eine Rolle. Clemen dagegen, mein Chef, hat sich die ganze Geschichte ausgedacht oder sie möglich gemacht, was letztlich aufs Gleiche hinausläuft. Und darum geht es vor allem.«

»Clemen und Doktor Antinucci.«

»Antinucci ist ein Verbrecher, ein Drogenhändler, ein Ganove, aber kein Vertreter des Rechtsstaats. Die Aufgabe des Inspektors ist es dagegen, für die Einhaltung der Gesetze zu sorgen und die Bürger zu beschützen. Stattdessen hat er sich für die Durchführung des Überfalls und die anschließende Vertuschung der dabei begangenen Verbrechen die Informationen zunutze gemacht, die ihm aufgrund seiner privilegierten Stellung zur Verfügung standen, und dazu die technischen Mittel und die Einsatzkräfte der Polizei. Das ist ein Riesenunterschied, sehen Sie das etwa nicht so?«

Inzwischen leert sich die Flasche in immer schnellerem Tempo.

Ursula hört der Kommissarin voller Bewunderung zu und sagt sich, dass sich in ihren Worten eine bestimmte Art, die Welt zu sehen, ausdrückt, und zugleich ihr Scheitern, ihre Unfähigkeit, die Macht hinzunehmen, die die Welt nun einmal beherrscht. Einige Stunden später wird die Hochachtung, die jemand in ihren Augen verdient, der mit einer derartigen Menge Whisky intus noch aufrecht dasitzen kann, dafür sorgen, dass sie darauf verzichtet, eine Reihe von Kommentaren abzugeben und Fragen zu stellen, die ihr durch den Kopf gehen. So wichtig sind die womöglich doch nicht. Vielleicht ist auch noch irgendwann anders Gelegenheit dazu. Leonilda ist jedenfalls eine Idealistin und als solche hoffnungslos auf dem Irrweg, was sie aber weder zu einem besseren noch zu einem schlechteren Menschen macht, schließlich sind wir alle auf dem Irrweg, sagt sich Ursula und klemmt sich das Köfferchen noch fester zwischen die Beine. Jeder verrennt sich eben, so gut er kann.

Ursula und Leonilda

Wir haben uns einiges zu erzählen, Ursula. Was mich angeht, ich bin hergekommen, um die Leiche von Ursula López abzuholen und Vanessa Steel zu verhaften und mitzunehmen. Wie sich herausstellt, ist die Tote aber Vanessa, und Vanessas Platz hat Ursula eingenommen. Denn die Leiche bei der Gerichtsmedizin ist die von Señora Steel, oder täusche ich mich?«

»Nein, Sie täuschen sich nicht, aber die Geschichte ist lang und schwer zu erklären. Sind Sie in der Lage, zuzuhören?«

»Ich bin durchaus noch zurechnungsfähig, zumindest bis zur nächsten Flasche.«

»Dann erzähle ich Ihnen jetzt die Wahrheit, von meiner Flucht vom Friedhof bis zu dem Moment, in dem ich die Fotos zu sehen bekam, die mir gezeigt haben, womit Vanessa sich in Wirklichkeit beschäftigt hat.«

»Und der Überfall auf den Geldtransporter?«

»Das Thema lässt Ihnen ja wirklich keine Ruhe ...«

»Das sagt mein Chef auch.«

»Wenn Sie wollen und genug Zeit haben, erzähle ich Ihnen auch davon.«

»Hoffentlich die Wahrheit.«

»Ich bin zu betrunken, um zu lügen.«

»Also gut, dann fangen Sie bitte mit dem Überfall an, und mit Ihrer Flucht mit der Beute.«

»Das war aber nicht der eigentliche Anfang. Angefangen hat das Ganze viel früher, mit einem Telefonanruf mitten in der Nacht. Bei mir zu Hause, wo das Telefon sonst nie geklingelt hat. Am anderen Ende war Germán, der Typ, der damals diesen Santiago Losada entführt hat. Erinnern Sie sich noch an den Fall?«

»Natürlich.«

»Germán hat also bei mir angerufen, um Geld für die Freilassung meines Manns zu verlangen.«

»Aber Sie sind doch gar nicht …«

»Ich habe keinen Mann, genau.«

»Hatte er die falsche Nummer gewählt?«

»Ich würde sagen, er hatte die falsche Person gewählt.«

An dem fettigen Tisch im *Schau, wie sie weint, die Ärmste* vergehen die Stunden, und Geschichte folgt auf Geschichte. Ursula erzählt, und Leonilda mit ihrem leichten Schielen blickt wer weiß wohin und lächelt dabei mit jedem Muskel ihres Gesichts. Irgendwann ist die Geschichte zu Ende, und die beiden Frauen fangen an, einander ihre persönlichsten Dinge zu gestehen. Schon erstaunlich, was zwei Flaschen Whisky bewirken können.

»Feinde hinterlassen sichtbare Wunden, meine liebe Kommissarin – Schläge, Ängste, eine Kugel. Die Familie dagegen hinterlässt die wahren Wunden – die, die kein Mensch sieht. Und die sind der Grund dafür, dass wir heute so sind, wie wir sind.«

Leonilda greift nach der Flasche, aber sie ist endgültig leer.

»Habe ich Ihnen erzählt, dass mein Vater nach seinem Tod wieder bei mir eingezogen ist? Dass er mir Dinge ins Ohr flüstert, sobald ich unsicher werde, zögere, den Mut verliere? Als wäre ich nicht selbst imstande, mir jeden Antrieb zu rauben und mich hemmungslos dem Pessimismus hinzugeben …« Ohne Leonildas Antwort abzuwarten, steht Ursula mühsam auf.

»Wirds gehen, Leonilda? Haben Sie alles im Griff?«

»Nein, aber so ist das Leben nun mal.«

»Ich wollte Sie schon die ganze Zeit was fragen.«

»Dann tun Sies jetzt.«

»Ist das bloß eine Feuerpause, oder begnadigen Sie mich wirklich?«

»Das ist das Eingeständnis, dass ich mich geirrt habe.«

»Leonilda, ich möchte Ihnen was schenken.«

»Aber das ist doch nicht nötig ...«

»Nein, verstehen Sie mich nicht falsch, das soll keine Belohnung dafür sein, dass Sie mich laufen lassen. Es handelt sich vielmehr um eine logische Schlussfolgerung aus dem bis jetzt Gesagten. In diesem Köfferchen befindet sich Beweismaterial für Dutzende Fälle von sexuellem Missbrauch Minderjähriger. Vanessa Steels Business, wenn Sie so wollen, in allen Einzelheiten. Namen, Adressen, Daten. Der Zahlencode lautet 275. Damit können Sie Ihr Bedürfnis, für Gerechtigkeit zu sorgen, mehr als reichlich befriedigen.«

»Für Gerechtigkeit sorgen? In Bezug auf wen oder was?«

»Wie wärs zum Beispiel mit Doktor Antinucci? Der ist aber bei Weitem nicht der einzige Schuft, der dann dran glauben muss.«

»Was sagen Sie da?«

»Sehen Sie es sich selbst an, kombinieren Sie die Angaben aus den Notizbüchern, die Namen, die Daten und so weiter. Übermäßig optimistisch bin ich nicht, vermutlich wird zunächst der eine oder andere Kopf rollen. Bis jemand dafür sorgt, dass die Untersuchungen so schnell wie möglich eingestellt werden. Neue Chefs werden auftauchen, und die Presse wird sich anderen Themen zuwenden. Dagegen kommen wir beide nicht an. Ein bisschen Hoffnung bleibt uns aber trotzdem.«

»Hoffnung bleibt uns immer.«

»Eine Frage noch – was werden Sie Ihrem Chef in Bezug

auf die Verhaftete erzählen? Das mit der falschen Frau wird in diesem Fall nicht funktionieren, nehme ich an.«

»Ganz einfach: In einer Welt, in der riesige Geldmengen mal eben so verschwinden, verschwindet manchmal auch ein Häftling. Ich werde also sagen, dass Vanessa Steel verschwunden ist, und dass Sie nicht die Tote waren.«

»Ihre neue Aufsässigkeit steht Ihnen gar nicht übel …«

»Ihre neue Haarfarbe auch.«

»Ja, aber es ist nicht meine. Es ist die Farbe von einer anderen. Auf Wiedersehen, Leonilda.«

»Auf Wiedersehen, Ursula.«

»Vanessa, Vanessa Steel.«

»Nein, Sie brauchen nicht mehr Vanessa Steel zu spielen. Niemand wird Sie verfolgen. Haben Sie das noch nicht begriffen? Das können Sie ab sofort alles auf sich beruhen lassen und Ihr früheres Leben wieder aufnehmen.«

Ursula überlegt. Weder Leonilda noch Antinucci werden ihr also künftig nachstellen. Ihr früheres Leben wieder aufnehmen – wer hätte gedacht, dass sie sich eines Tages ausgerechnet das wünschen würde?

Sie wirft einen Blick auf ihr Handy. Eine Nachricht von Luz ist eingetroffen. *Lebst du noch?* Sie antwortet mit einem Einsilber und steckt das Gerät wieder ein. Für ihre Schwester ist später noch Zeit genug, und für alles Übrige auch.

Das war ein langer, schwieriger Winter. Jetzt wird sie nach Hause zurückkehren, zu ihren Übersetzungen.

Sie fühlt sich leicht und lächelt fröhlich. Dann steuert sie mit heftig klopfendem Herzen den Ausgang an. Auch dieses Gefühl gibt es also noch, und Orte, an denen man glücklich sein und mit dem Leben einen Waffenstillstand aushandeln kann.

Sie tritt auf die Straße und macht sich auf den Weg ins erleuchtete Zentrum.

Leonilda ist ihr bis zur Tür gefolgt und sieht zu, wie sie sich unter dem langsam hell werdenden Himmel entfernt. Jede Geschichte kann ein glückliches Ende nehmen, sagt sie sich, es kommt bloß darauf an, zu wissen, wann man mit dem Erzählen aufhören muss.

Die Montevideo-Romane

Falsche Ursula

Ursula ist unzufrieden. Zu hässlich, zu hungrig, zu allein. Da kommt ihr der mysteriöse Erpresseranruf eigentlich ganz gelegen: Man habe ihren Ehemann entführt, eine Million Lösegeld. Nur: Ursula hat gar keinen Ehemann. Grund genug, ihr kriminalistisches Talent auszuschöpfen und sich in ein abstrus herrliches Abenteuer zu stürzen.

Krokodilstränen

Der Schauplatz: die Altstadt von Montevideo. Der Coup: ein Überfall auf einen gepanzerten Geldtransporter. Die Besetzung: Germán, gescheiterter Entführer. Ursula López, resolute Hobbykriminelle. Doktor Antinucci, zwielichtiger Anwalt. Und schließlich Leonilda Lima, erfolglose Kommissarin mit einem letzten Rest von Glauben an die Gerechtigkeit.

Der Ursula-Effekt

Die resolute Ursula hat kurzerhand einen vermasselten Raubüberfall übernommen und sich die gesamte Beute unter den Nagel gerissen. Nur sind ihr jetzt die eigentlichen Verbrecher auf den Fersen. Aber Ursula ist in kriminalistischen Dingen verflucht begabt, und mit ein wenig Glauben an die Dummheit der anderen wird sie das Ding doch wohl schaukeln?

Ursula fängt Feuer

Früher Hobbykriminelle, heute stolze Straftäterin: Ursula ist auf der Flucht, mit Millionenbeute im Gepäck. Ihre Verfolger sind abgehängt, die Villa in Montevideos Nobelviertel zum Greifen nah. Doch als Ursula die Identität der falschen Person annimmt, gerät sie ins Visier eines entflohenen Mafioso, der noch eine Rechnung zu begleichen hat.

Claudia Piñeiro im Unionsverlag

Ein wenig Glück
Ein psychologischer Spannungsroman um die Frage »Was ist Glück?«

Ein Kommunist in Unterhosen
Der Roman einer Kindheit, einer Epoche, einer Klasse und eines ganzen Landes.

Betibú
Ein filmreifer Thriller um Medien, Macht und Manipulation.

Der Riss
Eine Midlife-Crisis, ein Immobilienprojekt und eine Leiche.

Die Donnerstagswitwen
Die Reichen und Schönen der Gated Community und ihre tödlichen Geheimnisse.

Elena weiß Bescheid
Das Drama einer Mutter-Tochter-Beziehung und eine überraschende Wahrheit.

Ganz die Deine
Ein perfider Rachefeldzug gegen einen undankbaren Ehemann.

Der Privatsekretär
Románs rasanter Aufstieg führt ihn mitten in den Politiksumpf aus Machthunger und Intrigen.

Wer nicht?
Geheimnisse, Abgründe und gewöhnlich seltsame Menschen, denen das Leben eine Falle stellt.

Kathedralen
Piñeiro enthüllt die erdrückende Macht der Kirche und die dunkle Vergangenheit einer Familie.

Die Zeit der Fliegen
In einer bitterbösen Komödie erzählt Piñeiro von zwei Freundinnen auf der Suche nach Freiheit, in einer Gesellschaft, die Freiheit für Frauen nicht vorsieht.

Patrícia Melo im Unionsverlag

Gestapelte Frauen
Eine Anwältin verfolgt die Aufklärung von Frauenmorden, doch Gerechtigkeit scheint unerreichbar.

Trügerisches Licht
Ein vielschichtiges Verwirrspiel in der grellen Scheinwelt zwischen Realität und Reality-TV.

Der Nachbar
Ein Nachbar, der das Leben zur Hölle macht, kann das Monster wecken, das in uns allen schlummert.

Leichendieb
Ein Drogenfund setzt eine rasante Abwärtsspirale in Gang. Ein atemloser Roman über das Böse in uns.

Die Stadt der Anderen
Patrícia Melo reißt uns mit in ein brodelndes São Paulo und fragt, was uns als Menschen ausmacht.

»Patrícia Melo gehört zu den ganz wichtigen Stimmen nicht nur der brasilianischen Literatur.« *Culturmag*

»Souverän beherrscht die Autorin die Klaviatur der literarischen Töne vom (dominierenden) lockeren, unterhaltsamen Erzählen über reportagehaftes Beschreiben, brutalen Realismus bis zu Poesie, Ironie und beißender Satire.« *BücherRezensionen*

Paula Rodríguez im Unionsverlag

Dringliche Angelegenheiten

Hugo muss untertauchen, und zwar sofort. Er wird wegen Mordes gesucht, sein Zug ist entgleist, und am Unfallort wird es von Polizisten gleich nur so wimmeln. Mit einem zerknickten Heiligenbildchen als Beistand ergreift Hugo die Flucht. Bald ist ihm der eigenwillige Polizist Domínguez auf den Fersen, der es mit Moral und Vorschriften nicht so genau nimmt. Womit er nicht gerechnet hat: Der Fall wird zum Medienereignis, und plötzlich schaut ihm das halbe Land über die Schulter. Allen voran Hugos sehr katholische Schwägerin, die öffentlichkeitswirksam für die Seele des Unglücklichen betet. Ein Schlamassel, aus dem der Tod für alle Beteiligten der einfachste Ausweg zu sein scheint.

Ein rasantes Verbrecherstück, das mit bitterbösem Humor feststellt: Unschuldig ist wirklich niemand.

»Mit knappen Sätzen gelingt Rodríguez ein fulminanter Latin Noir über Verbrecher und Heilige.« *Krimibestenliste Deutschlandfunk Kultur*

»Paula Rodríguez liefert einen fulminanten Krimi ab, der an grotesken Ereignissen den Erzählungen ihres großen Landsmannes Jorge Luis Borges nicht nachsteht. Ein Debüt, das Zeitgenossen mit Sinn für tiefschwarzen Humor begeistern wird.« *Buchkultur*

»Krähenschwarz, nüchtern, dabei furios und ein bisschen zynisch. Ein schneller, knapper Roman, in einem Rutsch lesbar.« *Frankfurter Rundschau*